刺客信条：遗弃

(英) 奥利弗·波登 著　夏青 汤姗华 译

新星出版社 NEW STAR PRESS

序　言

我以为自己已经对他足够了解,但直到读了他的日记,我才明白,其实我从未真正了解过他。然而为时已晚,我已经来不及告诉他,我误会了他。我十分懊悔,对不起,我很抱歉。

第一部分

摘取自海瑟姆·E. 肯威的日记

1735年12月6日

两天以前,我本该在位于安妮女王广场的家中庆祝自己的十岁生日。但是,我的生日却完全被忘记了:那天根本没有任何庆祝活动,只有葬礼。而我们家被烧毁的房子,在安妮女王广场那些高耸的白砖宅邸之中,看起来就像是一颗焦黑腐坏的牙齿。

目前,我们暂时住在父亲在布卢姆斯伯里的一处房产里。这是栋很漂亮的房子,虽然我的家人悲痛欲绝,我们的生活也已经崩溃瓦解,至少这房子仍值得庆幸。我们会待在这里,茫然失措——犹如动荡不安的鬼魂一般——直到我们对自己的未来作出决定。

大火吞噬了我的日记,所以写下这篇日记感觉就像是重新开始一样。既然如此,也许我该从自己的名字开始,我叫海瑟姆,这是一个阿拉伯名字,却属于一个家在伦敦的英国男孩,这个男孩从出生以来,直到两天前都过着悠闲安逸的生活,一直回避着这座城市其他地方存在的最糟糕的污秽与肮脏。从安妮女王广场,我们能看见河水上方飘荡的雾气与烟尘,也和其他所有人一样饱受臭味的困扰,我只能把那股味道形容为"落水马",但我们并不需要穿过这些布满了制革厂、肉铺、臭气熏天的垃圾和人畜粪便的河流。这些腐臭的污水河加速了疾病的传播,比如痢疾、霍乱和小儿麻痹症……

"你一定要裹严实一点,海瑟姆少爷。不然你也会被传染的。"

在穿过田野前往汉普斯特德的路上,我的保姆过去常会带我绕开那些咳嗽不断的可怜人,还会遮住我的眼睛,不让我看到那些身体畸形的孩童。他们最害怕的就是疾病。我猜这是因为人们没法和疾病讲道理:既没法贿赂它,也不能拿起武器反抗它,而疾病对任何人都一视同仁。它真是个难缠的敌人。

而且,疾病来袭时也毫无预兆。所以每天晚上他们都要检查我身上有没有出麻疹和水痘的迹象,然后把我身体健康的消息报告给我的母亲,她会来吻我并道晚安。我是个幸运的人,你瞧,我有个吻我并道晚安的母亲,我的父亲也会这样做;他们爱我和我同父异母的姐姐珍妮,他们告诉我何为富有何为贫穷,不断向我灌输我有多幸运,还一直敦促我要为他人着想;他们还雇了家庭教师和女佣来照看我和教育我,好让我成长为一个道德高尚,有益于世界的人。我是幸运的,不像那些小小年纪就要在田里、在工厂里或是爬上烟囱干活的孩子们。

虽然有时候我也想知道,其他那些孩子,他们有朋友吗?如果他们有的话,那么,当然我不至于笨到去羡慕他们的生活,因为我的生活远比他们要舒适得多,我只羡慕他们一件事:朋友。我一个朋友都没有,也没有和我年龄相近的兄弟姐妹,而且,要说去交朋友的话,嗯,我又有些害羞。此外,还有另一个问题:有些事情在我还只有五岁的时候,就已经显露出迹象了。

事情发生在一个下午。安妮女王广场上的宅邸都是毗邻而建,所以经常能看到我们的邻居,要么是在广场上,要么是在他们屋后的庭院里。在我们家一侧住的一家人,家里有四个女孩,其中两个和我年纪差不多。她们经常在自己家的花园里跳绳或是玩捉迷藏,一玩起来似乎就是几个小时,当我在家庭教师老菲林先生的密切监督下坐在讲堂里的时候,常常能听见她们嬉戏的声音,老菲林先生有一双浓密的灰色眉毛,还喜欢抠鼻子,不管从鼻孔深处抠出什么东西来,他总会仔细研究一番,然后偷偷地吃掉。

那个特殊的下午,老菲林先生离开了房间,我一直等到他的脚步声渐渐听不到了,才放下我的算术题,起身走到窗前注视隔壁宅邸的院子。

这家人姓道森。道森先生是一位国会议员,我父亲是这么说的,道森先生几乎从不掩饰他那张阴沉的脸。他们家的花园高墙环绕,不过,尽管花园里的树木、灌木都长得枝繁叶茂,鲜花盛开,从我家讲堂的窗户里仍然能看见他们家花园的一部分,所以我能看见道森家的女孩子们在外面玩耍。这次她们改玩跳房子了,她们用玩铁圈球的木槌在地上摆了个临时的线路,看起来她们玩得并不是很认真,也许那两个年长的女孩正在教那两个年幼的女孩游戏的要领。我看见一团模糊的发辫和粉红色的绉褶套裙,她们又叫又笑,我偶尔还听见一个成年人的声音,可能是个女佣,她在一片低矮的树荫下面,避开了我的视线。

在我看着她们玩耍的时候,我的算术题就无人搭理地留在了书桌上,突然间,其中一个年幼的女孩,可能比我小一岁左右,抬起头来,看到了窗台边的我,我们的目光交织在一起。

我倒吸了一口气,然后非常犹豫地举起一只手挥舞起来。让我惊讶的是她对我报以笑容。接着她唤来了自己的姐妹,四个人聚在一起,兴奋地伸长了脖子，用手遮住阳光望着讲堂的窗户。我就像博物馆里的展品一样站在那里——除了这个展品会动会挥手，而且还因为尴尬略微有些脸红，但即使如此，我依然感觉到了某种感情绽放的温暖柔和的光芒，那或许就是友谊吧。

当她们的女佣从树荫下方出现时，这一刻也随之破灭了，她生气地瞥了一眼我的窗户，脸上的表情让我知道她是怎么看我的——一个偷窥狂，甚至更糟——然后她领着四个女孩走出了我的视线。

我以前见过那个女佣看我的那种眼神，现在我又一次见到了，不管是在广场上还是在田野里，总有这种眼神跟在我身后。记得我的保姆是怎么带我绕开那些衣衫褴褛的可怜人吗？其他的女佣们就像那样领着她们看管的孩子们避开我。我从来没有真正想过这是为什么。我没有疑问过是因为……我不知道，我想是因为我根本没有理由去疑问这些：有些事情就这样发生了，而我并不知道这到底有什么不同寻常。

我六岁的时候，伊迪丝给了我一叠压平的衣服和一双银搭扣的鞋子。

我从屏风后面走出来，脚上蹬着这双搭扣闪闪发亮的新鞋子，身上穿着马甲和短上衣，伊迪丝叫来了一个女佣，她说我看起来和我的父亲简直一模一样，当然，换这套衣服的目的就是这样。

过了一会儿，我的父母亲都过来看我，我敢发誓父亲的眼睛有些模糊，而母亲则根本毫不掩饰，她就这样突然哭了起来，之后在保育室又哭了一次，一边哭一边轻轻地拍着手，直到伊迪丝递给她一块手帕。

我站在那里，感觉自己已经长大了，而且博学广识，同时又一次觉得脸颊有些发热。我发觉自己很想知道，道森家的女孩子们会不会觉得我穿着这身新衣服颇为精神，颇为绅士。我经常想起她们。我有时候能从窗边看到她们,她们有时沿着自己家的花园奔跑嬉戏,又或是在宅邸门前被人护送着登上马车。我幻想着她们中有哪一位能再偷偷抬头看我一眼,可如果她看到了我,也许不会再有微笑和挥手,只有与那个女佣相同的表情。

所以我们家的一侧住着道森家:这些难以捉摸的,梳着辫子,玩着跳绳的道森家女孩儿们,而在另一侧则住着巴雷特家。他们家有八个孩子,有男孩也有女孩,虽然我同样很难得才能见到他们。与道森家一样,我与他们的接触仅限于看到他们登上马车,或是在田野里远远地看到他们。在我八岁生日前不久的一天,我在花园里沿着边缘散步,顺着高高的花园围墙上破损的红砖墙拖着一根棍子。偶尔,我会停下脚步,用棍子翻开石块,观察下面慌忙逃命的各种昆虫——木虱子、千足虫,还有像是伸展自己长长的身体一样蠕动着逃走的蠕虫——这时我不经意间走到了通往我们家与巴雷特家之间一条过道的门前。

厚重的大门被一块巨大、已经生锈的金属挂锁锁上了,看上去似乎已经有很多年没有打开过,我盯着它看了一会儿,又把锁拿在手心里掂了掂,这时我听见一个男孩说话的声音,低声细语,语气有些急切。

"嘿,你说。他们说的关于你父亲的事情是真的吗?"

声音从门外传来,虽然我花了好一会儿才分辨出来——那一刻我震惊地站在那儿,差点被吓得僵在那里。接下来,当我从门上的一个洞里看到一只眼睛正在盯着我的时候,简直大吃一惊。这时问题又来了。

"快说啊,他们随时都会叫我回去的。他们说的关于你父亲的事情是真的吗?"

我冷静下来,弯腰让门上的洞与我的眼睛齐平。"你是谁?"我问道。

"是我,汤姆,我住在隔壁。"

我知道汤姆是他们家最小的孩子,跟我差不多大。我以前听见过别人叫他的名字。

"你是谁?"他说。"我是说,你叫什么名字?"

"海瑟姆。"我答道,我有些好奇汤姆能不能成为我的新朋友。至少,他的眼睛看起来很友善。

"真是个奇怪的名字。"

"这是个阿拉伯名字。意思是'雏鹰'。"

"噢,这就说得通了。"

"你说'说得通'是什么意思?"

"哦,我也不知道。反正感觉这就对了。那边就你一个人住吗,你那边?"

"还有我姐姐,"我反驳道,"还有我母亲和父亲。"

"你家人很少嘛。"

我点点头。

"听我说。"他靠了过来,"那是真的吗?你父亲真是他们说得那样吗?你可别想撒谎。你知道,我能从你的眼睛里看出来。我马上就能分辨出来你是不是在撒谎。"

"我不会撒谎。我甚至都不知道'他们'说他是什么,又或者'他们'究竟是谁。"

与此同时我有了一种古怪而且不太愉快的感觉:似乎在什么地方有某种关于哪些东西可以算作是"正常"的概念,而我们肯威家肯定并不属于其中。

也许那只眼睛的主人从我的语气中听出了什么，因为他赶紧补充道，"对不起——如果我说了什么不合时宜的话，那真是对不起。我只是很感兴趣，就是这样。你知道，有个传言，如果要是真的就太刺激了……"

"什么传言？"

"你会觉得这有点儿荒唐的。"

我鼓起勇气，朝洞口靠近了些看着他，和他互相瞪着眼睛，我问他："你这话是什么意思？他们说了我父亲什么？"

他眨了眨眼。"他们说他曾经是个——"

突然他身后传来一身怒吼，我听见一个愤怒的男人在叫他的名字："汤姆！"

他吓得退了回去。"哦，该死。"他赶忙低语道，"我得走了，有人在叫我了。希望我们以后还能再见吧。"

他离开以后，我独自留在那里疑惑他究竟是什么意思。什么传言？关于我们这个小家庭，他们都说了些什么？

与此同时，我也想起得赶紧动身了。现在已经接近中午——武器训练课的时间快到了。

1735年12月7日

一

　　我感觉自己有如消失不见，仿佛我已经陷入了一个介于过去与未来之间的世界。周围的成年人紧张地对话着，他们面目憔悴，女士们则哭泣不止。火焰并未熄灭，当然，除了我们几个人，还有那些从烧毁的宅邸里抢救出来的财物，整座房子里空空荡荡，始终让人觉得寒冷。屋外已经开始飘落雪花，而室内则满是冷入骨髓的悲伤。

　　除了写日记，我几乎无事可做，我希望能把自己截至今日的人生故事都记录下来，但似乎要说的话比我原先所想的要多得多，而且，当然我还有其他更重要的事情要办。葬礼，今天是伊迪丝的葬礼。

　　"你确定吗，海瑟姆少爷？"贝蒂先前过来问道。她的额头因为忧虑堆起皱痕，双眼则透着疲惫。多年以来——就我记忆所及——她一直在协助伊迪丝的工作。她同我一样失去了亲友。

"是的。"我说，我穿上平日的衣服，为了今天，我系了一条黑领结。伊迪丝在这世上一直孤苦伶仃，所以聚集在楼下举行葬礼餐会的都是幸存下来的肯威家人与佣人们，席上有火腿，麦芽酒与蛋糕。餐会结束之后，殡葬公司的人已经喝得有些醉意，他们把她的遗体载上灵车，准备送往教堂。我们在灵车后面坐上了悼丧的马车。我们家只需要两辆就够了。葬礼结束之后，我回到了我的房间，继续记述我的故事……

二

在我跟汤姆·巴雷特对话几天以后，那些话依旧在我脑海里盘桓不去。所以，有天早上我和珍妮一起单独待在会客厅里的时候，我决定问问她这件事。

那时我就快八岁，而珍妮已经二十一岁了，我们俩的共同之处，就跟我与那个运煤的人之间的共同之处一样少。如果按我想的话，可能还更少一些，因为至少那个运煤的人和我都喜欢笑，而我很少看见珍妮面露微笑，更别说是大笑了。

她有一头闪亮的黑发，她双眼乌黑，而且……嗯，要是我就会说"睡眼惺忪"，虽然我曾听到有人形容那双眼是"深邃忧郁"，甚至于，曾经有过至少一位爱慕者说她拥有"朦胧迷离的眼神"，不管那究竟是什么意思，珍妮的外貌是个热门的话题。她是个绝色的美人，或者说我经常听别人这样讲。

但对我来说并非如此。她只是珍妮而已，她总是拒绝和我一起玩，我早就放弃再去问她了，每当我想象她是什么样子的时候，她总是坐在高背椅上，低头做缝纫，或者是刺绣——不管她做的是什么，总是要拿着针和线。而且还绷着脸。爱慕者们说她有朦胧迷离的眼神,我管这叫绷着脸。

关键在于,尽管我们就像是各自生命中的过客,像是在同一座港口周围航行,虽然擦肩而过却从无交集的不同船只,但我们却有着同一个父亲。而珍妮比我大十几岁,她比我更了解父亲。所以尽管多年以来,她一直说我太笨或是太年轻所以无法理解——或者是太笨而且太年轻所以无法理解;甚至还有一次她说的是太矮所以无法理解,不管那是什么意思——我还是常常试着跟她交谈。我也不知道这是为什么,因为,就像我说的,离开的时候我总是糊里糊涂。也许我是为了激怒她。但在这个特殊的场合下,在我跟汤姆对话大约几天之后,跟她聊天就只是因为我真的非常好奇,想要搞清楚汤姆的话是什么意思。

所以我问她:"别人都是怎么说我们家的?"

她夸张地叹了口气,从针线活里抬起头来。

"你这话是什么意思,自大狂?"她问道。

"就是——别人都是怎么说我们家的?"

"你是在讲那些流言蜚语?"

"如果你愿意这么理解的话。"

"你在乎这些流言做什么?你是不是有点太——"

"我在乎。"我打断了她的话,抢在我们的话题转移到我太年轻、太笨或是太矮之前。

"你在乎?为什么?"

"有人跟我说了些关于我们家的闲话。"

她放下手里的针线活,把手里的东西塞进腿边的椅垫下面,撅起了嘴唇。"谁?谁说的?他们说了什么?"

"院子里那道门边上的一个男孩说的。他说我们家很怪,还说父亲曾经是个……"

"是个什么?"

"我不知道。"

她微笑起来,又拿起针线活。"所以这就让你开始胡思乱想了,是吗?"

"嗯,难道你不想知道吗?"

"所有我该知道的事,我都已经知道了。"她傲慢地说,"而且我告诉你,我才不在乎隔壁家里说我们家什么闲话。"

"好吧,那你告诉我。"我说,"父亲在我出生以前究竟是做什么的?"

珍妮还是会笑的。她占上风的时候就会笑,当她能对某些人施展一点小小的影响力的时候也会笑——尤其是在某些人的面前。

"你会知道的。"她说。

"什么时候?"

"时机成熟的时候。毕竟,你是他的男性继承人。"

我们俩沉默了好一会儿。"你说'男性继承人'是什么意思?"我问道,"你不是男性继承人又有什么不同?"

她叹了口气。"好吧,现在这会儿区别并不大,你有武器训练课,而我没有。"

"你没有?"仔细想想,其实这件事我早就已经知道了,而且我也曾疑惑过为什么我练的是剑术,而她练的是针线活。

"不,海瑟姆。我不需要武器训练。没有哪个孩子要做武器训练,海瑟姆,反正在布卢姆斯伯里没有,也许整个伦敦都没有。除了你。难道没人告诉过你吗?"

"告诉我什么?"

"让你什么都不要说。"

"有，但是……"

"那么，难道你就没怀疑过为什么——为什么你什么都不能说？"

也许我曾经怀疑过。也许我私下里其实一直都知道。我什么都没说。

"你很快就会知道等待你的是什么了。"她说，"我们的人生道路早就被规划好了，你不用担心这些。"

"好吧，那么，等待着你的是什么？"

她嘲弄地哼了一声。"等待着我的是什么？这是个错误的问题。问等待着我的是谁？才比较准确。"她话语中蕴藏着某种意味，我当时却并不是很理解，直到很久以后我才明白，我看着她，并没笨到去冒被针扎的风险，进一步问下去。但当我最终放下一直在读的书，离开会客厅的时候，我确实明白了一些事情，虽然对于父亲或是我们家的疑问，我几乎没有得到什么答案，但我知道了一些有关珍妮的事情：为什么她从来都不笑；为什么她总是跟我过不去。

因为她已经预见了未来。她知道家族的未来将垂青于我，而这一切并没有什么更好的理由，只是因为我生来就是个男子。

我可能会为她感到难过的。本来可能会的——如果她脾气不是这么坏的话。

不过，现在我知道了这些事，明天的武器训练就让我格外激动起来。除了我以外没有其他孩子要接受武器训练，这感觉就好像是我在品尝禁果一般，而父亲就是我的导师这个事实，只会让我觉得这个禁果更加美味多汁。如果珍妮是对的，我确实是为了某种职业在接受培养，就像其他男孩受训成为教士，或是铁匠、屠户又或是木匠一样，那就好了。这很适合我。这个世界上我最敬重的人就是父亲。想到他正在把他的知识传授给我,我心中立刻就感到快慰与振奋。

而且,当然,这里面还涉及到刀剑。对一个男孩来说,还能有什么更多的要求吗?现在回想起来,我知道从那一天开始,我就变成了一个更积极、更热情的学生。每天,要么是在中午,要么是在晚饭之后,具体取决于父亲的日程安排,我们都会在我们称之为训练室,实际上是游戏室的房间里集合。我的剑术就是在这里开始逐步提升的。

那次袭击之后,我还没有做过训练。我根本没有再度拿起刀剑的勇气,但我知道,当我再次拿起剑时,我一定会想起那个房间,想起它嵌着橡木板的墙壁,想起书架还有盖好的台球桌,为了腾出空间,台球桌已经被移到了一边。父亲就在房间里,他明亮的双眼锐利却又亲切,他总是面带着微笑,总是在鼓励着我:格挡、闪避、步法、平衡、警惕、预感。他像吟咏颂歌一般重复着这些词语,有时候一整节课除了这些他什么都不说,只是厉声呼喊着指令,当我做对的时候他就点头,做错的时候他就摇头,偶尔他也会停下来,伸手撩开额前的头发,走到我身后纠正我双臂与双腿的位置。

对于我来说,这些就是——或者说曾经是——有关武器训练课的景象或声音:书架、台球桌、父亲口中的颂歌,空中回荡着……

木剑的声音。

我们用的是木制训练剑,这让我十分懊恼。以后会用钢剑的,每次我抱怨的时候,他都会这么说。

三

生日那天早上,伊迪丝对我服侍得格外周到,母亲也确保了我的生日早餐全都是我最喜欢的食物:沙丁鱼配芥末酱,新鲜面包配樱桃酱，樱桃酱是用我们家院子里樱桃树上结的果子做的。当我大快朵颐的时候，我看到珍妮冷笑着瞥了我一眼，但我并不介意。自从我们在会客厅谈过话之后，无论她曾对我有过什么样的影响力，都已经变得越来越微弱，不再明显了。在此之前，我可能会把她的嘲弄放在心上，也许还认为我的生日早餐有点傻，有点不自在。但生日那天我并没有这种感觉。回想起来，我不知道八岁生日是否标志着自己开始从一个男孩变成一个男人。

不，我并不在乎珍妮对我撇嘴，也不在乎她偷偷发出像猪一样的声音。我眼里只有母亲和父亲，他们的眼里只有我。我能从他们的肢体语言里看出来，这种属于父母的肢体密码是我多年以来慢慢掌握的，我意识到接下来还会发生一些其他的事情：看来我生日这天的惊喜还要继续下去。事实果然证明了这一点。早餐结束时，父亲宣布我们今晚要去切斯特菲尔德街的怀特巧克力屋，那里的热巧克力是用从西班牙进口的可可块做的。

那天晚些时候，我站在伊迪丝旁边，她和贝蒂围着我忙得团团转，帮我换上最漂亮的衣服。随后我们四个人走上停在路边的一辆马车。当我偷偷抬头看向我们邻居家的窗户时，我想知道道森家的女孩子们，又或是汤姆与他兄弟们的脸会不会正贴在玻璃上看我们。我希望他们现在能看见我。我希望他们能看见我们一家，然后想："那是肯威家，他们晚上出门去了，就像是普通的一家人。"

四

切斯特菲尔德街周围的地段非常繁忙。我们的马车直接停在了怀特巧克力屋外面，一到那儿，马车的车门立即被人打开，我们在引领下迅速穿过拥挤的街道，走了进去。

尽管如此，在从马车到巧克力屋之间短短的路途中，我在左右张望时还是看到了伦敦腥牙血爪的一角：阴沟里躺着一只狗的尸体，一个正对着围栏干呕的流浪汉，卖花小贩，乞丐，酒鬼，还有许多在烂泥滩里戏水的顽童。

随后我们进了屋，迎接我们的是浓重的烟味、麦芽酒味、香水味，当然，还有巧克力的味道，同时还能听到嘈杂的钢琴声和高声说话的声音。所有人都靠在赌桌上大声喧哗。无论男女都在痛饮大杯的麦芽酒。我看见有些人正就着热巧克力和蛋糕一起喝酒。似乎所有人都处在极度兴奋的状态。

我看着父亲，他突然停下了脚步，我感觉到他有些不安。一时间我还担心他会直接转身离开，直到一位高举着手杖的绅士引起了我的注意。他比父亲年轻，一张脸上挂着轻松的微笑，眼睛里闪烁的欣喜即使从房间的另一头也能看见，他正朝着我们挥动着手杖。直到他令人愉快地招了招手，父亲才认出了他，然后开始带领我们从桌子之间挤过去，途中跨过了几只狗，甚至还跨过了一两个孩子，他们正在狂欢者们脚下四处乱扒，大概是希望能捡到些从赌桌上掉下来的东西：蛋糕，也可能是硬币。

我们走到了那位拿手杖的绅士面前。他和父亲不太一样，父亲的头发是披散开的，只是用一根丝带在脑后打了个结，勉强系在一起，而他则戴了一顶扑了粉的假发，假发的后面部分固定在一个黑丝绸的袋子里，他身上则穿着一件深红色的礼服大衣。他向父亲点头致意，然后把注意力转向我，朝我夸张地鞠了一躬。"晚上好，海瑟姆少爷，我相信你一定能岁岁有今日，年年有今朝。请提醒我一下你今天多少岁了，先生？从你的举止来看，我想你是个很成熟的孩子了。十一岁？或者十二岁？"

他这么说的时候，目光直接越过我的肩头望过去，脸上带着欣然的微笑，父亲和母亲都轻笑起来。

"我八岁了，先生。"我说，顿时觉得颇为得意，同时父亲也向我们介绍了这位绅士。他叫雷金纳德·伯奇，是父亲的一位高级财产经理，伯奇先生则说他很高兴能与我结识，然后向母亲深深地鞠了一躬，亲吻她的手背以示问候。

接下来他的注意力转向了珍妮，他挽起她的手，低头将嘴唇印在上面。我清楚地意识到他这是在向珍妮示爱，于是飞快地抬头瞥了一眼父亲，期望他能出手干预。

但是，我看见他和母亲看上去非常开心，虽然珍妮还是板着脸，一直到我们被领进巧克力屋的私人包厢里就座的时候，她都保持着这个表情，她和伯奇先生坐在一起，同时怀特巧克力屋的店员们开始在我们身边各自忙碌起来。

我本可以整晚待在这里，尽情地享用呈上餐桌的大量热巧克力和蛋糕。父亲和伯奇先生似乎都很喜欢麦芽酒。所以最后是母亲坚持说该走了——在我吃坏肚子，或者他们俩吃坏肚子之前——于是我们离开巧克力屋，踏进了夜色之中，如果要说有什么不同的话，似乎外面在这段时间里变得更加热闹了。

一时间，我发现自己被街道上的喧闹声和恶臭闹得晕头转向。珍妮皱起了鼻子，同时我看到母亲脸上闪过一丝忧虑的神色。父亲本能地朝我们所有人靠近，似乎是想试着挡住街上的吵闹声。

一只脏手突然伸到我面前，我抬眼看见一个乞丐正无声地乞求施舍，他大张着眼睛，满眼恳求，明亮的眼白更衬出脸上和头发里的污垢；一个卖花小女孩试图越过父亲挤到珍妮面前，当伯奇先生用手杖拦住她的去路时，她愤怒地叫了一声"喂"。我感觉到有人在推搡我，随即看见有两个衣衫褴褛的小孩向外摊着手，正试图接近我们。

接着母亲突然发出一声尖叫，与此同时一个男人从人群里猛地冲了出来，他衣着破烂，满是污垢，伸出手来，想要抢走母亲的项链。

下一秒我就明白了为何父亲的手杖总会发出奇怪的响声，就在他跨步上前保护母亲的时候，我看见手杖里露出了一柄利刃。转眼间他就赶到了母亲身边，但在利刃出鞘之前，他又改变了主意，也许是因为看见那个盗贼手无寸铁，他改变了主意，砰地一声把剑刃收回鞘中，利剑重新变回了手杖，他旋转手杖，敲中了旁边暴徒的手。

盗贼痛得嚎叫起来，惊诧之下，他直接朝伯奇先生退了过去，伯奇猛地将他推翻在街道上，然后扑了上去，他用膝盖顶住那个男人的胸口，将一把匕首抵在了他的咽喉上。我不由得屏住了呼吸。

越过父亲的肩头，我看见母亲瞪大了眼睛。

"雷金纳德！"父亲喊道，"住手！"

"他想要抢劫你们，爱德华。"伯奇先生头也不回地说。盗贼呜咽起来。伯奇先生手上青筋暴起，握着匕首柄的指节已经发白。

"不，雷金纳德，不要这样做。"父亲平静地说。他站在母亲身边，用手臂环绕着她，母亲把脸埋在父亲胸口，正轻声抽泣。珍妮紧张地站在他们身边，我则站在另一边。我们周围聚满了人，刚才过来打扰我们的乞丐与流浪者现在都对我们敬而远之，同我们保持着一段既恭敬，又害怕的距离。

"我是认真的，雷金纳德。"父亲说，"把匕首拿开，放他走。"

"别像这样让我看起来像个傻子，爱德华。"伯奇说，"别像这样当着所有人的面，求你了。我们都知道这个人应该要付出代价，如果不能取他的命，那也许一两根手指也行。"

我再次屏住呼吸。

"不!"父亲命令道,"绝对不能流血,雷金纳德。如果现在你不按我说的做,你我之间就再无往来。"似乎我们周围所有人都安静了下来。我能听见那个盗贼语无伦次地哀求,他一遍又一遍地说,"求你了,先生,求你了,先生,求你了,先生……"他的手臂被压在身侧,双腿徒劳无益地踢踏,刮蹭着身下满是污垢的鹅卵石路面。

最后,伯奇先生似乎下定了决心,他收起了匕首,放开了盗贼带着微微血痕的脖子。他起身时踢了那盗贼一脚,而后者并不需要更多的暗示了,他用双手和膝盖慌忙地起身逃走,跑进了切斯特菲尔德街,庆幸着能活着逃走。

我们的马车车夫也清醒过来,他站在车门边,催促我们赶紧到车厢里安全的地方去。

父亲与伯奇先生面对面地站着,四目相对。当母亲经过我身边催促的时候,我看见伯奇先生眼中燃烧着怒火。我看见父亲的目光也同样有力地注视着他,然后他伸出手去同伯奇握手,说道:"谢谢你,雷金纳德。我代表我们全家,感谢你果断的反应。"

我感到母亲把手按在我的腰上,正在试图推我登上马车,我伸长脖子回头看向父亲,他向伯奇先生伸着手,对方则怒视着他,拒绝接受他的和解。

之后,正当我匆匆走进车厢时,我看见伯奇先生已经伸手握住了父亲的手,他的怒视化为了一个微笑——略有些尴尬和局促的微笑,仿佛他刚刚回过神来。两人握手和解,父亲朝伯奇先生简短地点了点头,这个动作我再熟悉不过了。这意味着一切都已解决。这意味着此事已经无需再提了。

五

最后我们回到了在安妮女王广场的家里，我们锁上门，摆脱了烟雾、粪便和马匹的味道，我告诉父亲和母亲今晚有多开心，一个劲地感谢他们，我还向他们保证，后来在街上的骚动一点也没有破坏这个美妙的夜晚，虽然私底下，我觉得那才是今晚最精彩的部分。

结果这个晚上并没有结束，因为在我要去爬楼梯上楼的时候，父亲反而招呼我跟着他，然后带我去了游戏室，在那儿点亮了一盏煤油灯。

"那么，你今晚玩得很开心吧，海瑟姆。"他说。

"我非常开心，父亲。"我说。

"你对伯奇先生印象如何？"

"我很喜欢他，父亲。"

父亲轻笑起来。"雷金纳德是个非常注重仪表的人，他很重视举止、礼数和规章。他不像某些人，把礼仪和规矩当成徽章一样，只在需要的时候才戴在身上。他是个真正的君子。"

"是的，父亲。"我说，但我的话肯定听起来和我心中的感受一样充满怀疑，因为父亲正敏锐地看着我。

"啊，"他说，"你是在想后来发生的事情？"

"是的，父亲。"

"那么——你是怎么想的？"

他招呼我走到一个书架前方。父亲似乎想让我更靠近灯光一点，他的眼睛凝视着我的脸。灯光照出他的身影，也照得他的头发闪闪发亮。他的目光总是和蔼可亲，却也很有穿透力，现在他正是这样。我注意到他脸上的一道疤痕，它在光线的照耀下似乎更亮了。

"恩，真是非常刺激，父亲，"我回答说，然后迅速补充道，"不过我最关心的是母亲。你去救她那时候的速度——我从没见过有人行动起来速度这么快。"

他笑了起来。"爱情会让人变成这样的。有一天你也会在自己身上找到这种力量的。但是伯奇先生呢？他的反应呢？你怎么看他的做法呢，海瑟姆？"

"父亲？"

"伯奇先生似乎想要严厉地惩罚那个恶棍，海瑟姆。你认为这是理所当然的吗？"

我想了想才开口回答。从父亲脸上敏锐又警觉的表情，看得出来我的答案对他很重要。

当时在盛怒之下，我猜我是有想过那个盗贼应该受到严厉的惩处。有一瞬间，虽然很短暂，确实有某种原始的愤怒让我希望他能为对我母亲的攻击受到伤害。但现在，在油灯柔和的光线下，在父亲亲切的注视下，我的感觉已经不一样了。

"老实告诉我，海瑟姆。"父亲鼓励道，仿佛他看穿了我的想法。"雷金纳德有种强烈的正义感，或者说他自称是出于正义。这种正义感有点……圣经式的风格。但是你怎么想？"

"一开始我是有种……复仇的冲动，父亲。但这个想法很快就过去了，我很高兴看到那个男人得到了宽恕，"我说。

父亲微笑着点了点头，然后他突然转向书架，他在书架上轻轻一弹，启动了某种机关，一部分书滑到一边，露出了一个隐秘空间。当他从里面拿出一件东西时，我的心也狂跳起来：这是一个盒子，他把盒子交给我，邀请我打开它。

"一份生日礼物，海瑟姆。"他说。

我跪下来把盒子放在地板上,打开后里面露出一段皮制的带子,我迅速把它拔了出来,意识到带子下面可能是一把剑,而且不是木制的玩具剑,是一把剑柄装饰华丽,剑身闪闪发光的钢剑。我把它从盒子里拿出来,握在手里。这是一把短剑,我却有些可耻地对它是短剑感到一阵失望,但我立刻就明白这是一把属于我的漂亮的短剑,而且这是我的短剑。我决定要时刻把它带在身边,当父亲阻止我的时候,我已经伸手去摸皮带了。

"不,海瑟姆,"他说,"它得留在这儿,没有我的允许,绝不能移动或者甚至是使用它。明白吗?"他从我手里拿走了剑,并且把它重新放回了盒子里,然后合上了盖子。

"很快你就会开始用这把剑进行训练,"他继续说,"你还有很多东西要学,海瑟姆,不仅仅是要学会用你手中握着的剑,还要学会运用在你心中的剑。"

"是的,父亲。"我说,努力不让自己看起来像我感受到的一样困惑和失望。我看着他转身把盒子放回秘密隔间里,如果他是想试着确保我看不到是哪本书可以启动隔间的话,好吧,那他就失败了。那本书是詹姆斯王钦定版《圣经》。

1735年12月8日

一

今天又有两场葬礼,是为两名曾经驻守在院子里的士兵举行的。据我所知,父亲的男仆迪格维德先生,出席了为那名上尉举办的葬礼,我从来都不知道他叫什么名字,我们家没有人去参加另一个人的葬礼。此刻在我们身边有如此多的死亡与悲痛,似乎已经根本没有空间再容纳更多的伤痛了,虽然这听起来有些冷酷无情。

二

我八岁生日之后,伯奇先生就成了我们家的常客,他要么陪着珍妮在院子里散步,或者带她坐上他的马车去城里游玩,又或者坐在会客厅里一边喝茶和雪莉酒,一边跟女士们讲军旅生涯里的故事,不然就是在跟父亲会谈。显然他想娶珍妮,而且这门婚事也得到了父亲的祝福,但也有人说伯奇先生要求推迟举行婚礼:因为他希望先让自己变得尽可能的富裕和成功,这样珍妮就能得到一位配得上她的夫婿,而且,为了维持珍妮已经习惯的生活方式,他已经看中了一间位于南华克的宅邸。

当然父亲和母亲对此都很开心。但珍妮却没那么高兴。我偶尔会看见她红着眼睛,而且她开始有了一种迅速跑出房间的习惯,要么是处于勃然大怒的痛苦之中,要么就是用手捂着嘴,强忍泪水的样子。我不止一次听见父亲说:"她会回心转意的,"还有一次他斜着瞥了我一眼,然后翻了翻眼睛。

正当她因为未来的重压而日益衰弱时,我却带着对自己的期待茁长成长。我对父亲的爱是如此的纯粹而广博,这种爱简直是在不断地威胁着要吞噬掉我:我不仅是爱他,我完全是在崇拜他。有时候,就好像是我们两人在分享着一个全世界没有其他任何人知道的秘密。比如,他经常问家庭教师教了什么,他专心地听我说完,然后说,"为什么?"每当他问我某些事情,不论是关于宗教、伦理还是道德,他都会知道我给的答案是不是靠着死记硬背,又或者是在鹦鹉学舌,然后他会说,"好吧,你刚刚告诉我的只是老菲林先生是怎么想的,"或者,"我们知道几个世纪前的作家是怎么想的。但你这里是怎么说的呢,海瑟姆?"然后他把一只手放在了我的胸口。

我现在才意识到他在做什么。老菲林先生教给我的是事实与绝对真理;而父亲却在要求我去质疑它们。老菲林先生授予我的这些知识——它们源自何方?是谁掌握着羽毛笔,我又为什么应该相信那个人?

父亲过去常说:"意欲眼界不同,思想必先不同,"这听起来有点儿傻,你或许会觉得好笑,或者也许等几年以后,当我回首过去时想到这句话自己也会觉得好笑,但有时候我又觉得好像我的思路确实变得开阔了,能感觉到我是在以父亲的方式在看待这个世界。他看待世界的方式是旁人所没有的,所以它似乎就是这样:这种看待世界的方式,是一种挑战真理的方式。

自然,我跑去质疑老菲林先生了。有一天,我在圣经课上挑战了他,结果为自己挣到的却是他用手杖对我的手指节一阵好打,还有他会把此事告诉我父亲的承诺,他也确实这么做了。后来,父亲带我去他的书房,关上门以后,父亲咧嘴一笑,用手轻轻拍着他自己的一边鼻子。"海瑟姆,通常来说,最好还是把你的想法埋在自己心里。隐藏于众目睽睽之下。"

所以我这么做了,然后我发现自己在观察着周围的人,试图看透他们的内心,好像我也许能用某种方式领悟他们是怎么看待世界的,是老菲林先生那种方式,又或者是父亲那种方式。

当然,现在写下这段话,我能意识到自己是有些狂妄自大了:我感觉自己有着超越年龄的成熟,而这一点其实不管是在我十岁的现在,还是在我八九岁的时候,都一样并不引人注目。也许是我目空一切,傲慢到了让人无法忍受的程度。也许是我觉得自己已经是家里的小大人了。到我九岁的时候,父亲送了我一副弓箭作为生日礼物,我在院子里练习射箭,心里希望道森家的女孩们或者巴雷特家的孩子们能从窗户里看着我。

自从我在门边跟汤姆说话到现在已经过去超过一年了,但我有时仍会在那里徘徊,希望能再次遇到他。父亲乐于谈论一切话题,除了他自己的过去。他从不谈论他到伦敦之前的生活,也从不谈起珍妮的母亲,所以我依然抱着希望,不论汤姆究竟知道些什么,对我来说都可能具有启发性。而且,当然,除此之外,我也想要交个朋友。不是父母、女佣、家庭教师或者导师——这些我有很多。我只是想要个朋友。而且我希望这个人是汤姆。

当然现在这永远不可能了。

他们明天就要埋葬他了。

1735年12月9日

一

今天早上迪格维德先生来看我了。他敲了敲门，等待我的回应，然后不得不低着头走进来，因为迪格维德先生长得又高又瘦，而我们应急住所的门廊却比原来家里的要矮得多，他不仅谢顶，双眼略有些外凸，眼睑上的静脉也清晰可见。他在这里走动时不得不俯着身子的样子，让他显得更有些狼狈，让人感觉他在这里就像是一条离了水的鱼。早在我出生以前，他就已经是父亲的男仆了，至少从肯威家在伦敦定居时就是了，就像我们所有人一样，或者说，他甚至有可能比我们所有人都更像是个住在安妮女王广场的人。内疚感更加深了他的痛苦——他悔恨的是袭击发生的那个晚上他并不在家，那天他到赫里福德郡处理家族事务去了，他和我们的车夫在袭击次日早上才回来。

"我希望您能宽宏大量地原谅我，海瑟姆少爷。"几天后他对我说，脸色苍白又憔悴。

"当然，迪格维德。"我说，却不知道接下来该说什么，直呼他的姓一直让我觉得不自在，这个姓氏从我嘴里说出来总觉得不对劲。所以我能做的就是加上一句"谢谢你"。

今天早上，他枯槁的脸上带着同样严肃的表情，而且我敢说，不管他带来的是什么消息，一定都是个坏消息。

"海瑟姆少爷，"他站在我面前开口道。

"有什么事吗……迪格维德？"

"我非常遗憾，海瑟姆少爷，这里有份来自安妮女王广场的消息，是巴雷特家的消息。他们明确表示，巴雷特家不欢迎任何肯威家族的成员参加年轻的托马斯少爷的葬礼仪式。他们还恭敬地提出要求，希望两家之间最好不要再有任何来往。"

"谢谢你，迪格维德。"我说，看着他急促而悲伤地鞠了一躬，然后他低头避开低矮的门楣离开了。

我在那里站了一会儿，茫然地盯着他原来站着的地方，直到贝蒂回来帮我换下葬礼套装，换上我平时穿的衣服。

二

几周前的一个下午，我待在仆人们住的地方，正在一条从仆人下房通往陈列室厚重闩门的短走廊里玩耍。家里的贵重物品都存放在陈列室里：只有在母亲和父亲招待客人时才难得有机会重见天日的银器、家族的传家宝、母亲的珠宝，还有一些父亲认为极具价值的书——无可替代的孤本书籍。他一直把陈列室的钥匙带在身上，挂在腰带上配的一个钥匙环里，我只见过他把钥匙委托给迪格维德先生，而且时间还很短。

我很喜欢在这条走廊附近玩耍，因为很少会有人来这个地方，这就意味着女佣们从来不会打扰我，她们总是叫我离开脏地板，免得我把裤子磨出洞来；又或者是其他好心的佣人们来打扰我，他们会和我进行礼貌的谈话，并且强迫我回答关于我所受的教育，或者是根本不存在的朋友的问题；甚至有可能是母亲或者父亲会来打扰我，他们会叫我离开脏地板，免得我把裤子磨出洞来，然后再接着强迫我回答关于我所受的教育，或者是我根本不存在的朋友的问题。又或者，比以上所有情况都更糟的是，珍妮会来打扰我，她会嘲笑我玩的任何游戏，如果我玩的是玩具兵的话，她就会恶意地把每一个锡兵都踢倒。

仆人下房与陈列室之间的过道，是安妮女王广场上少数几个我真正有希望避开这些事情的地方之一，所以当我不想被人打扰的时候，我就会去那条过道。

除了这一次，我正要部署我的部队的时候，一张新面孔出现了，是伯奇先生走进了过道。走廊的石质地板上放着一盏我带来的提灯，随着过道门打开带起的气流，烛火也闪烁跳跃起来。从我在地板上的位置，我看到了他礼服大衣的下摆和手杖尖，随着我的视线上移，我意识到他也在低头看着我，我不知道他的手杖里是不是也藏着一柄剑，它会不会也像我父亲的手杖一样发出咯咯的响声。

"海瑟姆少爷，我衷心期望着能在这里找到你。"他微笑着说，"我想知道，你现在忙吗？"

我匆忙站起身来。"我只是在玩，先生。"我迅速说道，"有什么不对的吗？"

"哦，没什么，"他笑起来，"实际上，我最不想做的事，就是打扰你的游戏时间，不过我确实有些事想和你讨论一下。"

"当然可以,"我点点头说道,一想到这可能是关于我数学能力的另一轮问题,我的心就开始往下沉。是的,我喜欢数学。是的,我喜欢写作。是的,我希望有一天我能像我父亲一样聪明。是的,我希望有一天我能接替他继承家族的产业。

但伯奇先生只是挥了挥手,示意我回到我的游戏里,他甚至把手杖放在一边,为了能蹲在我旁边,他还提起了裤腿。

"那么我们这里都有什么呢?"他问道。用手指着这些小锡人。

"只是个游戏,先生。"我答道。

"这些是你的士兵,对吧?"他问道。"那么哪一个是指挥官呢?"

"没有指挥官,先生。"我说。

他干笑了一声。"你的士兵需要一位领袖,海瑟姆。不然的话,他们要怎样才能知道最佳的行动方案?不然的话,要怎样才能向他们灌输纪律性和目的性?"

"我不知道,先生。"我说。

"这个……"伯奇先生说。他伸手从许多锡兵当中拿走了一个,在自己的袖子上擦了擦,把它放在一边。"也许我们该让这位先生做领袖——你觉得呢?"

"如果你高兴这么做的话,先生。"

"海瑟姆少爷。"伯奇先生微笑道,"这是你的游戏。我只是一个闯入者,我只是希望你能向我展示一下这游戏是怎么玩的。"

"好的,先生,那么,在这种情况下,有一位领袖应该很不错。"

突然,过道门又一次被打开了,我抬头一看,这次我看见迪格维德先生走了进来。在摇曳的灯光里,我看见他和伯奇先生交换了一下眼神。

"你的事能先等等吗,迪格维德?"伯奇先生有些紧张地说。

"当然,先生。"迪格维德先生说,他躬身行礼,退了出去,门在他身后关上了。

"很好,"伯奇先生继续道,他的注意力又回到了游戏上。"那么,让我们把这位先生放到这里,担任这支队伍的领袖,为的是让他去激励士兵们创造丰功伟绩,以自身为榜样领导他们,教导他们秩序、纪律与忠诚的美德。你觉得这怎么样,海瑟姆少爷?"

"很好,先生,"我顺从地说。

"还有些其他要注意的,海瑟姆少爷。"伯奇先生说,同时伸手从他两脚间的锡兵当中又拿走了一个,然后把它放在了那个名义上的指挥官旁边,"一位领袖需要可以他信任的副官,对吗?"

"是的,先生,"我同意道。接下来是一段长长的沉默,在此期间,我看着伯奇先生有些过分小心地又多放了两个副官到领袖旁边,随着时间的流逝,这段沉默也变得越来越尴尬,直到我开口接起了话,虽然我更多是为了打破这种难堪的沉默,而不是因为我想和他谈那个绕不开的话题,"先生,你是想跟我谈我姐姐的事吗,先生?"

"为什么?你看透我了,海瑟姆少爷。"伯奇先生放声大笑,"你父亲真是个好老师。我看得出来,他教会了你狡猾与机智——毫无疑问,还有许多其他的事情。"

我不太确定他指的是什么,所以我保持了沉默。

"你的武器训练进行得怎么样了,我可以问问吗?"伯奇先生问道。

"非常好,先生。我父亲说我每天都有进步,"我骄傲地说。

"太好了,太好了。那么你父亲有没有跟你说明训练的目的?"他问道。

"父亲说真正的训练会在我十岁生日那天开始。"我答道。

"好吧,我倒是很想知道他会告诉你什么。"他皱着眉头说,"你真的一点都不知道？就连一点有趣的线索都没有？"

"不，先生，我不知道。"我说，"我只知道他会为我指明一条可以追随的路。比如一个信条。"

"我明白了。真让人激动啊。他从来没跟你暗示过那个'信条'可能是什么吗？"

"没有，先生。"

"太有意思了。我敢打赌你肯定已经迫不及待了。还有，在此期间，你父亲有没有给过你一把男人的剑来磨练身手呢，还是说你仍然在用那些木头练习棍？"

我有点生气了。"我有自己的剑，先生。"

"那我真的非常想看看那把剑。"

"剑放在游戏室里，先生，放在一个只有我父亲和我能拿到的安全地点。"

"只有你父亲和你？你是说你也能拿到那把剑？"

我的脸一下子红了，过道里的光线很昏暗，所以伯奇先生看不到我脸上的尴尬。"我的意思是我知道那把剑在什么地方，先生，不是说我知道要怎么拿到它。"我澄清道。

"我明白了。"伯奇先生咧嘴一笑，"一个秘密地点，对吧？是书架里的一个密龛吧？"

我的表情肯定说明了一切。他大笑起来。

"别担心，海瑟姆少爷，我会为你保密的。"

我看着他。"谢谢你，先生。"

"这没什么大不了的。"

他站起身，捡起他的手杖，掸了掸裤子上的尘土，也不管上面是不是真的有尘土，然后转身朝门口走去。

"那我姐姐呢，先生？"我说，"你还没问我关于她的事呢。"

他停下脚步，轻轻笑着，同时伸手抚弄我的头发。我挺喜欢这个动作。也许是因为父亲也这么做。

"啊，但我已经不需要再问了。你已经把我需要知道的一切都告诉我了，年轻的海瑟姆少爷。"他说，"对于美丽的珍妮弗，你对她的了解跟我一样少得可怜，这很正常，也许事情注定是这样。对于我们来说，女性就应该是一个谜，你不这么觉得吗，海瑟姆少爷？"

我对他说的这些事情毫无概念，但还是对他露出了微笑，等到陈列室的走廊里再次只剩下我一个人的时候，我这才松了一口气。

三

和伯奇先生聊过之后不久，我就到宅子里其他地方去了，当经过父亲书房的时候，我正在往卧室的方向走，我听见书房里传出争吵的声音：父亲和伯奇先生的声音。

因为害怕被发现，我躲得离书房太远了一点，结果根本听不清他们在说什么，不过我很庆幸自己保持了距离，因为下一刻书房门就被猛地推开，伯奇先生急匆匆地冲了出来。他怒气冲冲——他脸颊的颜色和炽热的双眼将他的怒火表露无遗——但一看到我在门厅里，他的怒火突然不见了，虽然他依然有些激动。

"我试过了，海瑟姆少爷，"他回过神来，开始一边扣上大衣的纽扣准备离开，一边说，"我试过警告他了。"

接着他戴上三角帽，扬长而去。父亲出现在办公室门口，看着伯奇先生的背影，虽然很明显他们这次会面并不愉快，但这毕竟是大人们的事，所以我并没把它放在心上。

要想的事情还有很多。一两天之后，袭击就发生了。

四

那件事发生在我生日之前的那天晚上。我指的是袭击事件。我当时还醒着，也许是因为对第二天感到兴奋，也因为我习惯等伊迪丝离开房间以后爬起来，坐在窗台边眺望卧室窗外。从这个有利位置，我能看见猫、狗、甚至是狐狸穿过月色笼罩下的草地。若是不去留意这些野生动物，就只是看着夜色，看着月亮，月光下草地和树木都披上了一层纤薄的灰色。起初，我以为我在远处看到的光点是萤火虫。我以前听说过萤火虫，但从没见过。我只知道它们会聚集成群，发出黯淡的光芒。可是，我很快就意识到那光点根本不是什么黯淡的光芒，事实上它变亮，然后熄灭，然后又点亮。我看见的是一个信号。

我屏住了呼吸。这闪光似乎是从墙边的旧木门附近发出来的，就是那天我看到汤姆的那道门，我的第一个念头是他正在试着联系我。现在想来这想法未免有些奇怪，但我当时毫不怀疑这个信号就是打给我看的。我急忙拽上一条裤子，把睡衣塞进腰带里，然后把背带扣过肩膀。最后我扭动肩膀套上了一件外衣。我满脑子想的都是自己即将迎来一场无比美妙的冒险。

当然我现在意识到了，回想起来，在隔壁那座宅邸里，汤姆肯定也很喜欢坐在窗台边观察他家院子里夜间活动的动物。而且，和我一样，他肯定也看到了那个信号。而且汤姆甚至有可能和我有过类似的想法：是我在给他发信号。而作为回应，他也做了跟我一样的事：从他当时的位置匆忙起身，穿上几件衣服前去调查……

安妮女王广场的房子里最近出现了两张新面孔，他们是父亲雇来的两位面目冷峻的退伍士兵。他的解释是我们需要他们，因为他收到了"消息"。

仅此而已。"消息"——他只说了这些。我那时也和现在一样困惑他究竟是什么意思，我也想知道，这与我无意中听到他与伯奇先生之间那次激烈的对话是否有所关联。不论那究竟指的是什么，我很少能看到那两个士兵。实际上我只知道有一个士兵驻守在宅邸前端的会客厅，而另一个则一直待在仆人下房的壁炉附近，我觉得他可能是在看守陈列室。这两个士兵都很容易避开，我悄悄爬下楼梯来到下人们住的地方，然后偷偷溜进了月光照耀下寂静的厨房，我还从没见过厨房里这么幽暗、空旷又平静。

而且还很冷。我呼出的热气凝成了羽毛般的云雾，立刻打起了哆嗦，我心里不自在地意识到，相较于我房间里可以说微微有些热的温度，这里究竟有多么冷。

门边有一根蜡烛，我点亮了它，用手护着烛火，我擎着蜡烛照亮脚下的路，离开厨房朝马厩走去。如果说我之前是觉得厨房里很冷的话，那么，好吧……室外那种冷的感觉，就好像你周围整个世界都已经冻脆了，而且就快要碎掉了：外面已经冷到让我觉得呼吸困难，我站在室外开始重新考虑起来，不知道自己还能不能继续撑下去。

马厩里的一匹马嘶叫一声，跺起了马蹄，不知何故，这声音让我下定了决心。我踮着脚走过狗舍来到一面侧墙边，接着穿过了一道通往果园的大拱门。我穿过光秃秃、枝干细长的苹果树，随后走进了一片空地，我有些心烦的意识到宅邸就在我右侧，我不禁想象着每一扇窗边都出现了人脸：伊迪丝、贝蒂、母亲和父亲全都盯着窗外，他们看见我离开了房间，正在院子里乱闯。当然，我不是真的在外面乱闯，但他们肯定会这么说的：伊迪丝训斥我的时候会这么说，父亲因为我惹的麻烦拿手杖揍我的时候也会这么说。

如果说我当时是在预计着房子里有谁会大叫一声的话，那么这个预期并没有成真。相反，我走到围墙边，开始飞快地顺着墙朝那道门跑去。我仍然打着哆嗦，但随着情绪变得越来越兴奋，我突然很想知道汤姆会不会带些食物来做宵夜：像火腿、蛋糕还有饼干。哦，再来点热甜酒就最好了……

一只狗开始吠叫起来。那是萨奇的声音，他是父亲的爱尔兰猎犬，声音是从萨奇在马厩里的狗舍传来的。叫声让我停下了脚步，我蹲到一棵树枝光秃秃低垂的柳树下面，直到叫声像开始时一样突兀地停止。当然，后来我明白了叫声为什么会这样戛然而止。但我当时并没有多想，因为我根本没有理由猜到萨奇会被入侵者割开喉咙。现在我们认为是有五个人一起带着匕首刀剑悄悄闯进了我们家。这五个人直奔宅邸，而我当时在院子里，对此毫不知情。

可我又怎么会知道？我是个满脑子都是冒险和匹夫之勇的傻小子，更别提关于火腿和蛋糕的念头了，于是我继续沿着围墙跑过去，直到我抵达了那道门。

门是开着的。

我究竟是期待着什么呢？我猜，我预想中的门应该是关着的，而汤姆就在门的另一边。也许我们俩其中之一会翻过围墙。也许我们打算隔着门互相传传闲话。可我现在只知道门已经开了，于是我开始感觉事情有点不对劲，至少我已经意识到从卧室窗口看到的那个信号可能并不是发给我的。

"汤姆？"我低声唤道。

什么声音都没有。整个夜晚万籁俱寂：没有鸟叫，没有动物的声音，什么都没有。我现在紧张起来，正准备转身离开，回家去，回到我安全又温暖的床上,这时我看见了某种东西——那是一只脚。我慢慢在门外走远了一些,过道沐浴在灰白的月光下,所有东西都蒙上了一层柔和,又有点脏兮兮的黯淡光芒——包括一个四肢摊开,倒在地上的男孩躯体。

他半坐半躺着,身体靠着墙,衣服穿得和我几乎一样,一条裤子,一件睡衣,只是他没有把睡衣塞进腰带里,结果睡衣缠在了他的腿上,而他的双腿正以一种奇怪、不自然的角度,摆在过道坚硬,又坑坑洼洼的泥地上。

那是汤姆,当然。汤姆那双已经毫无生气的眼睛从帽檐下方看着我,他的帽子歪斜的戴在头上,双眼已经什么都看不到了;从汤姆咽喉上深深的伤口里流出的血液浸透了他的前胸,月光照在血迹上闪闪发亮。

我的牙齿开始打战。我听到一声呜咽,然后意识到那是我自己的声音。成百上千个惊惶的想法涌入了我的脑海。

接下来的事情发生得太快,我甚至已经无法记清它们的确切顺序了,不过我想应该是从玻璃破碎的声音和从房子里传来的一声尖叫开始的。

快跑。

承认这一点让我很是惭愧,当时我脑海里挤满的那些声音、那些念头,全都在一起呼喊着这同一个词。

快跑。

于是我服从了它们。我奔跑起来。但并没有朝着它们想让我去的方向。我究竟是像父亲教导过的那样听从了自己的本能,还是无视了它们?我不知道。我只知道,虽然全身上下每一寸神经似乎都想让我尽快逃走,逃离我已知最可怕的危险,但事实上我却正向着危险奔去。

我跑过马厩，冲进厨房，几乎没有停步去确认大门已经洞开的事实。在沿着仆人下房的某个地方，我听见了更多的尖叫声，还看见了厨房地板上的血迹。我穿过房门朝楼梯走去，不料却看到了另一具尸体。那是其中一位士兵。他捂着腹部倒在走廊里，眼皮疯狂地颤动，当他滑落到地板上死去时，嘴里流出了一丝鲜血。

我跨过尸体跑向楼梯，心里唯一的想法就是赶到父母身边。门廊里一片漆黑，却满是尖叫声和奔跑的脚步声，门廊里还腾起了第一缕烟雾。我试着确定自己的位置。这时从上方又传来一声尖叫，我抬眼看见阳台上有晃动的人影，而且还看见一位袭击者手中有钢铁的寒光一闪而过。在平台上挡住他的是父亲的一位仆从，但飞速闪过的光亮让我没能看清那可怜男孩的命运。相反，我听见，并且通过双脚感觉到他的尸体从阳台摔落在了不远处的木头地板上。杀害他的行刺者发出一声胜利的嚎叫，我能听见他沿着平台向内深入时奔跑的脚步声——他在向卧室奔去。

"母亲！"我大喊道，就在我跑上楼梯的同时，我看见父母的房门被推开了，父亲猛冲出来同那个入侵者交手。他穿着长裤，背带扣过赤裸的肩膀，他没有束发，头发随意地披散着。他一手拿着提灯，另一只手握着剑。

"海瑟姆！"我跑上楼梯顶时父亲喊道。入侵者站在我俩之间的平台上。那个人停下脚步，转身看着我，借着父亲手中提灯的光亮，我才第一次真正看清他的容貌。他身着长裤，套着一件皮甲背心，还戴着一张小巧的半脸面具，像是那种戴着参加化装舞会的面具。接着他改变了方向。他不再上前攻击父亲，而是狞笑着回身，沿着平台向我追来。

"海瑟姆！"父亲再次吼道。他离开母亲身边，开始冲下平台追击入侵者。他们之间的距离立刻就缩短了，但这还不够，我转身逃跑，不料却看见第二个人出现在楼梯口，执剑在手，挡住了我的去路。他和前一个人的装扮完全一致，但我还是看到了一处区别：他的耳朵。他的耳朵很尖，搭配着面具，让他看起来仿佛就像是丑陋、畸形的庞齐先生。一时间我愣住了，随后我转身看见我身后那个狞笑的人已经转向去和父亲打了起来，他们手中的刀剑铿锵作响。父亲已经丢下了提灯，他们就在半明半暗的环境下交锋。这场短暂又残酷的搏斗不时被两人的哼声与刀剑钢铁相交的鸣响打断。即使是在这激烈又危险的时刻，我还是忍不住希望能有足够的光线让我好好看看他战斗的模样。

随后战斗就结束了，那个狞笑的杀手再也笑不出来了，他丢下手中的剑，惨叫着从楼梯扶手上翻了下去，落在下方的地板上。那个尖耳朵的入侵者已经爬上了一半的楼梯，但他又改变了主意，突然转身逃进了门厅。

下方传来一声大喝。越过扶手，我看见了第三个人，同样戴着面具，他招呼着那个尖耳朵的男人，然后两人一起从平台下方消失不见了。我抬头一看，就着微弱的光线，我看见父亲的脸色变了一下。

"游戏室。"他说。

下一刻，在我或者母亲能阻止他之前，他已经越过扶手，朝门厅跳了下去。在他跳下去同时，母亲也惊叫道："爱德华！"她喊声里的痛苦回荡在我的脑海中。不。我此刻唯一的想法是：他抛下了我们。

为什么他会抛下我们？

当母亲沿着平台，朝我站在楼梯顶的位置跑过来的时候，她套在身上的睡衣已经凌乱不堪，脸上也满是惊恐。在她身后又出现了另一位入侵者，他从平台另一端的楼梯上冒了出来，就在母亲赶到我身边的同时，他也追上了母亲。他一只手从后面抓住了母亲，同时另一只手挥剑向前,打算让剑锋划过她暴露在外的喉咙。

我毫不迟疑地动了手。我当时甚至根本都没有去想这件事,直到很久以后我才意识到这一点。但我那时如行云流水般连续地跨步上前,伸手从楼梯上拿起死去袭击者的剑,把剑高举过头顶,在他划开母亲的喉咙之前,我用双手把剑刺进了他的脸。

我瞄得很准,剑尖穿过面具的眼洞,刺进了眼窝。他的惨叫声划破夜空,与此同时,他从母亲身边退开,我手中的剑也嵌在了他的眼睛里。随后他撞倒在楼梯扶手上,长剑也摔落下来,他踉跄着摇晃了一阵儿,然后跪倒在地,身体向前栽倒,头颅还没触地就断了气。

母亲扑进我怀里,把头埋在我的肩膀上,这时我已经拿起了剑,正牵着她的手走下楼梯。不知有多少次,父亲在离家去工作的时候对我说过:"今天家里你来负责,海瑟姆,你要为我照顾好你母亲。"现在,我真的做到了。

我们走到了楼梯口,整栋房子似乎已经陷入了一种诡异的寂静之中。此时门厅里空无一人,虽然四处闪烁着某种不祥的橙色光芒,这里依然十分昏暗。空气开始因烟雾变得浑厚,但透过朦胧的烟气,我看见了许多尸体:杀手的、被杀死的仆从的……还有伊迪丝,她的喉咙被人割开,倒在一片血泊里。

母亲也看见了伊迪丝,她抽泣着,试图把我拉向正门的方向,但游戏室的门半掩着,而且我听见里面传来刀剑相击的声音。里面有三个人,其中一个是我父亲。"父亲需要我。"我说着,一边试着从母亲身边挣脱,她明白我打算要做什么,拉着我更紧了,直到我强行抽回了手,我用的力气太大,让母亲一下摔倒在地板上。

在那奇怪的一刻,我发觉自己在为该扶母亲站起来还是该道歉感到左右为难,看到她倒在地板上——因为我才倒在地板上——让我惊骇无比。但随后我听见游戏室里传来一声大喊,这一声已经足以让我放下母亲,冲进游戏室门里。

我第一眼看到的是书架里的隔间已经打开了,我能看见装着我那把剑的盒子就在里面。除此以外,房间里和往常一样,就像上次训练课结束时那样,盖好的台球桌被挪到一边,为我腾出训练的空间;今天早些时候父亲还在这里教导我,训斥我。

而现在,父亲却跪倒在这里,奄奄一息。

站在他面前的男人,已经把手中的剑深深地刺入父亲的胸膛,长剑没至剑柄,剑刃从他背后穿出,鲜血从长剑滴落在木质地板上。不远处站着那个尖耳朵的男人,他脸上有一道又长又深的伤口。他们两人合力才打败了父亲,但也仅此而已。

我猛地扑向凶手,他吃了一惊,来不及从父亲胸口拔出他的剑。相反,他跨步让开,避开了我的剑锋,他松手放开剑的同时,父亲也倒在了地板上。

我像个傻子一样继续追击着那个杀手,却忘了要防守自己的侧翼,接下来,我从眼角的余光里突然看到了动静,因为那个尖耳朵的男人向前跳了过来。我不确定他究竟是故意,还是攻击时错失了良机,他并没有用剑刃攻击我,而是用剑柄的圆头击中了我,霎时间,我眼前变得一片漆黑:我的头撞到了什么东西,过了一会儿我才意识到那是台球桌的桌腿,我倒在地板上,头昏眼花,四肢摊开,正对着父亲。他侧卧于地,剑柄依然插在胸口上。他眼中只剩下一点生命的火花了,他的眼皮翻动起来,仿佛在调整焦点,想要看清我的样子。那一刻,我们这两个受伤的人就这样面对面地躺着。他的嘴唇微微蠕动。透过心中痛苦与悲伤的乌云,我看见父亲向我伸出了手。

"父亲——"我说道。紧接着下一刻,那个凶手已经大步走了过来，他毫不迟疑地弯腰从父亲身上拔出了剑。父亲剧烈抽搐起来，最后一阵痛苦的痉挛让他弓起了身子，同时他张开嘴，露出染血的牙齿，死了。

我感到一只靴子踢在我身侧，将我踢翻了过来，我抬眼看着凶手的眼睛，现在他将成为杀死我的凶手，他得意地笑着，双手扬起他的剑，准备将它刺进我的身体。

如果说，不久前内心中哀求我逃跑的声音让我感到羞愧的话，那么，此刻内心的镇定则让我感到骄傲：因为我有尊严地面对了死亡，我知道自己已经为家庭尽了全力，很快我就要和父亲团聚了，我将带着感激之情面对死亡。

但当然，事情并没有变成这样，否则就是鬼魂在写这些文字了。那时某件东西吸引了我的注意，那是一把剑的剑尖，它出现在凶手两腿之间，剑尖转瞬间陡然拔起，从腹股沟割开了他的躯干。我后来意识到，从这个方向发动攻击的用意与野蛮残暴关系不大，更多是为了将凶手从我身前逼走，又不会将他推向前方。但这一招确实非常凶狠，他惨声尖叫，身体被割裂时鲜血四溅，他的内脏从切口落到地板上，随后倒地的是一具了无生气的尸体。

站在他身后的是伯奇先生。"你没事吧，海瑟姆？"他问道。

"是的，先生。"我喘息着答道。

"干得不错，"他说着，随后举剑截住了那个尖耳朵的男人，那人已经手持闪着寒光的利刃朝他攻了过来。

我挣扎着跪了起来，然后拿起一把落在地上的剑站起身，准备去帮助伯奇先生，他已经把尖耳朵的男人逼到了游戏室门口，突然间这个袭击者看到了什么东西——门后面某种我们看不见的东西——接着他跳到了另一边。下一刻，伯奇先生向后一跃，他伸出一只手阻止我挺身向前，同时那个尖耳朵的男人再次出现在门口。只是这次他手里多了个人质。一开始我害怕那是母亲，但那是珍妮。

"退后。"尖耳朵咆哮道。珍妮在轻声抽泣，当利刃压上她的咽喉时，她瞪大了眼睛。

我能承认在那一刻，与保护珍妮相比，我更在意的是为父亲的死复仇吗？

"待在那儿！"尖耳朵的男人重复道，他拉着珍妮退后。她睡袍的褶边绊住了她的脚踝，她的脚跟在地板上拖行着。突然，另一个戴面具的人加入了他们，他正挥舞着一直燃烧的火把。现在门廊里几乎全是烟雾。我能看见房子的另一处正冒出火焰，大火舔舐着通往会客厅的门。拿着火把的男人将它扔向帷帘，火焰点燃了帘布，我们周围开始燃烧起来，而伯奇先生和我都无力阻止。

我用余光看到了我的母亲，感谢上帝她安然无恙，但珍妮这边就截然不同了。当她被拖向宅邸正门时，她的眼睛紧紧地盯着我和伯奇先生，仿佛我们是她的最后希望。带火把的袭击者与他的同伙会合，他拉开大门，朝一辆马车冲了过去，我能看见那辆车正停在外面的大街上。

一时间我以为他们会放了珍妮，但事与愿违。她被拖向马车，然后被塞进了车里，同时她开始尖叫，当第三个戴面具的人坐上车夫的位置握起缰绳时，她还在尖叫，那人挥动马鞭，马车疾驰而去，消失在夜色里，只留下我们既要从燃烧的房子中逃生，又要从火场中拖出死者的遗体。

1735年12月10日

一

虽然今日我们埋葬了父亲,但今天早晨我醒来时想到的第一件事,却与他和他的葬礼均无关系,我想到的是安妮女王广场家里的陈列室。

他们没有试着闯入陈列室。父亲雇了两个士兵,就因为他担心有人会来抢劫,可那些袭击者甚至都没费心去尝试打劫陈列室,而是直奔楼上去了。

因为他们在寻找珍妮,这就是原因。那么杀死父亲呢?这也是在他们计划之中的吗?

这就是我在冰冷的房间里醒来时想到的——这没什么不寻常的,这里就应该有这么冷。事实上,这事平常极了。只是今天房间里格外的冷。那种让你牙齿打战、深入骨髓的冷。我望向壁炉,疑惑炉火为何没有散发出更多的热量,却看见壁炉并没有点燃,灰白的炉栅里满是灰烬。

我爬下床走到窗前，窗户内侧已经结了一层厚厚的冰，我无法看清外面的样子。寒冷让我喘息起来，我穿好衣服离开了房间，随即又为房子里竟然如此安静感到惊讶。我蹑手蹑脚地走下楼梯，找到贝蒂的房间，轻轻敲了敲门，随后又稍微敲重了些。她没有回应，我站在那儿盘算着该怎么办，我对她有些担心，这让我心里觉得不安。可她依然没有回应，于是我跪在地上，从钥匙孔望进去，同时祈祷我不会看到什么不该看到的东西。

她睡在房间里两张床的其中一张上面，另一张床上是空的，而且收拾得很整洁，虽然床脚那里放着一双似乎是男式的靴子，鞋跟上还带着一条银边。我把目光转回贝蒂，就这样看了一会儿，我看着盖在她身上的毯子不断起伏，随后决定让她再睡一会儿，于是我又直起了身子。

我缓步走进厨房，瑟尔太太在我来之前不久刚开始忙活，她用略有些不满的眼神上下打量了我一番，然后又继续在案板上工作起来。我和瑟尔太太之间并没有什么过节，只是瑟尔太太对所有人都是一副怀疑的态度，那场袭击之后她更是变本加厉了。

"她不是天性宽容的人，"贝蒂某天下午曾对我说。这是袭击之后发生的另一个变化：贝蒂变得坦率多了，她现在不时会暗示出她自己真正的想法。我从来都没意识到她和瑟尔太太会意见不一致，比如说，我根本不知道贝蒂竟然对伯奇先生怀有猜疑。她的想法是："我不明白为什么他在代表肯威家做决定。"她昨天阴沉着脸低语道，"他又不是这家里的一员。我怀疑他永远都不会是。"

不知怎的，在了解到贝蒂并不怎么器重瑟尔太太之后，这位管家在我眼里也变得不那么可怕了，要在以前，像是不打招呼就溜进厨房要东西吃这种事，我大概会三思而后行，可现在我已经没有这种顾虑了。

"早上好，瑟尔太太。"我说。

她微微屈膝向我行了一礼。厨房里只有她一个人，显得有点冷清。在安妮女王广场的时候，瑟尔太太至少有三个助手，更别提在厨房那两扇大对开门之间进进出出的各色仆人了。但那是袭击发生之前的事了，那时候我们家的仆人配备齐全，也没有发生像是持剑的面具歹徒入侵这种把用人们都吓跑的事。大多数用人从袭击的次日就再没回来。

现在家里就只剩下瑟尔太太、贝蒂、迪格维德先生、一个叫艾米丽的侍女，还有母亲的贴身女仆戴维小姐。他们是服侍肯威家族的最后几位用人了。或者，我该说他们是服侍肯威家族幸存者的最后几位了。因为现在肯威家就只剩我和母亲了。

我带着一块用布裹着的蛋糕离开了厨房，瑟尔太太递给我蛋糕的时候，脸上的表情有些阴沉，毫无疑问，对于我这么早就在屋子里闲逛，而且还在她没做完早餐就跑来要东西吃，她肯定觉得不满。我喜欢瑟尔太太，而且那个可怕的夜晚之后，她是少数几个还留在我们身边的仆人之一，为此我对她更加欣赏。但即便如此，眼下我还有其他的事情要操心。父亲的葬礼。当然，还有母亲。

我已经走进门厅，凝视着前门内侧，不知不觉间，我打开了大门，然后不假思索地——至少我没想太多——走上了门外的台阶，走进了冰霜满天的世界里。

二

"那么，这么冷的大清早，你究竟是打算要做什么呢，海瑟姆少爷？"

一辆马车刚刚停在屋子外面，出现在车窗边的人正是伯奇先生。

他戴的帽子比平时厚实一些,脖子上的围巾盖过了鼻子,乍一看上去,他就像是个拦路打劫的强盗。

"只是随便看看。"我站在台阶上说。

他拉低了围巾,试着露出微笑,但在微笑绽放之前,他的眼神闪烁起来,就像火堆里渐渐破碎、渐渐冷却的灰烬,纵然努力,却也无法再释放出热量,那神情中蕴藏的焦虑与疲惫,就和他开口说话时的声音一样。"我想也许我知道你在找什么,海瑟姆少爷。"

"那会是什么呢,先生?"

"回家的路?"

我略一思索,随即意识到他是对的。麻烦在于,我生命的头十年是在父母和女佣的呵护照料下度过的。虽然我知道安妮女王广场就在附近,近到甚至可以步行走过去,但我却不知道该如何面对。

"那么你是打算回去看看吗?"他问道。

我耸了耸肩,但事实上这个问题的答案是:是的,我曾想象自己站在旧居残破的梁架里。在游戏室里。我想象自己找回了……

"你的剑?"

我点点头。

"到房子里面恐怕太危险了。那么,你想到那边去转转吗?至少你可以去看一眼。进来吧,外面就跟灰狗的鼻子一样冷。"

我没有理由拒绝他的提议,尤其是当他从马车里拿出一顶帽子和一件披肩的时候。

不一会儿,我们就在老宅那里停下了马车,老房子看起来和我想象的完全不同。不,它比我所想象得要糟糕得多。仿佛有一只天神般巨大的拳头从上方砸中了它,巨拳击碎了屋顶和下方的楼板,在房子里凿出了一个巨大的破洞。残破的老宅已经不太像是一座房子了。

透过破碎的窗户,我们可以直接望进门厅里,再向上——穿过破碎的楼板,直到三段阶梯之上的走廊,全都被烟灰熏成了黑色。我看见一些还能辨认的家具,都已经被烧得焦黑,墙上歪斜地挂着烧焦的画像。

"我很遗憾——但进去实在太危险了,海瑟姆少爷。"伯奇先生说。

过了一会儿,他带我回到马车里,他用手杖轻轻敲了两下车顶,然后我们便启程离开了。

"不过,"伯奇先生说,"我昨天自作主张找回了你的剑。"然后他伸手从自己的座位下面拿出了那个盒子。盒子上同样沾满了烟尘,等他把盒子放在腿上打开盖子,我看见那把剑就在里面,和父亲把它交给我那天一样闪闪发光。

他扣上盒子,把它放在我们俩之间的座位上,此刻我能说出口的只有:"谢谢你,伯奇先生。"

"这是把很漂亮的剑,海瑟姆。我相信你会好好珍惜它。"

"我会的,先生。"

"那么,我想知道,它什么时候才能初尝鲜血呢?"

"我不知道,先生。"

车里沉默下来。伯奇先生把他的手杖紧紧扣在双膝之间。

"袭击发生那晚,你杀了一个人。"他说着,扭头望向窗外。我们路过的房屋悬浮在烟尘与冰冷空气混杂的雾霾中,都只是依稀可见。现在仍然很早。街道上十分安静。"那是什么感觉,海瑟姆?"

"我是在保护母亲。"我说。

"那是你唯一可能的选择,海瑟姆。"他点了点头,"而且你做得对。千万不要有别的想法,一刻都不要想。就算这是唯一的选择,也不能改变这个事实,杀人并不是一件小事。对任何人来说都是如此。

对你父亲来说不是。对于我也不是。尤其对你这样年轻的男孩子来说，更不是小事。"

"我并不为自己所做的事觉得悲伤。我只是就那样做了。"

"那后来你有想过这件事吗？"

"不，先生。我想的只有父亲，还有母亲。"

"还有珍妮……"伯奇先生说。

"哦。是的，先生。"

我们沉默了一会儿，等他再次开口时，他的嗓音变得平淡又严肃。"我们得找到她，海瑟姆。"他说。

我默不作声。

"我打算动身去欧洲，我们相信她被抓到欧洲去了。"

"你怎么知道她在欧洲，先生？"

"海瑟姆，我是一个很有影响力的重要组织的成员。它是一种俱乐部，或者说社团。组织成员的众多优势之一，就是我们处处都有耳目。"

"这个组织叫什么名字，先生？"我问道。

"圣殿骑士团，海瑟姆少爷。我是个圣殿骑士。"

"一个骑士？"我说，同时目光敏锐地看着他。

他短笑一声。"大概不完全是你想象的那种骑士，海瑟姆，我们不是什么中世纪的老古董，但我们的理想并未改变。就像几个世纪以前，我们的先辈打算在圣地散播和平一样，我们就是维护这个时代和平与秩序的无形力量。"他在窗边挥了挥手，街道上现在变得忙碌了一些。"这一切，海瑟姆，都需要组织和纪律，而组织和纪律需要一个可以追随的榜样。圣殿骑士团就是这个榜样。"

我点了点头。"那你们在哪儿碰面？你们都做些什么？你有盔甲吗?"

"以后,海瑟姆。以后我会告诉你更多的。"

"那么,父亲也是你们的成员吗?他也是骑士吗?"我的心脏狂跳起来,"他训练我是为了让我成为骑士吗?"

"不,海瑟姆少爷,他并不是,而且据我所知,恐怕他训练你剑术只是为了……好吧,事实上你母亲还活着就证明你上的那些课是有价值的。我和你父亲之间的关系,并不是建立在我的成员身份上的。我可以十分荣幸地说,他雇用我是因为我在财产管理方面的能力,而不是出于某些秘密的关系。不过,他知道我是个圣殿骑士。毕竟,圣殿骑士团有钱有势,有时候,这对我们的生意很有帮助。你父亲或许不是我们的成员,但他足够精明,看得出这些关系的价值:像是一句友好的话、传递一些有用的信息、"——他深呼了一口气——"而其中之一,就是关于安妮女王广场那场攻击的警告。当然,我告诉他了。我问过他为什么他会被人盯上,但他对这个想法嗤之以鼻——也许,在这一点上他并不诚实。我们为此产生了冲突,海瑟姆。我和他大吵了一架,但现在我只希望当时我的态度能更坚定一些。"

"是我听到的那次争吵吗?"我问道。

他斜视着我。"所以你听到了,对吗?我希望你不是在偷听吧?"

他话里的语气让我万分庆幸自己并没有偷听他们谈话。"不,伯奇先生,我只是听见有吵架的声音,仅此而已。"

他紧紧地盯着我。为我说了实话感到满意之后,他面向正前方。"你父亲真是既顽固又难以捉摸,这两者只怕不分伯仲。"

"可他并没有忽视你的警告,先生。毕竟,他还雇了两个士兵。"

伯奇先生叹了口气。"你父亲并没有认真对待这个威胁,本来他什么都不会做的。既然他不听我的,我只好采取措施,把消息告诉了你母亲。是在她的坚持下，他才雇了那些士兵。现在我真希望当时我能用我们组织里的人换掉那些士兵，我的人不会那么轻易被打倒。我现在能做的，只有努力寻找他的女儿，还有惩罚那些该为此负责的人。要做到这些我需要知道为什么——这次袭击的目的是什么？告诉我，海瑟姆少爷，对于他到伦敦定居之前的生活，你都知道什么？"

"我一无所知，先生，"我答道。

他干笑了一声。"好吧，看来我们俩都一样。事实上，不止是我们不知道。你母亲也几乎什么都不知道。"

"那珍妮呢，先生？"

"啊，同样神秘莫测的珍妮。她曾经有多美丽，就有多让人沮丧，她曾经有多可爱，就有多么难以捉摸。"

"'曾经'，先生？"

"表述方式而已，海瑟姆少爷——至少我还全心全意地抱着希望。我仍然希望珍妮在那些歹徒手里能够平安，只有她还活着，对他们才有价值。"

"你认为他们绑架她是为了要赎金吗？"

"你父亲非常富有。你们家很有可能就是因为财富才被人盯上的，而你父亲的死是他们计划外的。这当然有可能。现在我们有人正在调查这种可能性。同样，歹徒的任务也可能是刺杀你父亲，我们也有人在调查这种可能性——那么，就我看来，当然，因为我很了解他。如果说他有什么敌人的话；我的意思是，有能力筹划这样一场攻击的敌人，而不是什么心怀不满的佃户——可我想不出他有任何可能的敌人，我相信歹徒的目的可能是为了解决一段恩怨。如果是这样的话，那么这段恩怨恐怕由来已久，有可能与他来伦敦之前的那段时间有关。珍妮是唯一了解他来伦敦之前那些事情的人，她可能知道答案，但无论她知道什么，她现在已经落在歹徒手里了。不管怎样，海瑟姆，我们都得找到她。"

他说"我们"这个词的方式有些特别。

"正如我所说，我们认为她被带去了欧洲的某个地方，所以我们将在欧洲对她展开搜索。而且是由'我们'去搜索，我指的是你和我，海瑟姆。"

我吃了一惊。"先生？"我说，我简直不敢相信我的耳朵。

"没错。"他说，"你要和我一起去。"

"母亲需要我，先生。我不能把她丢在这里。"

伯奇先生再次看着我，眼神既不亲切也无怨恨。"海瑟姆。"他说，"这个决定恐怕由不得你。"

"只有我母亲才能决定，"我坚持说。

"嗯，确实如此。"

"你指的是什么意思，先生？"

他叹了口气。"我的意思是，袭击事件那天晚上之后，你和你母亲谈过话吗？"

"她实在是太伤心了，除了戴维小姐或者艾米丽，她谁都不肯见。她一直待在房间里，戴维小姐说，等她想见我的时候，会唤我过去的。"

"等你见到她的时候，你会发现她变了。"

"先生？"

"遇袭的那晚，特莎目睹了她丈夫的死，还看见她年幼的儿子杀了一个人。这些事情会对她造成严重的影响，海瑟姆，她可能不再是你记忆中的那个人了。"

"那么她就更需要我了。"

"也许她需要的是疗养,海瑟姆——可能的话,在她身边,能让她想起那个可怕夜晚的东西越少越好。"

"我明白了,先生。"我说。

"如果这对你有所打击的话,那么我很抱歉,海瑟姆。"他皱着眉头,"当然,我也很可能猜错了,但自从你父亲死后,我一直在打理他的生意,我们已经同你母亲商议过了,所以我有机会能直接见到她,而我不认为我想错了。至少这次没有。"

三

葬礼之前不久,母亲召唤我去见她。

当贝蒂——她满脸通红地为她称之为"赖了会儿床"的事情向我道歉——告诉我的时候,我首先想的是母亲改变主意,不让我跟着伯奇先生去欧洲了,但我错了。我飞奔到她的房间,敲了敲门,恰好听见她喊我进去——现在她的声音是如此的虚弱又刺耳,全然不似以往,那时她的声音轻柔却又充满了威严。在房内,她坐在窗边,戴维小姐正忙着收拾窗帘:尽管现在是白天,但外面却几乎没什么亮光,然而,母亲却在面前挥了挥手,仿佛她是被一只鸟儿惹得心烦意乱,而非仅仅是几缕冬日灰暗的阳光。最后,戴维小姐的努力终于让母亲感到满意,她带着疲惫的微笑指示我坐在椅子上。

母亲非常缓慢地把头转向我,她看着我,勉强挤出一个微笑。袭击事件对她造成了非常可怕的损害。仿佛她所有的生命力都已经被吸取一空:仿佛她已经失去了往日的光彩,那股无论她是微笑或是生气时、又或者如父亲所说,当她表露心迹时总能绽放出的光彩。现在微笑慢慢从她唇边褪去,脸上的表情又变回空洞茫然、眉头紧锁的样子,仿佛她已然尽力,却已经不再有力气维持任何的掩饰。

"你知道我不会去参加葬礼吧,海瑟姆?"母亲面无表情地说。

"是的,母亲。"

"对不起。对不起,海瑟姆,真的对不起,可我真的不够坚强。"

——通常她从不叫我海瑟姆。她叫我"亲爱的"。

"我知道,母亲,"我说,心里知道她曾经——她曾经十分坚强。"你母亲比我见过的任何人都更有勇气,海瑟姆,"父亲过去常这么说。

他们搬到伦敦之后不久就相识了,是她主动追求的他——"就像一只母狮在追捕她的猎物",父亲曾经打趣说,"她的眼神既令人毛骨悚然,又让人敬畏。"这个特别的玩笑为父亲换来了母亲的一次敲打,这种玩笑会让你觉得也许其中多少有些真实的成分。

她不喜欢谈论她的家族。我只知道他们很"兴旺"。珍妮曾经暗示过一次,因为母亲和父亲的交往,他们已经和她断绝了关系。至于为什么,当然,我无从得知。有一次我缠着母亲问父亲来伦敦之前的生活,她却给了我一个神秘的微笑。我明白等他准备好的时候会告诉我的。坐在她的房间里,我意识到在我感受到的悲痛之中,至少有一部分,是我自知无论父亲打算在生日那天告诉我是什么,我都已经永远不可能听到所带来的痛苦。虽然这在我的悲痛中微乎其微,我应该说清楚——这与失去父亲的悲痛和看见母亲变成这样的痛苦相比,根本微不足道。她变得如此……憔悴。如此欠缺父亲所说的勇气。

也许这证明她的力量正是源自于他。也许她纯粹是无法承受那个可怕夜晚发生的屠杀。他们说士兵们身上会发生这种事。他们有了一颗"士兵的心",再也不复当年。杀戮在不知不觉中改变了他们。母亲的情况是这样吗?我很想知道。

"对不起,海瑟姆。"她补充说。

"没关系,母亲。"

"不,我的意思是——你要和伯奇先生一起去欧洲。"

"这里需要我,我要陪着你,照顾你。"

她轻盈地笑了一声:"妈妈的小战士,嗯?"然后用一种奇怪而敏锐的目光看着我。我知道她在想什么。她回想起了楼梯上发生的事。她亲眼看见我把剑插进了歹徒的眼窝里。

然后她移开了视线,我感受到她凝视中朴实的情感,觉得自己几乎喘不过气来。

"我有戴维小姐和艾米丽照顾,海瑟姆。等安妮女王广场的房子修好以后,我们就会搬回去,我会再多雇几个仆人。不,是我应该要照顾你,我已经指定让伯奇先生担任家族审计员,还有你的监护人,这样你就能得到妥善的照顾。你父亲也会希望我这么做的。"

她疑惑地看着窗帘,仿佛在回想为何它被人拉开了。"我相信伯奇先生会跟你谈立刻动身去欧洲的事。"

"他说过了,是的,但是——"

"很好。"她注视着我。再一次,她那副表情里蕴藏着某种让我觉得困惑的东西:我意识到,她不再是我认识的那个母亲了。或者说,我不再是她认识的那个儿子了?

"这样安排最好,海瑟姆。"

"但是,母亲……"

她看着我,接着很快又移开了目光。

"你会去的,这个话题就到此为止了,"她坚决地说,她的目光又回到了窗帘上。我把眼睛转向戴维小姐,仿佛是想寻求帮助,但我什么也没有得到:作为回应,她给了我一个同情的微笑,她抬高眉毛,表情像是在说:"对不起,海瑟姆,我什么也做不了,她心意已决。"

房间里安静下来，除了外面咯噔咯噔的马蹄声，什么声音都没有，而那个传来马蹄声的世界，却依旧无视着我的世界已经分崩离析的事实。

"你可以退下了，海瑟姆。"母亲挥了挥手说。

以前——我指的是在袭击事件之前——她从来没有"召唤"过我。也不曾让我"退下"。以前，如果不至少亲吻我的脸颊一次，她是绝对不会让我离开她身边的，而且她会告诉我她爱我，至少每天一次。

当我站起身来，我突然意识到，她完全没有提到那天晚上在楼梯上发生的事。她从未感谢过我拯救她的生命。我在门口停下脚步，转身看着她，心里不禁疑惑她是否希望事情的结果会有所不同。

四

伯奇先生陪我出席了父亲的葬礼，这是一场很小、也并不正式的仪式，地点就在我们之前为伊迪丝举办葬礼的同一座教堂，出席的人数也几乎完全一样：家属和佣人、老菲林先生、还有几位父亲公司里的职员，葬礼结束之后伯奇先生还跟他们谈过话。他还把其中的一位介绍给我认识，他叫辛普金先生，我猜他大概有三十多岁，他们告诉我，他会负责掌管我们家族的事务。他躬身微微行礼，我认出他看着我的眼神里混杂着尴尬与同情，两种情绪都在努力寻找着合适的表达方式。

"您在欧洲的时候，我会妥善处理好您母亲的事务。"他向我保证。

这句话让我突然想起自己真的要立刻这里了：我别无选择，在这件事上根本没有发言权。好吧，我猜我还是有一个选择的——我可以逃走。可逃跑似乎并不能算是一种选择。

我们乘马车回家。一行人成群结队进屋以后，我突然看到了贝蒂，她看着我，露出一个虚弱的微笑。看来关于我要走的消息已经传开了。我问她打算做什么，她却告诉我迪格维德先生已经为她找到了其他的工作。她看着我，眼睛里闪动着泪光，等她离开房间以后，我坐在书桌前，带着沉重的心情开始写日记。

1735年12月11日

一

我们明天早晨就要启程去欧洲。我发觉要做的准备工作少得可怜。那场大火仿佛完全切断了我与过往生活的所有联系。我所剩无几的物品只够装满两口箱子，而且今天早上就要把它们送走。今天我要写几封信，还要去见伯奇先生，告诉他昨天晚上我上床以后发生的一些事情。

听见轻柔的敲门声的时候，我几乎就要睡着了，于是我坐起身来说："请进。"同时满心期待来的是贝蒂。

可惜并不是她。我看见一个女孩的身影，她快速走进房间，关上了身后的门。她举起一支蜡烛，让我看清了她的脸，还有她竖在唇边的手指。是艾米丽，金发的艾米丽，那个侍女。

"海瑟姆少爷，"她说，"有件事我得告诉你，这件事一直让我心里不安,少爷。"

"当然。"我说,一边暗自希望我的声音不会泄露真相,因为此刻我突然觉得自己非常的年轻又脆弱。

"我认识巴雷特家的女佣,"她连忙说,"她叫维奥莱特,那天晚上从他们家出来的那些人中就有她。她当时离他们劫持您姐姐的那辆马车非常近,少爷。他们推搡珍妮小姐经过她身边和那辆马车的时候,珍妮小姐吸引了维奥莱特的注意,然后快速地对她说了些什么,维奥莱特后来告诉了我。"

"她说了什么?"我说。

"她说得很快,少爷,而且当时周围也很吵,她还没来得及再多说什么就被他们塞进了马车,不过维奥莱特觉得她听见了'叛徒'这个词。第二天,有个男人去找了维奥莱特,一个有西南诸郡口音的男人,她是这么说的,那人想知道她听到了什么,但维奥莱特说她什么也没听见,即使那个先生威胁她,她也没说。他还从皮带里抽出一把狰狞的刀子给她看。少爷,但就算这样,她还是什么都没说。"

"但她却告诉了你?"

"维奥莱特是我的姐妹,少爷。她很担心我。"

"你告诉其他人了吗?"

"没有,少爷。"

"明天早上我会告诉伯奇先生,"我说。

"可是,少爷……"

"怎么了?"

"如果那个叛徒就是伯奇先生呢?"

我短暂一笑,摇了摇头。"不可能。他救了我的命。他就在现场,反抗那些……"我突然想到一件事。"不过,当时有个人并不在场。"

二

当然,今天早上一有机会我就把此事告诉了伯奇先生,他得出了和我一样的结论。

一个小时后,另一个人被领进了书房里。他和我父亲年纪相仿,脸上轮廓分明,带着疤痕,那双冷淡的眼睛盯着人的时候,活像是某些海洋生物的眼睛。他比伯奇先生个子高,身材也更魁梧,而且似乎能用自己的气势将整个房间都填满。那是一种黑暗的气势。他看着我。他在蔑视着我。他出于不屑,皱起鼻子蔑视着我。

"这位是布雷多克先生,"伯奇先生说,与此同时我被这位新来者的眼神瞪得僵立当场,动弹不得。"他也是一位圣殿骑士。他深得我的信任,海瑟姆。"他清了清喉咙,提高嗓门说道:"而且,我知道他有时候心口不一。"

布雷多克先生在鼻子里哼了一声,咄咄逼人地瞪了他一眼。

"好了,爱德华,"伯奇责备道,"海瑟姆,布雷多克先生会负责寻找那个叛徒。"

"谢谢你,先生。"我说。

布雷多克先生打量了我一番,然后对伯奇先生说:"这个迪格维德,"他说,"或许你可以带我去看看他住的地方。"

我动身跟着他们,布雷多克先生蹬着伯奇先生,后者几乎令人察觉不到地点了点头,然后转身看着我,他微笑着,眼睛里带着请求我能再忍耐一下的神色。

"海瑟姆,"他说,"也许你该去做点别的事情。或许你可以做一下出发前的准备工作,"于是我迫不得已回到我的房间,检查我已经装好的箱子,然后找出我的日记,把今天发生的事情记上去。不久前,伯奇先生带着消息来看我：迪格维德已经逃走了，他面色沉重地告诉我。不过他们会找到他的，他向我保证，圣殿骑士总能抓住他们要抓的人，与此同时，其他的安排都不变。我们还是要启程去欧洲。

我突然意识到，这将是我在伦敦家里的最后记录。在我的新生活开始之前，这就是我旧生活的最后几句话了。

第二部

1747,十二年后

1747年6月10日

一

我今天暗中跟踪了那个叛徒。他头戴一顶羽毛帽，蹬着鲜艳的襻扣和吊袜带，阔步穿行于一间间商铺中，整个人在西班牙白亮的太阳底下熠熠发光。他与其中一些摊贩嬉笑打趣，和另一些则针锋相对。举止不似友人，倒也不像个暴君。说实在我对他的印象——虽然只建立在远观之上——是此人相当公正，甚至可以算仁慈。但也没错，他并未辜负这些人。他背叛的是骑士团，背叛的是我们。

巡视过程中，卫兵们寸步不离左右，看得出来都是些恪尽职守的部下。他们的目光一刻不停地梭巡着市场，这会儿有商贩热络地拍拍他的背，从铺位上拿起一块面包硬塞给他，他向两名卫兵里高些的那个挥了挥手，后者伸出左手收下礼物，始终没有用到持剑的手。真不错。圣殿骑士团培养出来的，真正的精英。

过了一会儿,一个小男孩从人群中蹿出来,我立刻把视线转向守卫们,并注意到他们身体紧绷、当即判断起险情,接下来……

松了口气?

笑自己一惊一乍?

不,两人继续绷得紧紧的,保持着戒备。因为他们不是傻子,明白男孩可能是障眼法。

他们很出色。我不知道他们的雇主,那个阳奉阴违、说一套做一套的男人,有没有用他的教唆腐蚀这两人。希望没有,因为我已决定放过他们一命。表面看来,饶他们不死只是我不想多事、我其实担心和两名不弱的对手正面交锋会落下乘,但这种表象是错误的。他们或许很警觉,应该深谙致死之道,也无疑将使出精湛的剑术。

反过来,我也很警觉,也深谙致死之道,掌握了精湛的剑术。我对杀人有一种天生禀赋。然而,不同于神学、哲学、古典学和我所掌握的多门语言——特别是西班牙语,流利到在阿尔特亚这一带我可以冒充西班牙人蒙混过关,哪怕只够扮一个惜言如金的当地人——杀戮技巧再高明,我却不以此为乐。我只是擅长,而已。

如果我的目标是迪格维德,那或许——或许我内心会为了亲手结果他而稍微欣快一下,但这次不是。

二

离开伦敦的头五年里,我与雷金纳德足迹遍布欧洲,跟着迁徙的商队从一个国家赶往另一个,身边同行的雇工和骑士同伴们轮换着,在我们的生命里来来往往,唯独我和他是固定成员。有时我们获得信报说珍妮可能在一伙土耳其奴贩子手上,便赶去追查起其行踪;间或传来迪格维德的消息,这时就得布雷多克出面,他常马不停蹄去几个月,但总是两手空空地回来。

雷金纳德是我的导师,教育方面他和父亲不无相似。首先,他有睥睨一切书面知识的倾向,不断斩钉截铁地表示,比起积灰的旧教科书上能找到的东西,世上还有一种更高深、更先进的学问,后来我才知道那是圣殿的教诲;其次,他坚持要我独立思考。

他们的不同在于父亲会让我自己拿主意。而我逐渐了解到,在雷金纳德眼中,世间的规则更绝对化。有时我觉得,在父亲那里只要有过思考似乎就够了。思考本身自成一套法则,至于我得出什么结论,居然还不比中间过程重要。回头翻阅过去的日记甚至让我发现,在父亲那里,事实、以及整个"真相"的概念,感觉上都有一种时时流变、改换无常的特性。

但雷金纳德不接受这种模棱两可,假如我表达不同看法,他会微笑着说在我的话里听出了我父亲的味道。他会告诉我,父亲多么伟大、很多方面又富于才智,还是他认识的人里数一数二的剑客,只是父亲对于学识的观点,并没有达到他本可达到的精深程度。

如果我承认随着时间推移,自己渐渐偏向雷金纳德那种更一板一眼的圣殿作风,我会为此羞愧吗?虽然他总是脾气和善,机灵地说笑,可他缺少父亲身上那种与生俱来的欢快、乃至调皮。举例来说,他永远衣冠严整,计较守时到病态的程度;坚决要求任何情况下事物都要井井有条。就算这样,随着岁月流逝,我几乎不可自抑地越来越为雷金纳德所感染,在他身上,不管外表还是内在,都有种固执的东西,一种确切自信的姿态。

有一天我意识到为什么了。吸引我的是不再有疑虑——与之一起消散的,还有慌乱、举棋不定、缺乏把握等情绪。这种感觉——雷金纳德灌输给我的"可知可控"感——成为我从孩童过渡到成人的指引。我从没忘记父亲的教诲；正相反，他会因为我质疑他的思想而感到骄傲的。正是这么做，我才吸纳了新的思想。

我们始终没找到珍妮。许多年过去，有关她的记忆柔化了很多。回头看自己的日记，年幼的我对她漠不关心到极点，这令我多少感到愧疚，毕竟已经成年，看事情的眼光也发生了改变。倒不是我年少时同她的龃龉妨碍了寻找的脚步，当然没有。这件事情上，伯奇先生一人的热情足以支撑我们两人的份。只是这样还不够。从身在伦敦的辛普金先生处，我俩获得了可观的资金，但这笔钱也并非取之不竭。我们选择法国特鲁瓦附近、香槟省荒原不起眼的一隅建起了庄园，作为我们的基地。伯奇先生在那里继续指导我的学徒生涯，担保我加入高级团员，三年前，我终于羽翼丰满，在骑士团中有了独当一面的资格。

有时一连数周过去，都不再有人提及珍妮或迪格维德，这个间隔慢慢扩大到数月。我们介入到其他圣殿事务中。奥地利王位继承战争仿佛将整个欧洲撕咬着吞进它的血盆大口，圣殿利益需要我们维护。我的"天分"，即杀戮手段日渐展露，雷金纳德迅速洞见到它的好处。第一个被断送的——当然了，不是我手上的第一条人命，更应该说是第一个被我暗杀的对象——是一个贪得无厌的利物浦商人。第二个是位奥地利亲王。

两年前，解决完那个商人后，我回到伦敦，只见安妮女王广场的建筑修缮还未完工，而母亲……母亲那天太过疲倦，无法和我见面，之后一天仍是如此。"她累得连我的信也回不了吗？"我问戴维夫人，她连连道歉，眼神躲闪。随后我一路骑行到赫里福德郡，希望找出迪格维德家人的下落，最后徒劳而返。我们家中出的这个叛徒貌似人间蒸发了——应该说，蒸发到了现在。

不过这些日子来，我胸中复仇的烈焰已不如从前猛烈，或许仅仅是我长大了；抑或出于雷金纳德的教导，懂得了如何自控、支配自己的情绪。

只不过，纵使火光幽暗，它依旧在我体内烧灼，不曾熄灭。

三

旅店老板娘刚才来过，她瞄了瞄楼下，赶紧把门关上。我外出期间有个信使造访，她告诉我，然后将函件交给我，同时抛出挑逗的媚眼；要不是心里想着别的事情，我可能就跃跃欲试了。

我什么也没做，送她出了房间，坐下来解读密函。上面写让我一办完阿尔特亚的任务就立即动身上路，直接启程去布拉格，雷金纳德将在契里特纳街圣殿总部的地下室和我碰面。他有急事要与我商谈。

在这期间，我拿到了想要的奶酪。今晚就是那叛变者的死期。

1747年6月11日

一

事情办完了。我指的是刺杀。算不上一帆风顺，可至少干净利落：他已死，而我从头到尾没被发现；于是，我纵容自己在任务完成的满足感中沉浸了一会儿。

目标名叫胡安·维多米尔，他的职责本该是维护我们在阿尔特亚镇的利益。骑士团对他趁机划地为王的行为睁一只眼闭一只眼。重点在于，据我们掌握的消息，他采取了温和手段来治理港口和市场，昨天白天的情形有力证明了，至少表面上，他享有不错的民意支持，尽管随身带兵也昭示着异己终究存在。

那么，他是否太温和了呢？雷金纳德经过调查，最终发现维多米尔彻底背弃了圣殿骑士信奉的理念，严重程度已然构成叛变。骑士团绝不姑息叛徒。我被派往阿尔特亚，暗中观察了他。而昨晚，我拿上奶酪,从旅店门口走出,沿着鹅卵石街道向他的府邸进发。

"什么事?"开门的守卫说。

"我带了奶酪,"我说。

"从我这儿都闻到了,"他回道。

"希望能说通维多米尔先生,让我在集市做奶酪生意。"

他鼻子皱得更紧。"维多米尔先生做买卖是为了吸引顾客来市场,不是把他们熏跑。"

"说不定那些味蕾更精细的人士不这么认为呢,先生?"

卫兵眯起眼睛。"你的口音……你从哪儿来?"

质疑我的西班牙国民身份,他是头一个。

"老家在热那亚共和国,"我笑吟吟地说,"奶酪可是我们那里最上等的出口商品之一。"

"就你这些,比巴雷拉家的奶酪还差太远。"

我笑容不减,"我有信心能比得过。我充分相信维多米尔先生也会这么认为。"

他面带狐疑,但还是让到一边,准许我踏进宽敞的门厅。夜晚的温度不低,室内却有股凉意,几乎透着寒气。厅里只放了一桌两椅,桌上摊着纸牌。我朝那儿瞥一眼,满意地发现是种双人牌戏,说明没别的卫兵潜藏在角落。

之前那名守卫示意我把包好的奶酪放到牌桌上,我照办了。他对我搜身时,第二名卫兵靠后站定,一手搭剑柄,看同伴从上到下拍打我的衣服、翻查我的肩包。包里除了几枚硬币和我的日记,再无他物。我没有佩刀剑。

"身上没兵器,"搜我身的卫兵说,另一个卫兵点点头。他又指我的奶酪。

"你想要维多米尔先生试吃这个,没错吧?"

我热烈点头。

"要不我先尝尝?"第一个卫兵边说话,边密切注视我的一举一动。

"我还想全部留给维多米尔先生呢,"我谄媚地笑道。

卫兵冷哼一声。"你带的分量绰绰有余了。不然,你先尝。"

我声辩:"可我还想留给——"

他的手握上了剑柄。"快吃。"他坚决道。

我让步了。"当然,先生,"说着我打开一份包装,挖了一大口咽下去。他又示意我吃另一块,我依言行事,一脸享受超凡美味的表情。"既然都打开了,"我递上包装说,"你们不妨也尝尝吧。"

卫兵俩对视一眼,其中一人终于微露笑意,走到过道尽头的厚重木门,敲了敲进去了。片刻之后他们再次现身,唤我上前,去维多米尔的卧室。

房间内光线昏暗,一股浓重的香水味。绸幔从低垂的房顶挂下,随着我们步入轻柔地拂动。维多米尔背对我们坐着,身披睡袍,一头黑色长发散开,正借书桌上的烛光书写。

"您要我留下吗,维多米尔先生?"守卫问道。

维多米尔没有回头。"让我猜猜,客人手无寸铁?"

"是,先生。"守卫说,"不过他带来那奶酪,气味冲得可以打倒一支军队。"

"在我嗅来却是香水的芬芳,克里斯蒂安。"维多米尔哈哈大笑,"请带客人入座,我马上就好。"

我在空壁炉边一只矮凳上坐下。待他写完日记,便向我走来,路过靠墙桌的时候停留了片刻,从上面拿起一把小刀。

"那么,是奶酪喽?"他提起睡袍,坐到我对面的矮凳上,脸上的微笑扯动了小胡子。

"是的，先生。"我说。

他看着我。"哦？他们告诉我，你来自热那亚共和国，但从声音里能听出来，你是英格兰人。"

我惊得一震，不过他灿烂的笑容让我确信没有什么可担心的——至少暂时没有。

"看看我自作聪明的，还以为这些年一直把国籍藏得很深呢，"我叹服道，"可您把我认出来了，先生。"

"并且显而易见，我是第一个办到的，这就是为什么你的脑袋还留在脖子上。我们两国正在交战，不是么？"

"全欧洲都在交战，先生。有时我挺好奇，到底哪个人能搞清楚谁在和谁打。"

维多米尔笑出了声，乐得眼珠乱转。"这话就不老实了，朋友。我相信世人都知道你们乔治国王拥护谁继位，他的野心又何在。都说你们不列颠海军自诩全世界最强大。法国人、西班牙人可不服气，不用说瑞典人了。一个英国佬跑来西班牙简直是自寻死路。"

"眼下我该担心自己的安全吗，先生？"

"在我这儿？"他张开双手，歪着嘴扯出一丝嘲讽的笑，"朋友，我乐于这么想：国王们操心的事太多，你的事根本不值一提。"

"那您侍奉谁呢，先生？"

"啊，当然是镇上的居民了。"

"可您又向谁宣誓效忠呢，若不是对费迪南多国王的话？"

"向更高的力量，先生。"维多米尔微笑着，不容置疑地结束了话题，将注意力转移到我包起来放在壁炉边的奶酪上。"现在，"他接着说，"我必须求你原谅，我迷糊了。这块奶酪是产自热那亚共和国，还是一块英国奶酪?"

"是我自家的,先生。不管落户在哪,我的奶酪都是最棒的。"

"好到取代巴雷拉?"

"我能不能和他各卖各的?"

"然后呢?这么做巴雷拉就不痛快了。"

"是,先生。"

"类似情况对你可能无关紧要,先生,可就是这些杂事让我每天烦个不停。好了,趁它现在还没化,我来尝尝,嗯?"

我佯装觉得热,解开脖子上的围巾,摘了下来,并偷偷摸摸伸手探入肩包,将一枚达布隆金币握在掌心。趁他全神贯注在奶酪上,我把金币兜进围巾。

映着烛光的刀锋雪亮,维多米尔从第一份奶酪上切下一大块,用拇指托着它细细嗅着——其实没什么必要,我坐在这儿都闻得到——忽然张口吞进嘴里。他若有所思地咀嚼着,看看我,然后切下第二块。

"唔,"片刻之后他说,"先生,你错了。这块奶酪并不比巴雷拉家的美味。事实上,吃起来一模一样。"他笑容渐隐,面色沉下来。我明白自己被识破了。"事实上,这就是巴雷拉的奶酪。"

他正欲张嘴呼救,金币已落进围巾,我手腕一抖,围巾拧成一根绞绳,同时双臂交叉、身体一跃上前,猛地将它套过他的脑袋,勒上了他的脖颈。

他持刀的手反刺,但动作太迟缓,加上在没有提防的情况下被逮个正着,胡乱挥动的刀只是捅在我们头顶垂下的绸幔上,而我牢牢抓着手中的方巾,让硬币紧压他的喉管,彻底噎住了他发声。

我单手捏住绞索,腾出一只手缴了他的刀,向一个靠垫掷去,然后两手继续用力,收紧方巾。

"我的名字是海瑟姆·肯威，"我凑近，望着他凸出的双眼，平心静气道，"你背叛了圣殿骑士团，为此你被处以极刑。"

他抬起胳膊，徒劳地试图挠我的眼睛，但我偏开脑袋，注视生命渐渐离他而去，绸幔兀自轻柔地翕动。

一切结束后，我把他的尸体扛到床上，按先前的任务指示，去他桌前取走日记。本子摊开着，我的视线落在一句话上：*Para ver de manera diferente, primero debemos pensar diferente.*

我又读了一遍，细细翻译过来，仿佛在学习一门新的语言："意欲眼界不同，思想必先不同。"

我盯着句子看了一会儿，陷入沉思，最后合上本子，塞进随身的包内，思绪回到手头的任务上。直到上午才会有人发现维多米尔已死，那时我早就全身而退，在前往布拉格的路上了。现在，我有话要问雷金纳德。

1747年6月18日

一

"海瑟姆,是你母亲的事。"

置身布拉格契里特纳街圣殿骑士总部的地下,他站在我面前。他一点没花心思打扮得入乡随俗,而是把英伦风范当作一枚荣誉勋章来招摇:整洁、一丝不苟的白长筒袜和黑马裤,自然还少不了一顶洁白的假发,扑粉大多洒落在双排扣大衣的肩膀上。左右两侧灯柱高耸,铁质灯架中射出的光焰照亮了他;光线爬上几近墨色的石墙,反衬出灯火的光晕越发苍白。通常,他站立时两手背在身后、倚着手杖,姿态松弛,可今天的他显得特别正式。

"我的母亲出事儿了?"

"是的,海瑟姆。"

她病了,这是我的第一反应,火烫的负罪感旋即如海浪汹涌而来,差点把我拍晕。我有好几个礼拜没给她写信了；甚至没怎么记挂她。

"海瑟姆，她死了，"雷金纳德目光低垂，说道，"一周之前她摔倒了，背伤得很重，我想她是没有熬过来。"

我看着他。汹涌的负罪感退得和来得一样快，取而代之的是一片虚无，本来产生感情的地方现在空掉一块。

"我很抱歉，海瑟姆。"他眼神和善，饱经风霜的脸上挤出了同情的深沟浅壑。"你母亲是位优秀的女性。"

"没关系的，真的。"我说。

"我们这就动身去英国，会有一场追悼仪式。"

"明白了。"

"如果你有……有任何需要，别犹豫，尽管开口。"

"谢谢。"

"骑士团现在就是你的家了，海瑟姆。碰到任何事情都可以找我们。"

"谢谢。"

他窘迫地清了清嗓子。"另外如果你想……呃，想找人聊聊，我就在这里。"

这条建议让我多少有些好笑。"谢谢你，雷金纳德，不过我没有什么要倾诉的。"

"那很好。"

在长时间的沉默中，我们彼此盯着对方。

他目光转开了，"事成了吗？"

"胡安·维多米尔死了，如果你是问这个的话。"

"那你拿到他的日记了吗？"

"恐怕没有。"

有一会儿他脸部的肌肉垮了下来，然后，表情渐渐变得冷酷，相当冷酷。我曾见过他这种神情在不经意间流露过一次。

"为什么？"他直接说道。

"我已经杀了他，为他对圣殿事业的背叛。"我说。

"确实……"雷金纳德滴水不漏。

"那我要他日记做什么？"

"里面有他的文字，和我们的利益息息相关。"

"为什么？"我发问。

"海瑟姆，我有充分理由相信，胡安·维多米尔的叛变比单纯违背骑士团信条更严重。我认为他可能发展到了和刺客们共事的地步。现在请对我说实话，你拿到他的日记了吗？"

我把本子从包里抽出来递给他；他走到一枝烛台跟前打开它，快速翻动着，最后啪的一声合上。

"你读过吗？"他问。

"全是密文，"我回答。

"有些没加密，"他不动声色道。

我点头。"是——是，你说得对，是有几段能看明白。都是他……对人生的思考。读起来很有意思。实际上，雷金纳德，我最感兴趣的地方在于，胡安·维多米尔的人生哲学和我父亲生前的教导惊人一致。"

"很有可能。"

"即便这样你还要我杀了他？"

"我要你杀的是骑士团的一名叛变者。诚然，我知道你父亲和我在骑士团的很多——可以说绝大部分——准则上持不同看法，但那是因为他本就没有意愿加入。而他并非圣殿骑士这一点并不能让我对你父亲的敬重减少半分。"

我盯着他,想知道自己是不是冤枉了他。"那为什么说这本日记牵涉到骑士团利益?"

"和维多米尔怎么冥想人生无关,这点是肯定的。"雷金纳德歪过头冲我一笑,"你也说了,日记里的观点和你父亲很像,而你和我是怎么看待这种观点的,彼此都再清楚不过。我感兴趣的是加密部分,没猜错的话,里面包含了一枚钥匙的守护者翔实的信息。"

"什么钥匙?"

"等时机成熟,自然会告诉你。"

我发出懊恼的声音。

"一旦我解读了这本日记,海瑟姆,"他劝慰道,"如果我判断正确,那时我们就能开启下一阶段的行动了。"

"那又是什么意思?"

他正要开口,我已经替他说了:"'等时机成熟,自然会告诉你,海瑟姆。'是这样吧,雷金纳德?到头来还是机密?"

他勃然大怒。"'机密'?你真是这么想的?我事事罩着你,亲自担保你加入骑士团,让你开始新的生活,海瑟姆,我做了什么无端招致怀疑?这么讲可能并不过分:要知道,你有时真够忘恩负义的,先生。"

"可我们始终没发现迪格维德的下落,我说错了吗?"我拒绝服软,"绑走珍妮的人从没索要过赎金,也就是说,那次袭击主要目的必定是为让父亲丧命。"

"我们希望找到迪格维德,海瑟姆。能做的只有这么多。我们希望他付出代价。希望尚未实现,并不意味着我们的努力无用。况且我还有一项义务,那就是照料你,海瑟姆,而且这义务圆满地完成了。如今站在我面前的你,已经成长为骑士团内受人敬重的一位骑士。这点我想你忽视了。也别忘了我是希望和珍妮结婚的。由于你一门心思要为父报仇,把迪格维德在逃看作唯一严重的挫败,可这不是事实,对吗,我们也一直没找到珍妮不是吗?当然了,你姐姐遭受的苦楚你从不放在心上。"

"你这是在责备我不讲人情,铁石心肠?"

他摇头说:"我只是请求你,别急着挑我毛病,也审视一下自己的不足。"

我仔细打量他。"单就搜捕这件事情,我从来不在你的信任名单上。"

"被派去找他的人是布雷多克,他定期向我更新情报。"

"但你没有把这些情报传达给我。"

"当时你还是孩子。"

"那个孩子已经长大了。"

他低下头。"那么我为自己的欠考虑而道歉,海瑟姆。今后我会把你当同僚对待的。"

"不妨就从现在开始——从向我说明那本日记开始。"我说道。

他哈哈大笑,仿佛棋局中忽然被将了军。

"你赢了,海瑟姆。好吧,要找到一座神庙的所在——一座第一文明神庙,据信是由'先行者'们建造——第一步必须破译这本日记。这就是它的意义。"

片刻无言。我脑中划过的念头是——就这样?然后笑了。

他当即一脸的震惊,大概反应过来是第一次在我面前提先行者。同时,我觉得很难遏制爆笑的冲动。"先……什么先?"我语带讥诮。

"先于我们出现在世界上,"他有些发怒,"先于人类。一个更早的文明。"

他已经开始对我皱眉了。"你还觉得可笑吗,海瑟姆?"

我摇摇头。"不那么可笑了,不,雷金纳德。应该说……"我搜肠刮肚,寻找合适的措辞,"是……深奥莫测。一支存在于人类之前的智慧种族。难道是神……"

"不是神,海瑟姆,先行者操纵人类。他们在人间留下圣器,海瑟姆,每件圣器都拥有强大无匹的力量,人们做梦也想不到的力量。我相信不论谁,只要掌握了那些圣器,便终将左右全人类的命运。"

见他如此严肃,我收敛了笑容。"你要找的东西来头不小,雷金纳德。"

"不错。如果它无足轻重,我们也不至于那么感兴趣对吧?刺客们也是一样。"他双眸放光,灯焰在眼中闪烁跃动。这种眼神我看过,但极为罕见。在传授我外语、哲学、古典著作或格斗要领时从没有过。哪怕在他讲解骑士团信条时都没有过。

不对,只有当他提起"先行者"时,才露出这种神态。

间或,雷金纳德喜欢嘲讽太过泛滥的激情,认为这是一项缺点。然而,当他谈论第一文明的时候,语调活脱脱是个狂热分子。

二

我们在布拉格的圣殿总部度过一夜。眼下,我坐在一间简朴的、有着灰色石墙的房间内,感到数千年的圣殿历史沉甸甸地压向我。

我的思绪飘往安妮女王广场,修缮完成后,家人搬回了那里。辛普金先生坚持向我们汇报最新进度;雷金纳德远程监督了整个工程,即便我们为搜寻迪格维德和珍妮在务国之间奔波。(是的,雷金纳德说中了。找不到迪格维德的现状啃噬着我的内心；但我几乎从不去想珍妮。）

某日，辛普金捎来口信，他已经举家从布卢姆斯伯里迁走，总算归于故地。那一天，我的心跟着回到了童年生活的那个镶木墙板的家，发现自己可以栩栩如生地描画出里面住着的人——特别是母亲。不过自然地，我想象的是那个伴我成长的母亲，一个散发着光芒，太阳般明亮并双倍温暖的形象；只是坐在她膝头就让我体会到完美的幸福。我对父亲爱得热烈、或许更浓重，但对母亲的爱却更纯粹。父亲令我感到敬畏和深深的景仰，以至于我有时觉得和他相比，自己太渺小，伴随一种潜藏的、只能用"焦虑"来形容的情绪，逼我想方设法向他看齐，成长到不被他投下的巨大阴影所遮蔽。

而在母亲身边就没有这种不安全感，有的只是无尽的安抚、宠爱与呵护。她还是个美人。过去，若别人把我和父亲比较我会很受用，因为他是那么耀眼出众；可如果他们说我像母亲，我就知道他们在夸我的相貌。对珍妮，人们形容她"会让好些小伙子心碎"、"能让男人为她决斗"。他们用的是表达矛盾冲突的语汇。但没人这么说母亲。不同于珍妮美貌所引发的戒备，她的美温和悉心、充满母性，连带人们的言论都变得热情而倾慕起来。

当然了，我和珍妮的生母卡罗琳·斯考特素昧平生，可在我心里已经有了对她的看法：她就是"另一个珍妮"，而我父亲是被其容颜所俘获，一如珍妮的追求者为她的外表倾倒。

反观母亲，我想象她是彻头彻尾的另一类人。和我父亲相遇时，她只是个平凡的老姑娘特莎·斯蒂文森-奥克利。至少她自己总那么说："平凡的老姑娘特莎·斯蒂文森-奥克利"，这个名字听在我耳朵里和平凡根本不沾边，可管它呢。当年父亲移居伦敦，抵达时孤身一人、没有家业，但钱包鼓得足够买下一座城堡。他从一个富有的土地主手中租下一间伦敦居所，而主人之女自发地帮父亲寻找长期住处、并雇来管家仆人打理。不必说，那名女性就是"平凡的老姑娘特莎·斯蒂文森－奥克利"了……

她只隐晦暗示过娘家对这桩婚事不满；的确，我们从未见过她家里的亲戚。她把精力都贡献给了我们，而占据她所有无保留关注、无止境爱护、无条件深情的人，是我。直至那可怖的一晚。

然而，最后一次见到她，我看不到上述那个人的丝毫痕迹。如今回想起我们最后的会面，我记住的是她眼中疑窦丛生，读出了目光中的鄙夷。在杀死那个意图加害她的男人时，我在她眼中就变了。我不再是那个端坐她膝头的孩子。

我是个凶手。

1747年6月20日

前往伦敦途中，我重看了一篇旧日记。为什么呢？

或许是某种直觉。潜意识中蠢蠢欲动的……疑心吧，我想。

不管出于何种原因，重温1735年12月10日的日记后，我忽然清楚地知道抵达英国后该做些什么了。

1747年7月23日

今天是追悼会，而且……嗯，一会儿细说。

等仪式结束，我从雷金纳德身边走开，在教堂台阶上同辛普金先生交谈。辛普金先生说他有些文件要给我签字。母亲过世后，资产就是我的了。他摆出讨好的笑脸希望我对他目前为止的事务管理充分满意。我笑笑，点点头但不明确表态，告诉人们我想要一点时间独处，便装作思虑重重的样子，一个人偷偷溜了。

我沿着街道朝下走，希望自己看上去只是漫无目的地散步，一边注意避让马车驶过公路溅起的泥水粪便，一边在熙熙攘攘的人流中穿梭：妓女、洗衣妇，套着沾血皮围裙的小贩。但我不是漫无目的。一点儿也不。

一个特别的女人走在前头，和我一样独自涉过人潮，大约也沉浸在思索中。仪式上我见过她：用手帕捂着鼻子，和女佣艾米丽、外加两三个我不认识的人呆在教堂另一边。有一次她抬起头看到了我——

肯定是看到了——却没有任何表示。难道说贝蒂,我从前的保姆,都没认出我来?

这会儿我跟着她,谨慎地保持一段距离,以免被她万一回头撞见。她到家时天色已晚,或者,那里是她如今帮工的人家,一栋豪宅矗立在乌炭色的天空下,和安妮女王广场那座并没有太大不同。她还当保姆吗,我很好奇,还是爬上了更高的社会地位?她大衣底下穿的那件是家庭教师服吗?街上行人变少了,我在她视线外徘徊,观察她踩着一小段石阶下行,来到位于半地下的台阶底部,进了屋。

待她从视野里消失,我横穿公路,信步走向大宅,我不能让自己的行迹令人生疑,谨防隔窗有眼。曾经,我就是一个从安妮女王广场的房间窗户向外望的小男孩,看着行人来来往往,好奇他们打算干什么。这家有没有哪个小男孩正看着我,疑惑楼下这个男人是谁?他从哪来,要到哪去?

于是我顺着宅邸正面的栅栏慢慢经过,偷瞄下方亮着灯的窗户,我推测佣人住那里,然后如愿看到贝蒂的身影真切无疑地出现在玻璃后面,拉上了窗帘。情报收集完毕。

半夜时我回到这里,大宅的窗帘都阖着,整条街暗沉沉的,仅有的光亮来自偶尔驶过的马车上的挂灯。

我再度来到建筑正面,飞快地左右环顾一眼,翻越栅栏,悄无声息地落在另一侧的排水沟上。我快步挪到贝蒂那扇窗前,停下来将耳朵贴在玻璃上细听,直到片刻后确认里面毫无动静,才满意地放开。

抱着极大的耐心,我的手指摸到格窗底部,慢慢抬起,暗自祈祷它别突然吱呀作响。祷告灵验了。我钻进屋,将窗在身后关起。

她在床上微微动了动——可能因为开窗透进了新鲜空气,她下意识感应到我的存在?我像尊雕像般一动也不敢动,等她呼吸重新变得深沉，等我周遭的气流平定，在片刻之后，我仿佛成了房间的一部分——仿佛我从来就是它的一部分。像一个幽灵。

然后我拔出了剑。

这些日子在外走动，我很少不带它。多年前雷金纳德问过我，何时让它品尝鲜血的味道。自不必说它早已饮血许多次了。如果我没错怪贝蒂，很快还有下一次。

我坐到床上，剑刃抵住她的咽喉，手捂上她的嘴。

她醒了，霎时双眼圆睁，布满恐惧。她嗫嚅着嘴唇试图尖叫，我手掌底下传来搔痒和颤动。

我摁住她乱动的身体，一语不发，让她的眼睛适应黑暗，能够看清我。她一定是认出来了。怎么能认不出呢，她待我如子地照顾了十年？她怎么会认不出眼前的海瑟姆少爷呢？

见她停止了挣扎，我低语"你好，贝蒂"，仍捂住她的嘴不放。"我有事情要问你。你回答就得开口。为了让你开口，我得把手从你嘴上拿开，你有可能想呼救，但假如你喊的话……"我把剑尖压向她的喉咙代为表达意思。然后非常轻柔地拿开了手。

她的眼神冷硬似花岗岩。迎上那目光，其中的怒火险些把我憷到，有一会儿我感觉回到了童年，仿佛触发了记忆里受过的责骂，不由自主变得乖顺。

"换你小时候，我就把你翻过来放在腿上打了，海瑟姆少爷。"她嘶嘶说道，"你多大的胆子，趁妇人熟睡潜进她的卧房？我过去是怎么教你的？伊迪丝是怎么教你的？还有你妈妈？"她音量越来越大，"你爸爸是怎么教你的？"

孩提时代的畏缩挥之不去，我不得不寻求内在的决心和力量，反抗放弃的冲动，拒绝把剑放到一旁说"对不起，贝蒂奶奶"，并保证再也不敢，从此做个好孩子。

想到父亲，我就有了决心和力量。

"确实，当年你就像我母亲，贝蒂。"我对她说，"确实，我正在做一件可怕、不可原谅的事。相信我，我不是随随便便闯进来。而你犯下的事情同样可怕，同样地不可原谅。"

她眯起眼睛。"你是什么意思？"

我伸出空闲的手，从双排扣大衣取出一张折好的纸，在接近漆黑的房间内举到她眼前。"还记得帮厨劳拉吗？"

她谨慎地点了点头。

"她寄给我一封信，"我说，"一封揭发你和迪格维德私情的信。贝蒂，父亲的男仆当你情郎多久了？"

并没有这么一封信；我拿着的纸上除了我当晚的住址，并没有其他任何东西，我仗着光线昏暗糊弄她。实情是重温那篇过往日记，我被带回很多很多年前、那个起床去找贝蒂的寒冷早晨。她"赖了会儿床"，我则从锁孔中窥到房内有双男人的靴子。当时我年纪还小，什么也没反应过来。我用一双九岁孩童的眼睛看到了它们，并未做多想。当时没有。后来也没有。

直到重新读来，它就像一个忽然理解了的笑话，我想通了：靴子属于她的情人。我不太肯定的是，她的情人是否就是迪格维德。我记得她曾满怀深情地谈起他，但每个人提到他的语气都差不多；我们全被他骗了。不过，在我离家漂泊、受雷金纳德照顾周游欧洲大陆期间，迪格维德也给贝蒂另找了一户人家。

即便如此，两人私通只是我的猜测——经过深思熟虑、有事实依据的猜测，却不无冒险，如果错了，会让人很难堪。

"还记得你睡过头的那个早上吗，贝蒂？"我问，"你'赖了会儿床'记得吗？"

她戒备地点头。

"我去找你了，"我继续道，"你想啊，我很冷，想看看你在哪儿。在你房门外的过道上——我，挺不愿意承认的，可是我跪下来朝锁孔里看了一眼。"

我感觉自己的脸不受控制地微微发红。她从刚才就一直怨毒地盯着我，可这会儿，她恶狠狠地抿紧嘴唇，眼里迸出了火星，似乎那次擅闯和这次的性质同样严重。

"我什么也没看见，"我立刻澄清，"不算你在床上酣睡，旁边放着一双男人靴子的话。我认出鞋是迪格维德的。你跟他偷情了，是这样吗？"

"唉，海瑟姆少爷，"她低语着，目光凄哀地摇了摇头，"你怎么变成这样？那个伯奇把你带成什么样了？你现在居然会拿刀威逼年迈的妇人，这已经够糟了——唉，已经够糟了。但看看你，还在伤口上撒盐，控诉我偷情并害你家破人亡。我和他不是偷情，迪格维德先生有孩子不假，他请赫里福德郡的姐姐代为照料，但哪怕在进你们家好多年前，他就已经是个鳏夫了。我们的关系不是你用那肮脏脑袋臆想出的风流韵事。我们彼此相爱，你该为自己的歪脑筋而感到羞耻，羞耻！"她再次摇头。

我闭紧双眼，手在剑上加大了力度。"不不，这儿该感到做错事的人不是我。你可以由着性子居高临下地教训人，但你和迪格维德有男女之情是不争的事实——至于是哪种，随便哪种根本不重要——而他背叛了我们。如果他没有背叛，父亲应该还活着，母亲也还活着。我就不会坐在这里用刀抵着你脖子，所以别为你目前的困境责备我，贝蒂。要怪就怪他吧。"

她深深吸了一口气，让自己镇定下来。

"他没有别的选择，"最后她说，"杰克没有。对了顺便告诉你，那是他的名字：杰克，你原来知道吗？"

"我会在他墓碑上见到的，"我嘶声道，"知道也改变不了一分一毫，因为他有选择，贝蒂。管它是什么恶魔与蔚蓝深海的两难选择。他有选择。"

"不是的——那人用他的孩子们要挟他。"

"'那人'？什么人？"

"我不知道。那个人在城里第一次和杰克搭上话。"

"你见过他吗？"

"没有。"

"迪格维德说过他什么？他是西南诸郡来的吗？"

"杰克是说他有那一带的口音，是的先生。怎么了？"

"那伙人绑走珍妮的时候，她嚷嚷着有叛徒，被隔壁家维奥莱特听见了。次日，一个有着西南诸郡口音的男人来找她——警告她不准告诉任何人听到了什么。"

西南诸郡。我分明看见贝蒂脸色发白。"怎么？"我厉声说，"我哪句话让你这样？"

"是维奥莱特，先生，"她倒抽一口冷气，"你离家去欧洲大陆不久——说不定就是之后一天——她在街头遭劫，送了命。"

"那帮人倒是信守承诺，"我看着她说，"跟我说说那个给迪格维德发指令的人。"

"我也说不上来。杰克对那个人只字不提。人说如果不照他们指示的做，他们会找到他孩子杀掉。他们放话，要是他敢报告主人，他们就把他儿子一个个找出来，慢慢折磨死之类的。他们告诉过他上门袭击的计划,但我用性命发誓,海瑟姆少爷,他们对他说没人会受到伤害,因为一切都在深更半夜进行。"

我想到一件事。"可他们要他派什么用场呢?"

她一脸不解。

"袭击那晚他不在现场,"我继续说,"那些人入侵也不像需要内应的样子。他们直接带走了珍妮,杀害了父亲。既然这样,为何需要迪格维德呢?"

"我不知道,海瑟姆少爷,"她说,"我真的不知道。"

我俯视着她,内心麻木一片。先前等待夜幕降临时,愤怒在我内心翻涌、沸腾,一想到迪格维德的叛变,就像给我的怒意点了一把火,而贝蒂可能知情甚至跟他合谋的念头,无异于火上浇油。

我盼望她是清白的。我最希望她眉来眼去的对象是家里别的人。即便真的是迪格维德,那我至少希望她对他的叛变一无所知。我盼望她清白,是因为若她有罪,我将不得不杀了她。因为她如果做些什么就能阻止那晚屠杀的发生,却选择束手旁观,那她必须死。那是……那是正义,是因果、支取平衡,是以牙还牙。这是我信奉的东西。我的处世哲学。那是在毫不合理的人生中,交涉出的一条合理路径。是将秩序施加于混沌之上的办法。

我最不想做的就是杀了她。

"他现在在哪儿?"我柔声问道。

"不知道,海瑟姆少爷。"她因恐惧而声音发抖,"我最后一次有他的消息是得知他失踪。"

"还有谁知道你和他是情人?"

"没有了,"她答,"我们总是特别小心。"

"除了把他的靴子留在别人看得到的地方。"

"很快就收走了,"她的目光冷下来,"况且绝大多数人没有偷窥锁孔的习惯。"

她沉默片刻。"现在你想怎样,海瑟姆少爷?"说到最后她哽咽了一下。

"我可以杀了你,贝蒂。"我直言,望进她的眼睛,见她已弄明白一条事实。那就是只要我想,就可以取她性命;我有这个能力。

她抽泣起来。

我站起身。"但我不会这么做。那一晚已带来太多死亡。我们不会再见面了。看在你多年照顾服侍我的份上,我饶你一命,你将在忏悔中度过一生吧。再见。"

1747年7月14日

一

疏于记日记差不多两个礼拜了,我有很多东西要回顾,就接着那晚拜访贝蒂往下说吧。

离开贝蒂那儿之后我回到自己的住所,断断续续睡了几个小时,便起床穿好衣服,乘上马车又折回了那里。我嘱咐车夫离开宅子一段距离等着,别太远好让我看清,但也别接近到显得可疑。他感激能休息会儿,还打起了呼,我则坐着望向窗外,等待。

等什么呢?我也不确定。只是再一次凭借直觉。

直觉的正确性再次得到验证,天破晓不久,贝蒂出现了。

我遣走车夫,步行盯梢。错不了,她径直前往伦巴第人街上的邮政总局,走了进去,几分钟后重新出现,沿来时的路融入了人潮。

我目送她离开,心里什么感觉也没有。没有继续跟踪、压抑自己被背叛而割开她喉咙的冲动；我们之间曾经的深厚情谊也不剩一丝残迹。只有……空空如也。

我转而在一条门廊下占了个位子，不时挥动手杖驱赶乞丐和街头小贩。等了大概有一小时……

邮差出现了，带着铃铛和满满一箱信件。我挤出门廊，转着手杖，一路跟踪，离他越来越近，直至转下一条行人稀少的支路，我嗅到了机会……

片刻后的一条小巷里，我跪在他流血的尸体旁，翻拣箱内信笺，最后发现了一个写着"杰克·迪格维德"的信封。我读了信——上面写着她爱他，他俩的关系被我发现了；没什么内容不是我已经知晓的——但我感兴趣的本就不是正文，而是寄送地，它光明正大地写在信封正面，是发往黑森林地区一个叫圣彼得的小镇，距离弗莱堡不远。

经过大约两周的行程，就在今早，我和雷金纳德已经可以遥遥望见圣彼得镇的建筑群，它坐落在一座沃野青葱、层林点缀的山谷底部。

二

我们在晌午时分风尘仆仆地抵达小镇。我策马漫步穿过迷宫般复杂的狭窄街道，看到仰着脸的当地人不是在道旁一闪而过，就是快速从窗口躲开，拉上窗帘、关紧门扉。我们是来索命的。那时我只当镇民猜到了我俩的来意，要不就是天性易受惊吓。我有所不知的是，当天早上，另一批陌生人已先于我们骑进了镇子。镇民已经遭到了惊吓。

那封信上写的地址是圣彼得杂货店转交。我们来到一座栗树荫蔽的小型喷泉广场，向一个神色紧张的妇人问路。她盯着自己的脚面给我们指了路就躲到一边；与此同时，众人纷纷远远地让开一条道。不久之后我们便拴好马，走进了杂货店，店内唯一的顾客刚看到我们，就决定把采购事宜改在下次。我和雷金纳德困惑地对望一眼，随后我扫视了一通店面。高耸的木架排满三面墙，架上搁着各色坛罐和捆扎起来的小包裹，后方是个高高的柜台，店主站在里面。他蓄着宽阔的唇髭，戴了条围裙，脸上原本的笑容在看清我们时就跟蜡烛燃尽似的熄灭了。

我左侧有一段为够到货架高处而设的阶梯。店主的儿子，一个外表看来十岁左右的男孩，匆匆忙忙跑下阶梯，差点一脚踏空。男孩在店中央站定，双手垂在身侧等待指令。

"下午好，先生们，"店主用德语说，"看你们的样子像骑了很长一段路。二位需要为继续旅程采买些补给品吗？"

他指指面前柜台上的壶。

"或许来些茶点？饮料？"

然后招呼男孩。"克里斯托弗，你忘了规矩吗？快帮先生们拿外套……"

柜台前放了三只凳子，店主把手伸向座位道："快，快请坐。"

我又瞥了一眼雷金纳德，见他正要走过去接受店主的盛情邀请，立刻出言制止。

"不用了，谢谢你，"我告诉店主，"我和我朋友无意久留。"我用余光看见雷金纳德耷拉下了肩膀，但他没说话。"我们只是需要你提供信息，"我补充。

店主的面孔笼上一层警觉。"是么？"他戒备道。

"我们要找一个人。他名字叫迪格维德，杰克·迪格维德。你认识他吗？"

他摇摇头。

"完全不认识？"我施压。

还是摇头。

"海瑟姆……"雷金纳德开劝，仿佛从我的语气就能读出我心中所想。

我无视他。"你这么肯定？"我强调。

"是，先生。"店主说着，唇髭紧张地抖动。他咽了一口口水。

我咬紧了牙关，紧接着，在任何人有机会动作之前，拔剑张臂一送，剑锋稳稳垫在克里斯托弗下巴底下。男孩倒抽一口凉气，利刃抵在他咽喉的时候，他踮起了脚尖让自己站高一点，视线快速扫过我们几个。我的目光仍停留在店主身上。

"海瑟姆……"雷金纳德再度开口。

"让我来处理，雷金纳德。"我说，又对店主说，"迪格维德的信件是寄给你转交的，我再问你一遍，他人在哪儿？"

"先生，"店主恳求着，目光在我和克里斯托弗之间来回游走，后者发出一串低弱的哼声，好像连咽口水都困难，"请别伤害我儿子。"

他求的人对此置若罔闻。

"他在哪儿？"我重复。

"先生。"他一面哀求，一面做出乞怜的手势，"我不能说。"

我手腕轻轻一抖，剑锋嵌进克里斯托弗皮肤里，回应我的是一声抽咽。我余光瞥到男孩脚尖踮得更高，不用看也知道，另一边的雷金纳德不自在得很。而自始至终我的视线没有离开过店主的双眼。

"求求你先生，求求你先生，"他语速飞快，双手在空中乱舞，仿佛抛接一个看不见的玻璃杯，"我不能说，我被警告不能透露……。"

"啊哈，"我说，"那人是谁？谁警告的你？是迪格维德？"

"不是的，先生，"店主继续硬抗，"我已经有几个礼拜没见过迪格维德老爷了。是……别人，但我不能告诉你，不能告诉你是谁。这些人，他们真的会杀了我。"

"可我以为我俩都知道，我，也真的会杀了你，"我微笑，"而我和他们的不同，就是我现在在这里，他们不在。现在告诉我：他们是谁，几个人，他们当初问了你什么？"

他的眼睛从我身上扫到克里斯托弗身上，男孩虽然勇敢沉着，面对强压展现出可贵的坚毅，我希望自己未来的孩子也能具备这种品质，但不管怎样，他还是又抽咽了一声。想必就是这一声使店主痛下决心，他的嘴唇颤得更厉害了，然后，语句飞快从他口中滚滚而出。

"他们刚才还在这儿，"他说，"大概一小时之前。两个男人，他们穿着黑色的长大衣，套在英军士兵的红制服外头。他们走进店里，像您一样打听迪格维德的下落。我没有多想就告诉了他们，先生，接着他们忽然严肃地对我说，以后可能还有别人来找迪格维德老爷，假如有人问，我一定要否认自己知道他任何消息，也不准讲他们来过这里，否则就会没命。"

"他在哪儿？"

"林间一座木屋里，从这往北走十五英里。"

不论雷金纳德还是我都没有多话。我们明白一分钟也不能耽搁，既没进一步威胁，也不作告别，甚至未向吓个半死的克里斯托弗道歉，就双双冲出大门，解开了缰绳，跃上各自的坐骑，一刺马腹，大声吆喝它们快走。

我们奋勇疾驰超过半个小时，横跨了大约八英里的草原，一路都在上坡，马已经露出疲态。来到树林的边线，我们才发现这只是一条松树形成的狭窄林带，绕到另一侧后，看到这片林子像一圈缎带似的环绕着山顶。与此同时，地形在我们面前呈缓坡下降，延伸进更大片的丛林；再向远方，大地如一块巨大的、绵延起伏的绿绒毯，树林、草地与农田交相点缀其间。

我们勒紧马缰，身下马儿打着响鼻，我要来望远镜。我从左往右移动镜筒，扫过面前这片区域。起初我被紧迫感所占据，胡乱地搜查着，焦虑让我不辨东西。最后我逼迫自己冷静下来，深呼吸，用力闭上双眼再睁开。这一次我手上的幅度缓慢而有条不紊。我在脑中把眼前的土地分割成棋盘形，从一个格子看到下一格子。条理和效率回来了，逻辑重新在我体内占到上风，而不是情绪。

和风吹拂，鸟鸣啁啾，雷金纳德打破了这片静谧。"你会下手吗？"

"下什么手，雷金纳德？"

"干掉那男孩。你会下手吗？"

"如果不能执行，实施威胁便毫无意义。如果我只是虚张声势，店主一定会识破。他知道我是认真的。"

雷金纳德不安地在马鞍上挪了挪。"也就是说会喽？你会杀了他？"

"是这样，雷金纳德，我会杀了他。"

一时无话。我又搜完了一块方格，接着是再下一块。

"你受到的教育里什么时候包含残杀无辜了，海瑟姆？"雷金纳德说。

我嗤之以鼻。"虽然你教会我杀人，但你没有对我该杀谁、为什么而杀说三道四的权利，雷金纳德。"

"我让你拥有荣誉，教会你规则。"

"雷金纳德，我还记得好多年前，你自己是怎么打算在怀特巧克力屋外履行你的一套个人正义的。那算荣誉的行为吗？"

他微微脸红了吗？我不知道，但他明显颇不自在，在马背上改换着坐姿。"那男人是个贼。"他说。

"我在找的人是谋杀犯,雷金纳德。"

"即便如此,"他语调中有一丝恼火,"你或许也让狂热蒙蔽了自己的判断力。"

我又轻蔑地冷哼一声。"这话从你嘴里说出来。那你对先行者的迷恋和就完全契合圣殿规范啦?"

"当然了。"

"真的?你确定没有为追求它的线索而疏忽了其他的职责?你最近写了哪些信,记了哪些日志,又读了些什么,雷金纳德?"

"太多了。"他忿忿道。

"是和先行者无关的。"我补充。

有一会儿他气喘如牛,好似一个面红耳赤的胖子在晚饭时被上错了菜。"可我人在这里,没问题吧?"

"确实,雷金纳德,"我说,同时观察到林间飘出一缕轻烟,"我看到树林里起烟了,可能是从木屋那儿来的。我们该朝那里走。"

此时,距生烟处不远的一丛杉树下,我望见一个人骑着马向天际边的山峦跑去,离我们越来越远。

"快看,雷金纳德,那里。你看到他了吗?"

我调着焦距。骑者背对我们,离开有一段路,但我确信看清了他身上的一个特征,耳朵,我肯定他长着尖尖的耳朵。

"我看到一个,海瑟姆,可另一个呢?"雷金纳德说。

我已挽起坐骑的缰绳说:"还在木屋里,雷金纳德。我们走。"

三

等我们抵达，已经又过了大约二十分钟。我让自己骑着的马在这二十分钟狂奔到极限过度，冒险让它穿梭在林间，跃过被风刮断的树枝，把雷金纳德甩在身后，向着轻烟的方向——木屋疾驰而去，我确信能在那找到迪格维德。

他是生是死？我不知道。可店主说了，打听他的是两个男人，我们方才目击了其中一个，所以我迫不及待想见识另一个。

他跑在更前头？还是仍在木屋里？

就是眼前这个木屋了，伫立在一片林间空地上：一栋低矮的木建筑，正面一扇小窗，屋外拴了一匹马，烟丝丝缕缕从烟囱喷出。正门大开着。在我冲向空地的同时，听到屋内传来一声凄叫，我一踢马腹便朝门口驰去，剑也拔了出来。伴着蹄音脆响，我们跃上房前的平台。我在马背上探头，试图看清屋里的情形。

迪格维德被绑在一把椅子上，双肩低垂，头歪向一边。血已经在他脸上淌成了一副面具，可我看到他的嘴唇尚在翕动，他还活着。他面前站的就是另一个人，手握一把鲜血淋漓的刀——一柄带着弧度、锋刃呈锯齿状的刀——眼看就要结束了，他正欲划开迪格维德的喉咙。

我从没把剑当长矛使过，要我说，这也着实不是合理的使用方法，但那一刻我首先要确保迪格维德存活下来。我还得问他话，除了我，现在谁都不能杀迪格维德。所以我把剑掷了出去。时间只够这么做。尽管这一投力量既不足，也缺乏准头，它还是正中男人的手臂，这足够让那个人发出哀嚎、倒仰着一个趔趄。我趁机奋力跳下马，直接落在屋内地上，向前一个翻滚，同时拔出身上的短剑。

这一举足够救下迪格维德。

我落在他身边。沾满血污的绳索将他的四肢都缚在椅子上。他衣衫破烂,衣服上的血迹已然发黑,流着血的脸都肿了起来。他的嘴唇还在动,眼珠无力地转向我,我不知道他在看到我的那一瞬想到的了什么。他认出我来了吗?他心头闪过的是羞愧,还是希望?

我的视线投向后窗,刚好瞧见持刀者的两条腿消失在窗下,他把身体挤过了窗框,重重砸在外面的地上。翻窗尾随意味着把我自己置于弱势——我进退两难,而持刀人有充裕的时间把凶器扎进我体内,这幅景象可不妙。于是我转而跑向前门,绕过空地展开追逐。雷金纳德刚好赶到。他看到了持刀人,拥有比我更好的视野,已经拉弓瞄准了对方。

"别杀他。"我高喊,此刻箭矢离弦,他不悦地吼了一嗓子。箭偏得很远。

"该死的,老弟,我都瞄准他了,"他喊道,"这会儿他都进林子了。"

我及时绕至木屋背面,跑动中踢起一地枯败的松针,刚好目击持刀人消失在树林的边界。"我要留他活口,雷金纳德,"我回头对他大声道,"迪格维德在屋里。我回来之前一定确保他安全。"

话音未落,我已手握短剑跑进了林子,暴风骤雨般往前冲,枝叶纷纷抽打在我脸上。我看到前方植被中一道黑色的身影,像我一样狼狈不堪地撞开枝条狂奔。

或者说比我更狼狈,因为我拉近了和他的距离。

"你在现场吗?"我冲他大喊,"他们杀我父亲那天晚上,你在吗?"

"我没有那个荣幸,孩子。"他回身喊话,"真希望我在。不过,我做了自己的分内事。"

"停下来，面对我！"我喊，"你既然那么渴望肯威家的鲜血，我们就来看看你能不能让我溅血！"

我比他更灵活，速度更快。我听到他话音当中的呼哧喘气声，追上他只是时间问题。他也清楚，与其再消耗自己的体力，不如选择掉头迎战，于是纵身跨过一截被风摧倒的树枝，跃入一小块空地，亮出手中的刀锋——弧形带齿的、外表"狰狞"的刀子。他胡须灰白，脸上布满形容可怖的疮疤，像是幼年得什么病落下的。他喘着粗气，伸出手背抹了一把嘴。他的帽子在追逐中掉了，露出斑白的头发，而身上的长外套——黑色的，正如杂货店主描述的那样——已经扯破了，翻飞着透出底下的红色军服。

"你是英军士兵，"我说。

"那只是我身上的制服罢了，"他哂笑道，"但我的忠心在别处。"

"可不是么？那么，你向谁宣誓效忠？"我问，"你是个刺客吗？"

他摇头。"我替自己干活，孩子。这种自由你只有在梦里才能得到。"

"很久以前就没人叫我孩子了，"我说。

"你以为自己有了名气吗，海瑟姆·肯威。杀手。圣殿的尖刀。就因为干掉几个肥胖的商人？在我眼里你就是孩子，因为男人堂堂正正地直面对手，不会在死寂的夜里从背后偷偷靠近他们。"他停顿，"像个刺客。"

他把刀在两手间切换，快得几乎像变戏法——至少我让他以为我被镇住了。

"你觉得我不善格斗？"我问。

"还有待证明。"

"这个地方再好不过。"

他吐了口唾沫，一手招呼我过去，另一只手翻转着刀锋。"来啊。"他激我，"这辈子像个战士一次。来看看是什么感觉。来吧孩子，做个男人。"

他本意为激怒我，结果却使我更专注。我需要他活着，需要他开口交代。

我跳过倒伏的树枝进入空地，持剑猛一顿挥舞把他逼退，并在他得以近身反击之前，迅速恢复了防御姿态。过后一阵子，我们互相绕着圈，各自等对方使出下一击。我冲上前打破僵局，一记挥砍，又立刻回复防守。

有一刹那他大概以为我刺偏了。紧接着鲜血涓涓流下他的面颊，他手扶着脸，吃惊地瞪大了双眼。我领先一招。

"你低估了我。"我说。

他的笑容僵硬了些。"不会再有第二次。"

"会有的。"我回答。再次上前，佯装往左攻，在他身体已经完全偏向错误的一侧时，我的剑来到了右边。

一道伤口绽开在他未持刀的手臂上。血迹弄脏了他褴褛的衣袖，一滴一滴落在森林的地面上，为黑褐色的松针染上点点鲜红。

"我比你听说的更出色，"我说，"死亡是摆你面前的唯一结局——除非你开口，告诉我你知道的一切。你为谁卖命？"

我踩着有节奏的步伐欺近，再次挥砍，而他胡乱举刀迎击。他另一侧脸颊也破了，褐色的皮肤上现在有两条猩红的血流。

"我父亲为什么被害？"

我再度上前，这一次切开了他持刀那只手的手背。如果说这几个回合的目的是打掉他的刀，那我无疑失望了。但如果只是向他展示剑术，那我做得相当到位，他脸上的表情骗不了人。那张如今血迹斑斑的面孔上,已经找不到一丁点笑意。

但他的战斗意志还在。他的进攻动作倏地迅捷流畅起来,又把刀从一只手换到另一只企图误导我,并差一点儿得手。他甚至有机会得手——如果他先前没把那一招炫给我看的话,如果他没有被我割出的伤口拖慢了速度的话。

实际情况是,我一低身,轻而易举躲过他的刀锋,接着反手上击,把剑尖埋入了他的躯干。但我忽然开始暗骂自己,出手太重了,而且捅的部位是肾脏。他死定了。内出血将在约三十分钟内结果他的性命,而他会立刻晕厥。我不知他是否了解这一点,因为他又龇牙咧嘴地向我冲了过来,牙齿上已经覆满鲜血,我轻松旋身躲开,抓住他的手臂向内反折,一个脆响弄断了他的肘部。

其实我此举更多是为了效果而非作战需要,而此刻他发出的声音与其说是惨呼,不如说是痛苦的抽气。他的刀落在了林间的地上,他紧跟着跪倒在地。

我松开他的胳膊,它软软地垂下,皮肤包裹着的碎骨。我低头看见血色从他脸上褪去,他的腹部有一块不断扩大的暗色血污。外套摊开在他周围。他虚弱地用完好的手去触摸自己无力松垮的断臂,抬头望向我,眼中有种几近乞怜的、悲愤的神情。

"你们为什么杀他?"我平静道。

他就像一个漏了的瓶子里滴滴答答渗出的水,团成一团倒地,最后侧身躺了下去。现在他关心的只有将至的死亡。

"告诉我。"我催促,弯腰凑近他躺下的地方,他脸上的血粘住了根根松针。他在森林的地衣间吐息着临终的呼吸。

"你父亲……"他刚开口就咳嗽,咳出一小团血块才缓过来,"你父亲不是圣殿骑士。"

"我知道，"我厉声说，"他是为这个被杀的吗？"我意识到自己皱紧了眉头。"他因为拒绝加入骑士团才被杀害的？"

"他是……是个刺客。"

"然后圣殿就杀了他？这就是原因？"

"不。他遇害是因为他持有的一样东西。"

"什么东西？"我凑得更近，不顾一切想理解了他的话，"他的什么东西？"没有回答。

"是谁？"我几乎在叫嚷，"谁杀的他？"

他已失去意识。他的嘴微张，眼皮扑扇着要闭起来，不管我怎么打他耳光都不愿再清醒。

父亲生前是刺客。我把持刀人的身体翻过来，合上他茫然瞪视的眼睛，随后把他口袋里的物品一件一件清出来放在地上。一堆寻常的零钱，还有几张烂糟糟的纸片，我摊开其中一张，发现是一份来自某军团的征兵文件，准确地说叫冷溪近卫团，入伍可获一个半几尼，之后每天得一先令。发薪者的名字也在文件上。名字是爱德华·布雷多克中校。

布雷多克和他的部队在尼德兰共和国境内全面抵抗着法军。我回想起之前看到那个骑马逃走的尖耳朵男人。忽然间我明白他往哪去了。

四

我转过身，拨开树枝向木屋走去，不一会儿就回到出发的地方。屋外的三匹马在艳阳底下安详地吃草；室内光线晦暗，比户外阴凉，雷金纳德站在迪格维德身前，后者仍被绑在椅子上，维持着坐姿，头歪在一旁。视线撞上他的那一刻我就明白……"他死了？"我直言，并看向雷金纳德。

"我试过救他,海瑟姆,但可怜人的灵魂已远去,救不回来了。"

"怎么回事?"我严厉地问。

"伤得太重啊,"雷金纳德语气不悦,"看看他的样子,老弟。"

迪格维德脸上凝固的血几乎糊成了一层面具,衣服上的血则结成一块块。持刀人让他生前吃尽了苦头,这一点是肯定的。

"我走的时候他还活着。"

"我到的时候他也还活着,该死。"雷金纳德激动起来。

"至少告诉我你从他嘴里套出了什么。"

他目光低垂。"死前他说他很抱歉。"

我懊恼地一挥剑,把一只高脚杯甩进壁炉。

"就这些?一点没交代袭击那晚的情况?没有原因?没有姓名?"

"你那是什么眼神?你以为我杀了他?你以为我丢下骑士团的其他职责,千里迢迢赶来,就是为了确保迪格维德送命?我和你一样想找到他,和你一样想留他活口。"

我感到头皮一阵发硬。"我相当怀疑。"我恨恨地说。

"行了,另一个人怎样了?"雷金纳德反问。

"死了。"

雷金纳德换上嘲弄的神情。"噢,我懂了。那追究起来又是谁的错呢?"

我无视他。"那个凶手,布雷多克认识他。"

雷金纳德倒跌一步。"真的?"

之前我把搜出的纸张全塞进了自己的大衣,这会儿我将它们取出来,堆成一堆捧在手上,好像一掬花菜。"在这——他的征兵文书。他是冷溪近卫团的人,就在布雷多克麾下。"

"这和你刚说的不是一回事,海瑟姆。爱德华指挥着一千五百精兵,其中不少是从乡间招募的。我肯定里面每一个都有不光彩的过往,我也肯定爱德华对此知之甚少。"

"就算这样,也是个不小的巧合。杂货店主说两人都穿着英军制服,要我猜,我们先前看到那个骑士正在往兵团赶。他跑了有——多久?一个小时有吗?我不会落后很远。布雷多克驻扎在尼德兰共和国不是吗?那就是他走的方向,回他指挥官那里。"

"你说话可小心点,海瑟姆。"雷金纳德道。森冷注入了他的眼睛,。"爱德华是我的朋友。"

"我从没喜欢过他,"带着一丝孩子气的粗鲁,我说。

"呸!"雷金纳德吼道,"你不懂事时形成的偏见,就因为你习惯了众人捧着你,只有爱德华不对你另眼相看——就因为,容我加一句,他倾尽一切也要将害你父亲的凶手绳之以法。我来告诉你,海瑟姆,爱德华忠心服务骑士团,出色而虔诚地奉献自身,从来都是。"

我转向他,几乎脱口而出"可我父亲不是个刺客吗?"但及时制止了自己。某种……感受,或直觉——难以言说它的实质——让我决定对这条消息保密。

雷金纳德注意到我的反常——看到词句在我唇齿间酝酿,甚至可能发现了我眼中的谎言。

"那个凶手,"他敦促我,"他说过些什么?你在他死前撬出什么信息吗?"

"不比你从迪格维德身上得到的更多,"我回答。小木屋的一边支着个小炉子,旁边放着一块砧板,我在上面找到半块面包,塞进自己口袋。

"你在干什么呢?"雷金纳德说。

"为骑行准备一切可能的补给,雷金纳德。"

那儿还有一碗苹果,我需要那些喂马。

"一块放馊的面包,几只苹果吗?不够的,海瑟姆。至少回镇上买些东西。"

"没时间了,雷金纳德。"我说,"何况追击不会拖很久。他只有一丁点先发优势,也不知道背后有人追击。再配合一点运气,我能赶在需要补给前就抓住他。"

"那我们可以沿途搞吃的。我帮你。"

我制止了他。"我一个人走。"我说,在他来得及出言反驳前,我已跨上坐骑,驾着它往尖耳朵男人进森林的方向进发,速战速决的想法充满我的内心。

我全速前行,可暮色还是降临了;再继续变得太危险,一个不小心马就会受伤。不管怎样,它也累得脱力了,所以我不情不愿地决定停下,给它休息几小时。

于是我坐在这写这篇日记。我好奇为什么,那么多年雷金纳德与我情同父子,充当我的精神导师、生活指引和人生向导——为什么我这次决定单独前往?为什么又瞒着他我关于父亲的发现?是我变了吗?或是他变了?还是曾经维系我们的情感纽带变了?

气温在下降。我的坐骑——看来给它起个名字才是正确的做法,为了致敬它讨苹果时用鼻子对我又刮又蹭的举动,我叫它刮刮——待在一旁闭目休息,看上去心满意足。我则继续写日记。

我回味着自己和雷金纳德的对话。他对我变成现在这个样子的质疑是否在理,我也不知道。

1747年7月15日

我醒得很早,天刚亮就起身,把昨夜烧剩的炭块清理平整,跨上了"刮刮"。

追击继续着。我一边前进,一边思忖各种可能性。为什么尖耳朵和持刀人分头行动?他俩原本都打算去尼德兰共和国,加入布雷多克吗?尖耳朵的计划里,包括同谋赶上他一起走吗?

我无从得知,只能祈盼不管他们有什么打算,前头的男人都对我的尾随毫不知情。

我快而平稳地赶路,清楚太早追上和追不上是同样灾难的后果。

大约三刻钟后,我来到他曾歇脚的一个地方。假如我对"刮刮"狠些,逼它多跑一会儿,我能打得他猝不及防吗?跪在地上,我感受着火堆遗迹逐渐冷却的余温。刮刮在我左侧用口鼻滚着什么东西。一小截弃置的香肠,我的胃咕咕作响。

雷金纳德是对的。我的猎物为旅途做的准备远比我充分,而我只有半块面包和苹果。我咒骂自己为什么没搜刮他同伴的鞍囊。

"过来，刮刮，"我说，"过来，好姑娘。"

这天余下的时间我都在骑马，仅有一次减速是从口袋里掏出望远镜，一寸寸扫过地平线，查找目标的踪迹。他继续跑在我前头，让人恼火地一整天都跑在前头，最后天光渐暗，我开始担心彻底跟丢了他。只有盼望自己对他目的地的推断是正确的。

终于我别无他法，只好结束今天的跋涉，停下休整。我扎营生火，让"刮刮"休息，祈祷我没有迷失方向。

坐在这里的时候，我满腹不解，为什么我到现在都没抓住他？

1747年7月16日

一

这个早晨我醒来时,脑中灵光一闪。当然了。尖耳朵是布雷多克军的成员,布雷多克军则在尼德兰共和国编入了奥兰治亲王本人指挥的部队,那才是尖耳朵该呆的地方。他之所以如此匆忙,是因为……

因为他擅离职守,正急着回去,估计是想赶在他的缺席被发现之前。

这意味着他在黑森林出现没有获得官方批准。意味着布雷多克作为他的上级中校,并不知道此事。或多半不知道此事。

对不起,"刮刮"。我再次全力驱驰它——这将是它连续第三天长途奔袭——我注意到它的疲惫,辛劳使它速度降了下来。尽管如此,才过不到半小时我们就已来到尖耳朵又一营地的遗迹,这一次,我没有停下测试余烬的温度,而是催促"刮刮"继续走,只在下一座山头让它休息片刻,取出望远镜搜查面前的地区,一寸一寸……最后我看到他了。就在那里，一个细小的黑点策马爬上远山，我亲眼看着他被繁茂的树丛吞没。

这是到哪了？我不清楚我们是否已越过边境，进入尼德兰共和国的领土。我有两天没撞见别的活人了，除了我自己的呼吸声和刮刮的响鼻，什么都听不到。

一切很快就会改变。我在二十分钟之后就进了目标钻入的同一片丛林。我首先看到的是一辆被弃的马车。马的尸体倒在一旁，苍蝇围着它无神的眼睛爬来爬去，这幅景象让"刮刮"受惊地略一扬前蹄。和我一样，它习惯了寂寥，只有我、树木、鸟类为伴。眼前突如其来的丑恶一幕却提醒着我们，欧洲大陆从未远离纷争和战火。

我们速度放得更慢，在树丛和横七竖八的障碍间小心翼翼地穿行。越往下走，便见到越多烧焦的植物被折断、踩踏在地。已经可以确定这里发生过一场打斗：我开始看见人的尸体，四肢大张、死不瞑目，无名的死者被暗红的血和污泥一泡更加难以分辨，只有靠露出的几抹制服猜测其归属：白色是法国，蓝色是尼德兰。我看到损毁的滑膛枪、折断的刺刀和长剑，任何还派得上用场的东西已被搜刮走。我走出了树林，正对的是一整片战场，静静躺着更多的遗骸。诚然，以战争的尺度衡量它不过是一场小战役，可置身其中，只觉得死亡漫山遍野。

我不敢肯定仗是多久之前打的：久到清道夫已打扫了战场，但还没足够的时间移走尸体；根据尸体的状态和田野上空至今萦绕不散的黑烟来判断，推测在一天之内——硝烟遮天蔽日，和自然界的晨雾相似，但散发着浓烈辛辣的味道。

地里被马蹄、人足搅过，越发的泥泞。"刮刮"脚下开始挣扎，我拉它转头，企图绕着田野的边缘走。正当它在淤泥里一步一跌撞，几乎把我从身前甩落的时候，我的视线捕捉到了前方的尖耳朵。他和我们隔着一个战场的长度，约莫半英里，只是一个迷迷蒙蒙、难以分辨的身影，同样在污泥地里挣扎前行。他的马想必和我的一样劳累不堪，因为他已跳下马来，干脆拉起缰绳牵着它走。咒骂声从田野那头隐约传来。

我取出望远镜，更仔细地观察他。上一次近距离看他还是十二年前，别提他还戴着一顶面具，我发现自己充满了好奇——甚至希望，第一次有机会直击他的容貌，或许能看出些什么来。他会是我认识的某人吗？

不。就是一个男人，饱经风霜、头发斑白，和他同伴现在的样子差不多，而且脏兮兮的，因长途跋涉形容憔悴不堪。看到他，没有恍然大悟，也没有任何谜题解开。他就是一个男人，一名英军士兵，和我在黑森林杀掉的一样。

我看到他透过迷雾，伸长了脖子眺望我。他也从大衣里取出自己的望远镜，我俩透过镜筒互相研究对方了一阵子，随后我见到他跑回马笼头边跳了上去，抖擞起精神猛甩缰绳，不时扭头瞟一眼田野这头的我。

他认出我来了。很好。我把"刮刮"拉到土地更坚实一点的地方，它又能踩稳了，我们总算得以正常前进。在我前方，尖耳朵的身影越发清晰，我可以辨认出他吃力驾驭坐骑的样子。忽然间，他卡在泥里动弹不得，而我追近了，不一会儿就会和他遭遇，他的表情显然是意识到了这点。

然后他采取了这种情况下的唯一选择：抛下缰绳下马狂奔。与此同时，我脚下的土壤猛地陷落，"刮刮"又快站不住脚了。我快速在它耳边低语了一句"谢谢你"，便从马背跃下，徒步追赶。

过去几天的劳乏如洪水冲击着我，要将我吞噬。淤泥仿佛有股吸力，扯住我的靴子往下坠，每一步都不似奔跑而好比涉水，空气进入肺叶发出刺耳的响声，如同吸进的是沙子。每一块肌肉都嚣叫着发出抗议、钻心地疼，似乎在求我不要走了。我只能寄希望于前面的人同样费力，甚至比我更费力。唯一激励着我继续、让我双腿蹬动且胸膛起伏着喘粗气的，是我对差距不断在缩小的认知。

他回头瞥了一眼，我已经近到看清他因恐惧而睁大的双眼——他没有了面具。尽管痛苦又疲顿，我还是冲他咧嘴一笑，缺水皱褶的嘴唇被扯开，露出牙齿。

他继续没命地往前赶，发出使劲的哼哼声。天开始淅淅沥沥下雨，为白昼多添一重雾气，我们如同被困在一块炭笔涂抹出的天地。

他再次冒险回头，发现我又近了；这一次他停了下来，拔出剑双手握着，肩膀塌着，呼吸粗重。他看起来萎靡不堪，像是一个夜以继日骑马赶路、几乎无眠的人。当然，更像一个等着挨揍的人。

可我错了；他诱骗我上前，而我就像傻子似的中了招。下一秒我绊了一下，结结实实向前摔倒，我跌进一大片厚厚的、缓缓渗水的淤泥中，彻底阻断了前路。

"哦，老天。"我说。

我的脚消失了，然后是我的脚踝，还没反应过来泥已漫过了我的膝盖。我孤注一掷地扯动双腿，想要挣脱出来，同时一只手紧紧扒住身侧稍硬的土地，支撑住体重，另一只手试着把剑举高。

我转头望向尖耳朵，这会儿轮到他笑了。他走上来，两手握剑重重地向下劈砍，力道足够，可惜略显笨拙。我攒足力气，闷哼一声，迎上并挡下了这一击，铁器相交在一起，叮当作响，他被震得后退了几步。趁他失去平衡，我将一条腿拔了出来，靴子则留在了泥里，露出我的白袜子，虽然脏了，比起周围的污泥却白得耀眼。

眼看他的优势被摧毁，尖耳朵再次逼上来，这一次改前刺，我举剑抵挡了一次、两次。有一会儿只听得剑锋相击声，我俩的哼声和雨声。雨势渐猛，劈劈啪啪砸进泥土，我默默感谢上苍，他的狡诈伎俩已经穷尽了。

他终于发现，挪到后方攻击我会更难抵抗。但我先一步看穿了他心中所想，一剑挥出，劈中他露在靴子外的膝盖，他向后跌去，发出痛苦的惨嚎。吃痛而愤怒地吼了一声后，他再度爬起，或许是胜利没有想象中来得容易，让他恼火的同时赋予他动力，他伸出完好的那条腿狠踢向我。

我用另一只手抓住这条腿，用尽全身力气扭转，他在空中打了个旋，面朝下，四脚朝地摔进土里。

他试图就地翻滚，但要么摔晕了头，要么速度太慢，总之还未有动作，我已直接把剑插入他的大腿后部，锋刃刺穿肌肉，扎进土壤，把他钉在了地上。同时我以剑柄为抓手，用力一拧，将自己拉出淤泥，第二只靴子也留在了地里。

他尖叫着扭动，但被腿上的剑固定在了原地，挣脱不得。之前我用剑当杠杆脱身，加在伤口上的分量一定让他难以忍受。他凄厉地喊着，眼睛翻白。即便如此，他还是疯狂劈砍，我手上已经没了兵器，控制不了平衡地向着他扑通栽倒，仿佛一条落在旱地的鱼。剑划伤我一侧的脖子，开了一条口子，鲜血带着温热流过皮肤。

我伸手要夺他手中的剑，再次扭斗起来。一边厮打，一边咒骂声不断。这时，我突然听到身后传来的声音——清晰的越走越近的脚步声。然后是说话声。有人说着荷兰语。我骂了一句。

"不，"一个声音道，我意识到是我自己的。

他一定也听到了。

"你太迟了,肯威。"他咆哮。

铿锵的步伐从我身后传来。雨声。我自己"不不不要"的喊声,和一个用英语说的"那边的,说你呢,马上住手。"

我从尖耳朵身边扭曲着爬起来,恼火地拍打身上湿漉漉的泥土,不理会他粗嘎刺耳的长笑,站直身体迎接从雨雾中出现的部队,让自己尽量站姿挺拔,开口道:"我的名字是海瑟姆·肯威,我是爱德华·布雷多克中校的一名同伴。我要求这个人交由我监管。"

我听到一串笑声,不确定那是来自被钉在地上的尖耳朵,还是这一小拨雨中浮现的军人里的哪一个,听起来好像田野放出的幽魂。我注意到他们的指挥官留着一抹唇髭,身穿一件肮脏、濡湿的双排扣短上衣,缀有金色的穗带,已被雨水泡得变了颜色。我见他举起了什么东西,击中前的一瞬我才看清他用剑柄抽打我,我随即失去了意识。

二

他们不处决昏迷的人,那样有失高尚。哪怕是爱德华·布雷多克麾下部队也不这么做。

所以翌日清晨,我感到冷水拍打浸润自己的脸庞——还是一只五指张开的手掌抽了上来?不管哪种,我被粗暴地叫醒,待到恢复知觉,我花了一会儿时间回想自己是谁,在哪里……

为什么我脖子上有个绳套?

为什么我的双臂被反绑在背后?

我站在一个平台的末端,左手边有四个人,皆是一样的绳套绕颈。我看见最左边的男人正猛烈抽搐着,两脚在空中蹬动。

前方传来一阵抽气声,我这才意识到有观众。我们已不在那片战场,而是搬到了一块小一些的草地上。士兵被召集起来,各个身着英军的红色制服,戴着冷溪近卫团的熊皮帽,人人面色灰白。他们明显在强行忍耐,被迫观看平台那端的可怜人做着临终挣扎,嘴巴张着,舌头伸长之前就咬破了,正在流血,腮帮子一鼓一鼓,无望地大口呼吸空气。

他继续抽搐、踢动,身体带动了绞架摇晃起来。抬起头,我看到悬挂绳索的架子横贯我们头顶,跨过整个平台的宽度,我自己的绳套也绑在上面。脚下是我站立的木凳,我脚上还是只穿着袜子。

四下里鸦雀无声。只有受刑者临终挣扎的响动,绳索的吱呀声和绞架不堪重负发出的声音。

"你们谁要是偷东西,这就是你们的下场,"行刑者指向他尖厉地喊道,然后,他大步流星沿平台走来,来到第二个人面前,继续对保持沉默的人群喊话,"你们会去绳子的另一头见造物主,这就是布雷多克的命令。"

"我认识布雷多克!"我忽然喊出声,"他人在哪儿?叫他过来!"

"你,给我闭嘴!"行刑者指着我咆哮,而他的助手,那个往我脸上泼水的人,从右边上前来,再给了我一记耳光,不过这次不是让我清醒,而是叫我住口。

我低吼着使劲挣脱手上的绳子,但动作又不能太剧烈,否则会失去平衡,从矮凳上栽倒。现在我已经在它边缘摇摇欲坠。

"我的名字是海瑟姆·肯威!"我高喊,绳索掐进我的脖子里。

"我说了,'闭嘴'!"行刑者再次咆哮,他的助手又重重地给了我一拳,我差点直接从板凳上翻下来。

我第一次注意到左手边挨着的那个五花大绑的士兵,并认出了他。是尖耳朵。他大腿上缠了绷带,渗出的血将它染成暗色。他打量着我,厚重的眼睑下射出阴翳的目光，缓缓露出一个松垮的笑容。

此时，行刑者已绕至第二个人背后。

"这是个逃兵。"他尖声说道，"他抛下自己的战友死去。像你们一样的战友。他放任你们去死。告诉我，应该怎样惩罚他？"

底下站着的人无精打采地回喊。"吊死他。"

"既然你们都这么说了，"行刑者冷笑，退后一步，抬脚重重踩上获罪者的后腰，蹬了出去，津津有味地享受着观众作呕的表情。

我用力摇晃脑袋，消除殴打带来的痛苦，然后继续挣扎。行刑者走到下一个人面前，询问人群同样的问题，得到同样低沉、例行公事的答复，然后将不幸的人踢下去面对死亡。平台摇摇晃晃，三个人在绳子底部抽动。头顶的绞架吱吱嘎嘎地叹息，我抬眼瞥见木榫晃开了一点，又再度合上。

接着行刑者来到尖耳朵面前。

"至于这个人——这个人享受了一趟黑森林短途旅游，以为他可以人不知鬼不觉地溜回来，但他想错了。告诉我，他该受到怎样的惩罚？"

"吊死他。"众人无精打采地嘟囔。

"你们认为他该死吗？"行刑者大喊。

"该死。"众人答。但我看到当中有些人悄悄摇头说着不，还有另一些人举起皮水袋啜饮着，看来倒乐见这出好戏，显然是被佳酿收买了。如此说来，尖耳朵这副醺醺然的样子和酒精有关吗？甚至当行刑者走到他身后，将脚踩在他腰上，他还在笑。

"是时候绞死逃兵了！"他高叫，踢出去的同时我也喊了出来，"不要！"我奋力晃动束缚，死命想挣脱，"不，他必须活着！布雷多克在哪？爱德华·布雷多克中校在哪？"

行刑者的助手出现在我面前,粗糙的大胡子底下露出一抹邪笑,嘴里几乎不剩几颗牙,"你没听见他说的吗?他说'闭嘴'。"他举起手臂,挥拳打向我。

他没机会了。我双腿猛地蹬出,把板凳踢走,下一刻绕在了他脖子上,脚踝用力缠住——并继续收紧。

他狂喊。我挤得更紧。喊声一点点变成窒息的呛咳,他脸部开始充血,两手抓向我的小腿,费力想掰开它们。我从一侧拧向另一侧,摇晃着他的身体,就像一条牙关紧锁猎物的狗,几乎要把他离地拔起。我把大腿肌肉绷紧到极限,同时试图让体重不要落在绳套上。我的一侧,尖耳朵仍在绳索末端挣扎。他的舌头从两片嘴唇里长长伸出,浑浊的眼睛鼓起,仿佛要自他头骨里迸出来。

行刑者之前走去平台另一端,挨个拉扯受刑人的腿,以确认罪犯们死透了,但平台这头的骚动引起了他的注意,他抬头看到助手困在我双腿邪恶的钳制中,立刻一个箭步冲过来,边咒骂边抽出了剑。

我大吼一声发力,扭转身体拧动双腿,在某种奇迹般的时机控制下,拖着助手的身体撞上了赶来的行刑者。行刑者喊了一声,毫无形象地从高台跌了下去。

我们面前的人傻站着,张口结舌,没有一个人动弹或插手。

我更用力地绞紧双腿,回应我的是助手脖子断裂的咔哒一声。血顺着他的鼻孔流下来。他抓着我的手松开了。

我再次扭动身体。一声大喊之下,不顾肌肉的抗议,缠着他往另一个方向甩去,把他撞上了绞架。

摇晃作响、快要散开的绞架。

它发出更响的吱嘎声。最后一次发力——我已没有多余的力量,如果不成功,这里就是我的死地——又把他猛撞上绞架,这一次,终于，它撑不住了。我感觉自己眼前一黑，仿佛脑筋被一块黑色的帷幕罩上了，同时我却发现脖子上的压力突然减轻。绞架倒向了平台前方的地面，横木倾覆，平台本身因为突然增加的人体和木头的分量，分解垮塌，碎木片和肢解的木块四散崩裂。

昏厥前我最后的想法是，请让他活下来。而恢复意识后，我躺在帐篷里，问的第一句话就是，"他还活着吗？"

三

"谁还活着吗？"医生问，他留着一看就知身份不凡的唇髭，口音也宣告他比绝大多数人出身要高。

"那个尖耳朵的人。"我说着，强撑起身体坐直，他却轻拍我的胸口，扶我慢慢躺回去。

他和颜悦色道，"听说你是中校的熟人。也许他早上过来后会对你解释一切。"

就这样，我现在坐在这里，补写白天发生的事件，等待与布雷多克会面……

1747年7月17日

布雷多克和手下打扮一样,只是更魁梧、更精明,带着与军衔相匹配的气度。他锃亮的黑色军靴和膝盖齐平,扣得整整齐齐的深色短上衣外罩了一件滚白边的双排扣外套,白围巾,腰间厚实的褐色皮带悬挂着佩剑。他的头发向后梳,用一条黑丝带绑起来。

他把帽子往我床边的小桌一丢,背着手,用我再熟悉不过的深邃、无情的眼神凝视我。

"肯威,"他直言,"雷金纳德没有送信说你要来我这儿。"

"这是情急之下的选择,爱德华。"我说,忽然感到他的存在把自己比得青涩,我甚至觉得受了威胁。

"我明白了,"他说,"你是想到了就顺路过来坐坐,对吧?"

"我在这多久了?"我问,"已经过去几天了?"

"三天,"布雷多克回答,"田纳特医生担心你会有发热症状。用他的话说,一个虚弱些的人可能就扛不住了。你能活着已经走运了,肯威。并非所有人都能从绞架下幸存,又逃过发热这一劫的。同样走运的是,我得到通报说一个即将受绞刑的人指名道姓要找我;不然我的手下可能已经把事办完了。你看到我们是如何对付手下作恶的了。"

我摸着脖子,和尖耳朵打斗留下的伤口已得到包扎,但与绳子的摩擦还让它发疼。"是的,爱德华,我亲自体验了你是怎么对待手下的。"

他叹了口气,挥手示意田纳特医生退下,后者离开帐篷,在背后合上门。然后他重重地坐下来,一条腿翘上床,仿佛在彰示他对物产的所有权。"不是手下,肯威。是罪犯。你是叫尼德兰人押送过来的,身边还有个逃兵,一个和同伴双双擅离职守的逃兵。自然而然,他们臆断你就是那个同伴了。"

"他怎样了,爱德华?和我一起的男人怎样了?"

"你一直问的人就是他吗?田纳特医生告诉我你对一个——他怎么说来着,'尖耳朵'男人——特别感兴趣,是他吗?"他语调里有遏制不住的讥诮。

"爱德华,那个男人——我家遭袭那天晚上他就在现场。我们过去十二年孜孜不倦找的人里就有他。"我冷冷地看着他,"然后我发现他被你的部队征用了。"

"不错——是被我征用了。那又怎样?"

"挺巧的,你不觉得吗?"

布雷多克一向皱着眉,可现在眉间的皱纹更深了。"干嘛不放下你的含沙射影,孩子,直接告诉我你心里想什么。顺便问一句,雷金纳德在哪儿?"

"我在黑森林和他分头行动了。毫无疑问,他现在已经在回家路上了。"

"好继续他那对神话和民间传说方面的研究?"布雷多克眼中闪过一丝鄙夷。这么做让我莫名对雷金纳德和他的调查产生忠诚之心,尽管我自己对这件事不无担忧。

"雷金纳德认为如果我们能够解开知识宝库的秘密,骑士团将获得自十字军圣战以来的最大势力,甚至是有史以来最大的。我们便可以高枕无忧,彻底左右未来。"

他露出稍许恶心和厌倦的神情。"如果你真的相信那一套,那你就和他一样蠢,一样理想主义。我们不需要什么魔法诡计来劝人们投靠我们的事业,我们需要的是刀剑。"

"为什么不能兼而有之呢?"我辩道。

他凑近我:"因为其中之一是不折不扣的浪费时间,这就是为什么。"

我迎上他的目光。"这理由不够过硬。相反,我不认为赢得人心最好的方法是处死他们,你呢?"

"再说一次。那些是渣滓。"

"他已经死了吗?"

"是说你那个——不好意思,那什么,'尖耳朵'——朋友?"

"你的嘲弄对我毫无意义,爱德华。正如你的敬意对我一文不值。你也许觉得自己只是因雷金纳德的缘故容忍我——好啊,我向你保证,彼此彼此。现在告诉我,那个尖耳朵的男人,他死了吗?"

"他死在了绞架上,肯威。罪有应得的死法。"

我闭上双眼,有一瞬什么意识都不见了,只剩内心的……什么呢?某种沸腾的恶念,放入悲恸、愤怒、焦躁炖煮出来的浓汤;混合了不信任和疑虑。另外,布雷多克搁在我床上的脚,让我希望可以猛地挥剑,把他从我生命里根除。

不过，那是他的丑恶伎俩，不是吗？不是我的。

"所以那晚他在，是吗？"布雷多克问道。那语气里是有一丝讥讽吗？"他作为要对你父亲遇害负责的凶犯之一，这么久以来就混迹于我们当中，我们却什么都不知道。有点讽刺，你是想这么说吧，海瑟姆？"

"没错。讽刺或巧合。"

"小心点儿，孩子。这会儿没有雷金纳德帮你打圆场，你明白的。"

"他叫什么名字。"

"和我部队里数百个重名的一样，叫汤姆·史密斯——乡下来的汤姆·史密斯，别的我们都不知道。那种人，无非是犯了事在逃，也许从地方官那逃出来，也许在决斗中杀了地主的儿子，或是玷污了地主女儿的贞操，要么就是和他老婆通奸。谁说得清？如果你问我，我们追击的其中一人就在这里，始终在我部队里，我会不会吃惊，那我的答案是不会。"

"他在部队有伙伴吗？我可以详谈的人？"

慢慢地，布雷多克把腿从我的行军床上拿下来。"同为圣殿骑士，你无限享有我在这里的热情款待，你当然可以自行展开调查。作为回报，我也希望可以要求你辅佐我们的行动。"

"那又是什么？"我问。

"法军包围了贝亨奥普佐姆堡。我们的盟友困在里面：尼德兰人、奥地利人、汉诺威人、黑森人，当然了，还有英国人。法军已经掘开了一条战壕，正在开挖第二排平行的壕沟。对堡垒的狂轰滥炸很快就会开始。他们会试图在雨季前把它攻下，因为相信这将为其打开一条通往尼德兰国的大门，而盟军认为必须不惜一切代价守住堡垒。我们需要能征召到的每一员兵力。现在你知道我们为何不纵容逃兵了。你有没有一颗上战场的心，肯威，还是说你如此专注于复仇，一点也不肯再帮我们了？"

第三部

1753年，六年后

1753年6月7日

一

"我有个任务要交给你。"雷金纳德说道。

我点点头,并不感到意外。自我跟他最后一次碰面已经过了许久,我感觉他要求见我绝不是想要找个借口跟我谈天,就算我们的碰面地点是在怀特巧克力屋,两人都在坐饮麦芽酒,一位殷勤并且——这点没有逃离我的注意——身材丰满的女侍正为我们热情服务。

在我们左手边是一桌子的男士——臭名昭著的"怀特屋赌徒"——他们正在热火朝天地玩掷骰子游戏,但是巧克力屋其他的位置却是空的。

自从黑森林一别之后我就没再跟他见过面,六年前,那一别之后发生了太多的事情。我加入了布雷多克在尼德兰共和国的军队,在贝亨奥普佐姆包围战役中与冷溪近卫团共同作战,直到次年亚琛条约签订,标志着那场战争的结束。在那之后我又继续参加了几次保卫和平的战役,这些事情让我一直疏于与雷金纳德的联络,那段时间他的信不是从伦敦,就是从位于郎德森林的庄园寄给我。我察觉自己的信在寄出之前可能会被人偷看,于是回信时保持言辞含糊,同时私下里寻找着能够和雷金纳德会面,并且探讨我种种忧虑的机会。

但是,返回伦敦并再一次在安妮女王广场住下之后,我却找不到他了。有人如此告知我:他已经一头钻进了那堆书里——他和约翰·哈里森,另一个骑士团骑士,似乎都痴迷于那些神庙,先行者的宝库和他曾提到的那些过去遗留下的鬼魂般的存在。

"你还记得我们来这里庆祝我的八岁生日吗?"我说道,不知为何,我想要推迟知晓我将杀之人身份的时刻。"你还记得在外面发生的事情吗,一个满腔热情的求婚者打算在大街上行使他的正义感?"

他点了点头。"人是会变的,海瑟姆。"

"确实——你就变了。你基本已经沉浸在对失行者的调查里面了。"我说道。

"我就快成功了,海瑟姆。"他说着说着,接着像是要甩掉一直以来如影随形,令人厌烦的东西一般耸了耸肩。

"你能解密维多米尔的日记了?"

他皱起了眉。"不能,更糟的是,这并不是因为我没有多做尝试,这点我可以告诉你。或者我应该说'还没能',因为我知道有个解密高手,一名加入意大利刺客组织的——一个女人,你相信吗?我们把她关在法国庄园里,锁在森林深处,但她说需要自己的儿子来解开那本书的密码,而她儿子这几年一直下落不明。就个人而言,我怀疑她的说辞,而且如果要她选择,她一个人应该就能成功解密那本日记。我想她是在利用我们让他们母子团聚。但她承诺若我们找到她儿子,她就解密日记,最后,我们终于找到她儿子的下落了。"

"在哪里?"

"很快你就要去那里把他带来,他在科西嘉岛。"

所以我猜错了。"这不是一桩刺杀任务,而是奶妈任务。"

"什么?"他看着我的表情说,"你觉得对你太大材小用了?正好相反,海瑟姆。这是我给过你的最重要的任务。"

"不,雷金纳德。"我提醒道,"这并不是;只是在你看来这是最重要的任务。"

"噢?你要说什么?"

"这或许说明,你对这件事的兴趣也就意味着你对其他事务的轻慢。或许你已经让某些事情失去控制了……"

他困惑地说道:"什么'事情'?"

"爱德华·布雷多克。"

他满脸惊讶。"我明白了。好吧,你是有关于他的事想告诉我的吧?一些你一直以来没对我说过的事情?"

我示意再上一些麦芽酒,我们的女侍就去拿了过来,微笑着放下酒之后再搔首摆臀地离去。

"这几年布雷多克都是怎么跟你报告他的行动的?"我问雷金纳德。

"我几乎没什么他的消息,跟他碰面的机会更少。"他答道,"就我所记得的,在过去六年里我们只见过一次,并且他的回信变得越发稀少了。他是不赞同我对于那些先行者的兴趣,但和你不一样的是,他明确地表现出来了。似乎我们在怎样最好地传达骑士团思想方面有很大的不同。结果,是的,我对他一无所知;事实上,如果我想了解布雷多克,我敢说我应该去问个曾经跟他一起参加过战役的人——"他露出讽刺的笑,"你觉得我该去哪找这样的人?"

"你要是问我,你就是个笨蛋。"我笑了起来,"你知道得很清楚,当对象是布雷多克时,我并非一个特别公正的旁观者。我一开始就不喜欢这个人,现在厌恶更胜以往,不过在缺乏任何客观的观察结果的情况下,我先说说我自己的看法:他已经变成一个暴君了。"

"怎么会这样?"

"主要是他的暴行。他对他底下的人滥施暴行,不止如此,对其他无辜的人也是一样。我亲眼所见,头一回,在尼德兰共和国。"

"爱德华要怎么对待他的部下那都是他的事。"雷金纳德耸耸肩说道,"人们需要纪律的约束。海瑟姆,你明白这一点的。"

我摇了摇头。"在围城的最后一天发生了一件特别的事情,雷金纳德。"

在我继续说时,他向后靠在椅背上听着:"继续……"

"我们正在撤退。尼德兰士兵对我们挥舞着拳头,叫嚣着诅咒乔治国王为何不派更多的援兵过来为堡垒解围。我不明白为什么援兵没能到达。若是来了更多援兵结果会有什么不同吗?我还是不知道。我不确定我们中任何一个在五角城墙上驻守的人,知道该怎样应对法兰西的猛攻,那些法兰西人有多忠诚就有多残忍,有多无情就有多能坚持。"

"布雷多克一直都是对的:法兰西人挖好了平行的战壕,开始了对城市的炮轰,步步逼近堡垒的城墙,他们在堡垒地下挖矿道然后再摧毁它们,在九月他们登上了城墙。"

"我们在城外发动攻击试图突破包围,但毫无成效,直到九月十八日那天,法兰西军破城而入——凌晨四点,如果我没记错的话。他们不费吹灰之力就抓住了盟军,等我们察觉这件事的时候,我们就已经溃败了。法军血洗了整个要塞。我们知道,当然,最后他们无视了军令,将更加可怕的伤害加诸到城中可怜的居民身上,但大屠杀已经开始了。爱德华在港口已经准备了船只,他早就决定好了,在法军破城那一天,他可以用它来疏散他的人。而这一天已经到来。"

"我们中有一伙人走向码头那边,看到了小船上正在装货的人和补给品。我们留下了一小队士兵在港口墙头,以防那些法军回来劫掠,这时爱德华,我和其他人站在甲板上,监督着装货的人和船上的补给。我们带了一千四百人去到贝亨奥普佐姆堡垒,但是连月的征战已经拖垮了近半数的兵马。船上有些空间。但并不大——不够我们装下大量乘客;当然也不够装下那些需要从堡垒疏散走的人——不过还是有些空处的。"我凝神细视着雷金纳德。"我们本可以带他们走,这就是我要告诉你的。"

"可以带谁走,海瑟姆?"

我为自己斟了满满一杯酒。"在码头那里有一家人碰到了我们。家庭成员中的还有位不能行走的老先生,还有孩子。他们之中走出一个年轻男子,走到我们这边问我船上是否还有空处。我点头说有——我想不出为什么说不——然后告知布雷多克,他并没如我期望那般带他们登船,而是举起手命令他们离开码头,而令他的人加快速度登船。那个年轻男子与我一般吃惊,我正想开口抗议,但是他赶在我之前到了他面前;他面色阴沉地对布雷多克说了些什么我没听见,但明显是一些带侮辱性的字眼。"

"稍后布雷多克告诉我那个侮辱的字眼是'懦夫'。这几乎算不得最具污蔑性的字眼,当然也不值得引起接下来发生的事情,布雷多克拔出他的剑,一刀捅向了那个站着的年轻男人。"

"布雷多克大多数时候都随身带着一伙人。他有两个固定的同伴是刽子手,斯莱特,也是他的助手——我该说,是他的新助手。我杀了他以前的一个助手。那些人，你基本都可以称呼他们为护卫。当然他们比我更贴近他。我不敢说他们是不是都是他的耳目，但他们都极其忠诚，护卫极佳，即使那个年轻男子的身躯已经倒下了，他们也仍然冲上前来。他们对这家人下手了，雷金纳德，布雷多克和那两个他的手下，杀死了他们，每个人：两个男人，年长的老太太，一个年轻女子，当然还有孩子们，其中一个是幼童，一个还在襁褓中……"我感到自己下颚绷紧。"那是一场屠杀，雷金纳德，是我所见过的最恐怖的暴行——而我得说我已见过很多暴行了。"

他面色沉重地点了点头。"我知道了。所以自然这加重了你的内心对布雷多克的反感。"

我冷笑道："当然——当然如此。我们都是战争洗礼下的战士，雷金纳德，但我们不是野蛮人。"

"我懂，我懂。"

"你真的明白吗？你看到最后发生了什么吗？你看到布雷多克已经失控了吗？"

"冷静，海瑟姆。'失控'？变得越发嗜血是一回事。'失去控制'完全是另一回事。"

"他对待他的人就像奴隶一样，雷金纳德。"

他满不在乎地耸了耸肩。"所以呢？他们是不列颠士兵——他们本就会被当做奴隶来对待。"

"我觉得他离我们越来越远了。那些追随服侍他的人，他们不是圣殿骑士，而是自由间谍。"

雷金纳德点了点头。"黑森林中的那两个人。他们会是布雷多克身边的核心成员吗？"

我看向他。我仔细地看着他，然后说了谎："我不知道。"

接下来这一段冗长的沉默中,为了避开他的眼神,我豪饮了好一会儿麦芽酒,假装欣赏店里的女侍,当雷金纳德最后靠了过来,告诉我接下来将要进行的科西嘉岛之旅的更多细节时,我暗自庆幸自己成功地转移了话题。

二

雷金纳德和我在怀特屋外道别之后,走向了各自的马车。当我的马车行驶了一段路程之后,我敲了敲马车的车顶,车夫立刻爬下了座位,左右查看发现没有旁人在之后,打开车门,钻进了车厢。他坐在我对面,拿下了帽子,将它放在旁边的座位上,然后用明亮中闪烁疑惑的眼神看着我。

"有什么吩咐吗,海瑟姆大人?"他说道。

我看了看他,然后深吸口气,看向窗外。"我今晚要坐船离开。我们接下来返回安妮女王广场收拾行囊,之后如果可以的话,再直奔码头。"

他空着手行了个脱帽礼。"紧遵您的吩咐,肯威先生,大人,我已经相当习惯这样地驾车奔波了。总是不断地等待,我无意冒犯,但如果不用长时间等待的话更好。但另一方面,至少不会有法国佬给你来一枪,或者你自己的长官喂你子弹。事实上,我得说,不会有人冲你开枪是这份工作最好的地方。"

他有时也挺烦人的。"没错,霍顿。"我说道,正想皱起眉让他闭嘴,却错过了好时机。

"喔,不管怎么说,先生,您了解到什么东西了吗?"

"恐怕没什么实际的东西。"

我盯着车窗外，心里怀疑，内疚和不信任的感觉翻搅到了一起，我很想知道是否有这么一个人能让我放心大胆地去相信——现在我能够交付忠诚的任何人。

讽刺的是，我最为信任的人竟然是霍顿。

我是在尼德兰共和国遇到他的。布雷多克言而有信，允许我在他的部下里走访，并主动问他们是否认识一名在绞架上吊死的叫"汤姆·史密斯"的人，不过对于毫无收获的结果我一点也不感到意外。我问的人没有一个承认认识史密斯的，如果史密斯真的是他的名字的话——直到一天晚上，我听到我帐篷门帘外的动静，当我从小床坐起时，一道身影出现。

他很年轻，大概二十五到三十岁之间，一头姜色的短发，带着一脸清爽，顽皮的笑。这个人，我随后得知，就是二等兵吉姆·霍顿，一个伦敦人，一个想要看到正义得以实现的好人。他的兄弟是在我几乎要去见上帝的同一天，那些被吊死的人中的一员。他曾经因为偷了汤而获罪——他做的不过如此，只因为肚子饿而偷了一碗汤；对他的惩戒最重也应该不过是一顿鞭刑，但他们却将他吊死了。似乎他犯的最大的错误，就是他偷的汤是布雷多克自己手下的，他的私人佣兵的其中一人。

这些消息是霍顿告诉我的：那一千五百名强壮的冷溪近卫团的士兵，像他一样，主要都是由英国士兵组成，不过其中最核心的一小部分人是布雷多克本人精挑细选出来的核心士兵：佣兵。这些佣兵中包括斯莱特和他的助手——以及，更让我忧心的是，那两个在黑森林解决掉的人也包含其中。

那些人中没有一个人佩戴骑士团的戒指。他们都是暴徒，打手。我想知道为什么——为什么布雷多克会选择那些人加入他的核心团体，而不是圣殿骑士？跟他相处越久，我就越发清楚我已找到答案：他正在远离骑士团。

现在我将视线移回霍顿身上。那一晚我清楚地表示反对，但他是窥见布雷多克集团核心的腐坏的人。他想要见到他兄弟的冤情得到洗刷，然后结果就是，我再多的反对也没起到任何作用。他执意要帮助我，不管我接受与否。

我只得同意，但是有言在先，他所有的协助都必须一直秘密进行。为了蒙骗住那些似乎总是领先我一步的人，我必须表现出好像我已经放弃寻找那些杀死我父亲的凶手——这样才能让他们不再领先于我。

然而，当我们离开尼德兰共和国，霍顿就一直是用的我的贴身男仆和车夫的身份，他做了男仆和车夫应做的一切，在外人看来，这就是他的身份。没人知道事实上他是以我的名义在进行调查。就连雷金纳德也不知情。

或许我该说尤其是雷金纳德对此一无所知。

霍顿看到了从我面颊上一闪而过的内疚。

"先生，您告诉伯奇先生的并非谎言。您现在做的事情正是他一直以来所做的，将某些信息保留，直到确定他与此事无关您才会满意——我确信这很快就会实现，先生。我确信，他可是您的老朋友，先生。"

"我希望在这个问题上我能分到一点你的乐观，霍顿，我真心希望。走吧，我们应该要动身了。还有任务在等着我。"

"当然，先生，我可以问问您这次是要去哪做任务呢？"

"科西嘉。"我说道。"我接下来要去科西嘉岛。"

"啊，位于革命的中心位置，我听说是这样……"

"没错，霍顿。一个满是争斗的地方很适合藏身。"

"您要在哪里做什么呢，先生？"

"这个恐怕不能告诉你。我要说的是，这趟任务与我寻找杀父凶手的事毫无关系，所以我对此没有太大兴趣。那就是一件工作，一份责任，再无其他。我希望的是，当我不在时，你会继续你的调查吧？"

"哦，当然了先生。"

"很好。注意要在暗中进行。"

"不用担心，先生。任何人都知道肯威大人早就已经放弃对正义的伸张很久了。不管那人是谁，先生，他们最后都会放下戒心的。"

1753年6月25日

一

白日里的科西嘉岛酷热难耐,但夜里却温度骤降。其实并没降太多——还不至于让人冻僵——但足够让不盖毯子躺在布满岩石的山坡上的人感到不适。

尽管天气很冷,但眼下有更紧要的事情需要我去注意,比如一小队正在上山的热那亚士兵,其实我更想说是在偷偷摸摸地上山。

我很想这么说,但我不能。

在山顶的一个大台地上有一座农场。过去两日我都一直在观察这里,我的望远镜将这栋大屋和一串小仓库,以及外屋的门窗都梭巡了个通透,将进出人员都做了记录:叛军是带着补给来的,当然离开的时候也带着它们;第一天,他们中的一小撮人——我数了数有八个——离开房屋去做什么事,待到他们返回时,我才意识到他们是去发动袭击的：这些科西嘉叛军，正打算对抗他们的热那亚主人。当他们返回时只剩下六个人，那六个人都看起来筋疲力尽且浑身是血，然而无需言语或动作，我已看到他们身上笼罩着的胜利的光环。

妇女们不久后就带着补给陆续出现，然后他们一直庆祝胜利直到深夜。这天清晨，更多的叛军到来，带着裹在毛毯里的滑膛枪。他们看起来似乎都装备精良且后援充足；难怪热那亚人想要将这座要塞从地图上除去。

我花了两天时间在这座山上打转，就为了不被他们发现。这里的地势多岩石，我一直注意着保持着与大屋的安全距离。第二日清晨，山上出现了另一个人，另一个观察者。跟我不同的是，他一直待在同样的位置，藏身于露出地面的岩层间，躲在灌木和奇迹般生长在这干枯山坡上、枝干嶙峋的树木之中。

二

卢西奥是我的目标的名字，叛军将他藏匿在自己人之中。我不知道他们是否也是刺客的盟友，不过其实也无关紧要；他是我要找的人；一个二十一岁的男孩，解开折磨了可怜的雷金纳德六年的谜团的关键。男孩生得一张不讨喜的面孔，在我观察农舍的时候我能看到他齐肩的长发，他帮忙搬运一桶桶的水，喂食家畜，昨天，我还看到他扭断了一只鸡的脖子。

所以他之前就在这里：我对此十分确定。这样很好。但这也带来一些问题。首先，他有一个护卫。一个决不离他太远的男人，穿着带兜帽的刺客长袍；当卢西奥打水或是在喂鸡的时候，他的视线会时不时扫向山坡。他的手腕上有把剑，而且他右手的手指会不时伸缩。他佩戴着著名的刺客袖剑吗？我尤为好奇。毫无疑问答案是肯定的。我必须得防着他，这点毋庸置疑；更别提还有那些驻扎在农场上的叛军。他们这群人似乎说不清的纠结复杂。

还有另一件事情需要考虑：他们明显是很快就要离开了。也许他们只是将农场作为袭击时的临时后方基地；也许他们知道很快热那亚军便会搜捕他们并过来寻仇。不管是哪种可能，他们已经将补给移到了谷仓，毫无疑问是要将它们用货车一并带走。我猜他们打算次日离开。

看来我的选择就是夜袭了。而且必须是今晚。这天早上我终于确定了卢西奥睡觉的地方：他跟那名刺客以及至少六名叛军共用一间中等大小的外屋房间。当他们进屋的时候他们会说一句暗语，我用望远镜读到了那句暗语：我们在黑暗中奋斗，只为侍奉光明。

所以——这是一个需要深思熟虑的行动，但就在我打算离开山坡去策划我的计划时，我看到了另一个人。

然后我改变了我的计划。我悄悄接近他，最后确定他的身份是一名热那亚士兵。如果我没猜错，他是那些即将前来攻占据点的部队的先遣查探侦查；大部队应该随后就到——但何时会到呢？

很快，我猜，或许还会更快。他们应该是想对前几日的袭击展开迅速的报复行动。不止如此，还想让人们看到他们对叛军的反应有多迅速。那么，一切就是今晚了。

所以我放过了他。我让他继续起他的监视，而我并没离开，依旧待在了山坡上思索起了不同的计划。我的新计划里打算将热那亚军拉下水。

这名侦察兵是个好手。他一直待在视线不可及的地方，当夜幕降临后，再悄然无声地撤退回了山中。我想知道他回到了哪里，是他身后的部队里吗？

离得不远；大概一个钟头或者再久一点，我开始注意山脚下的动静，有一瞬间我甚至听到了意大利语的低声咒骂。我现在所处的位置是半山腰，我意识到他们应该很快就会行进，所以我朝着高地和家畜围栏的栅栏处靠近了一些，大约五十码开外，我看到了其中一名哨兵。昨晚，他们总共有五个人负责看守，分散在整个农场的四周。今晚，他们肯定会增加守卫的数目。

我拿出望远镜看向离我最近的一个守卫，月光剪出他站立的背影，他正在认真巡视着他下方的山坡。我这个位置，他什么都看不见，只能看见形状各异的景物里另一道形状怪异的形影。也难怪在伏击之后他们决定如此快速地行动。这里并非我见过的最安全的藏身之处。事实上，他们一直是在这里坐以待毙，若非这群正在赶来的热那亚军蠢得要死的话。他们的侦察兵的水平让我对整个行动都期许过高了。那些人显然完全不懂秘密行动为何物，而且很快我就开始听到从山脚传来越来越嘈杂的声音。几乎可以肯定叛军很快就将察觉到他们的动静。如果叛军发现了他们，那他们就会有更大的机会逃离。如果叛军逃掉了，他们就会带走卢西奥。

所以我决定在这件事上插一脚。每个护卫都各自负责农场的一个片区。因此，离我最近的这一个会在大约二十五码的距离内慢慢地来回走动。他很有一套；他确保了当他在巡视一片区域时，剩下的片区决不会脱离他的视线范围。不过他仍是在走动，当他这么做的时候，我会有宝贵的几秒钟往前靠得更近。

然后我这么做了。一点一点地接近。直到我近到能够看清这个守卫的相貌：他蓄着一把浓密的灰白胡子，头上帽子的边沿遮住了他的眼睛，形成一道阴影，他的肩上扛着枪。此时我还没看到那群将来劫掠的热那亚士兵的踪影，或是听到任何他们的声音，不过我一直注意着,很快他也会注意到。

我只能假设同样的景象正在山的另一边上演,这意味着我的动作必须要快。我拔出短剑做好准备。我为这名守卫感到遗憾,并为他做了无声的道歉。他什么都没对我做过,只是个尽忠职守的好守卫,他不应该死。

然后,我在满是岩石的山坡上停下了动作。我人生中第一次质疑起自己是否有能力实行这个计划。我想到了港口那一家人,被布雷多克和他的手下所杀。七条无辜的生命。突然间我的思绪停滞了,因为我清楚自己不准备再增加无谓的杀戮。我不能放倒这名守卫,他不是我的敌人,不是我的剑下的敌人。我不能这么做。

瞬间的犹豫几乎让我付出了昂贵的代价,因为就在这时那群愚蠢的热那亚士兵终于要出现了,我能听到石块碰擦的声音,而随着夜风从更远的山下传来了咒骂的声音,首先飘进了我的耳中,其次是哨岗耳中。

他的头颅一震,立刻握枪在手,伸长了脖子瞪大了眼,直直看向山下。他看到我了。一瞬间我们视线相交。我的犹豫立刻消失,然后我拔剑出手,一个跳起缩去了两人间的距离。

我将空着的右手伸长做爪状,左手握剑。当我落地时右手一把抓住他的后脑,然后将剑捅进他的喉咙。他想要向同伴呼救,但那呼救声终是化为了一声咯咯声,血液喷涌到我手下,再从他身前淌下。我用右手稳住他的头,抱住他的身体,然后轻轻放低,最后无声地放到干燥肮脏的农场大地上。

我蜷缩起身体。第二个守卫就在六码开外。他在黑暗中形影模糊,但我看到他肯定转身了,当他转过来时,他很可能会看到我。我跑了起来——那一刻,速度快得我简直能听到夜风在我耳边呼啸而过,就在他转身的刹那，我抓住了他。又一次，我用右手抓住男人的后颈，一刀插了进去。又一次，这个男人在倒到地面之前就已经死了。

我听到从山下更远处传来更多来自于热那亚袭击部队的嘈杂声，并且很高兴他们没有察觉我在防止他们的行军动静被叛军听到。尽管如此，他们在另一边的同伴就是这么愚蠢无能，在没有肯威守护天使的情况下，果然被那边的哨兵发现了。大喊声顿时一路传至山顶，这时，农舍里灯光大亮，叛军举着火把倾巢而出，边忙着往裤腿上套靴子，边往身上套外衣，还相互递上剑和滑膛枪。我蹲在一边仔细观察着，这时我看到一间谷仓的大门猛地打开，出来两个人，其中一个拉出一辆货车，上面已经装满补给品，而另一个则是忙着为货车套好马匹。

这次秘密行动算是失败了，不管哪边的热那亚军都意识到了这点，他们放弃了对农场的奇袭，而改为大张旗鼓地攻上这里。

我现在的优势就是——我人已经在农场里，而且我并没穿热那亚士兵的军服，我可以混入现正混乱的叛军之中，而不会引起任何注意。

我朝着卢西奥所在的外屋前进，正当他向外跑时，我差点和他迎面相撞。他的头发未束但好歹衣衫整齐，他正对着另一个人大喊，劝他去到谷仓那边。不远处那名刺客跑了出来，正在套上外袍，并同时拔出了他的剑。两名热那亚军的士兵突然出现在外屋两侧，他正好直面他们，这时他朝着肩后喊道："卢西奥，到谷仓那边去。"

好极了。这就是我要的：分散那名刺客的注意力。

就在这个当头我看到另一名骑兵冲向大屋，低头举起他的枪瞄准了目标。卢西奥举着火把，目标显眼，但那名士兵并没有机会开火，在他看到我之前我就已经先发制人将他拿下。就在我的剑深深没入他的后颈直至剑柄时，他发出一声短促，几乎无声的哀嚎。

"卢西奥!"我高喊着,同时轻推了一下这个死人扣着扳机的手指,让滑膛枪开了一枪——朝向空中,不带来任何伤害。卢西奥停下脚步,眼神防备地穿过围栏,看着我一把甩开死去的士兵软倒的身体的动作。卢西奥的伙伴跑了过来,这也正中我下怀。不远处,那名刺客还在战斗,有那么一刻,我着实佩服他能同时对付两个人的战斗技巧。

"谢谢。"卢西奥喊道。

"等等。"我答道。"我们必须在农场被扫平前离开这里。"

他摇了摇头:"我必须赶到货车那边。"他喊道。"再次谢谢你,朋友。"然后他转身跑了起来。

该死。我一边咒骂着一边冲着谷仓的方向,跑进了与他并肩的视线外的黑影里。在我右手边,我看到一名热那亚士兵正要冲下山腰进入农场,我们视线相交时,距离已经近得我甚至能看清他那睁大的瞳孔。在他反应过来之前,我一把抓住他的臂膀,举剑猛地捅向他的腋窝,正好在他胸甲上方,让他嚎叫着坠马摔到了岩石上,并顺手拿走了他的火把。我继续往前,保持隐身在黑暗中跟着卢西奥,确保他没有危险。我赶在他前面到了谷仓。就在我走过去的时候,在黑暗中,我仍然能看到大开的门里面,两名叛军正在解开货车上的马,另外还站着两个看守的,一个正用他的枪开火,另一个则是填弹之后屈膝开枪。我继续跑过去,然后停靠在谷仓墙边,我发现一个热那亚士兵正打算从侧门破门而入。我立刻拔剑上前,刺向他的脊背。下一秒他被利剑刺穿,痛苦地扭动起来,我用他的身体挡住我推门而入,将一把火把扔向货车后方,而后又退回阴影中。

"抓住他们!"我大叫着,希望我发出的声音和口音能像是一个热那亚士兵。"抓住叛军蠢货。"

接着:"货车着火了!"我高喊起来,这次我希望用对了科西嘉叛军的声调和口音,与此同时我走出黑影中,手中紧扣热那亚士兵的尸体,然后装作他像是刚死一般将他扔了下来。

"货车着火了!"我又喊了一句,现在我将注意力转向了卢西奥,这时他刚好赶到谷仓。"我们必须离开这儿,卢西奥。跟我来。"

我看到两名叛军同时交换了一个疑惑的眼神,他们都想知道我是谁,还有我想对卢西奥做什么。这时枪声响起,我们周围的木头碎裂了。一名叛军中枪倒地,一枚子弹击中了他的眼睛,而我跳向了另一个人,假装为他挡子弹,实则是在此时将匕首捅进他的心脏。当他断气时,我反应过来,他是卢西奥的同伴。

"他死了。"我站起身,对卢西奥说。

"不!"他眼含热泪地叫了起来。难怪他们认为他只适合喂喂家畜,我想,看他这种第一次看到同伴在行动中被杀,就泪流满面的状态便可知晓。

现在我们周围的谷仓熊熊燃烧了起来。另外两名叛军,在意识到自己什么物资都抢救不了后,早已狼狈地逃走,穿过围栏跑向山腰,消失在了黑暗中。其他的叛军亦是四下逃窜,穿过围栏,我看到热那亚士兵们也在朝农场的建筑物扔火把。

"我必须等米科。"卢西奥喊道。

我敢打赌米科就是那个刺客护卫。"他在忙别的事情。他让我来照顾你,我也是兄弟会的成员。"

"你确定?"

"一名好刺客会质疑一切。"我说道。"米科把你教得很好。不过现在没时间对你进行我们教条的课程了。我们必须得走了。"

他摇了摇头。"告诉我暗语。"他坚定地说道。

"选择的自由。"

最终我是似乎建立起了足够的信任劝得卢西奥跟我走,我们开始往山下赶去;我心情愉快地感谢上帝,最后我终于把他弄到手了;他却是一脸的不确定。突然,他停下了脚步。

"不,"他摇头说道。"我不能这么做——我不能丢下米科。"

太好了,我咬牙想到。

"他说了先走。"我重复道。"他说在谷底会面,我们的马匹就系在那里。"

在我们身后的农场上,火势蔓延着,我听到了风中传来的战场残音。热那亚士兵已基本肃清了剩余的叛军。不远处传来石块滚动的声音,我看到了黑暗中的一些人影:是一队正在逃跑的叛军。卢西奥也看到了他们,正要上前叫住他们时,我一手捂住了他的嘴。

"不,卢西奥。"我低语着。"那些士兵会追杀他们的。"

他瞪大了眼。"那些是我的同伴。他们是我的朋友。我要跟他们一起。我们必须保证米科的安全。"

从我们头顶飘来求饶声和惨叫声,卢西奥的视线猛地投了过去,仿佛在试着在他的脑海中进行战斗:他是想帮上面那些他的朋友们还是想跟他们一起逃离?不管是哪种想法,我能看出他已决定不要跟我在一起。

"陌生人……"他开始呢喃着,我默默地想,现在变成"陌生人"了,嗯?

"我很感谢你为帮助我而做的所有事情,我希望我们再次见面时,能在更为愉快的环境下——也许等我能更完整地表达我的谢意时——但现在我必须跟我的朋友在一起。"

他站起身来打算走。我一手按在他肩膀上,再次将他按坐了下来。

他不悦地把脸转向了一边。"现在，卢西奥，"我说道，"听着。我是你母亲派来接你去见她的。"

听到这里，他神情惊慌地转过头来。"噢，不。"他喊道。"不，不，不。"

这不是我期待的反应。

我只得赶紧越过岩石抓住他。但是他却开始挣扎起来。"不，不，"他说着。"我不知道你是谁，放开我。"

"噢，全能的上帝。"我咕哝着，在紧紧抓住他时无声地受住了他的捶打，无视他的反抗和力量，一把掐住了他的颈动脉；不会带来致命伤害，但却足够让他失去意识。

然后当我将他甩上肩头——他是这般矮小——弄下了山，小心地避开了剩下的正在逃离热那亚军追杀的叛军，我其实很纳闷为什么我不干脆一开始就打晕他。

三

我停在了山涧边，把卢西奥放在地上，接着找到了我准备好的绳索，稳稳地系好之后扔向了下方的黑暗之中。接着我用卢西奥的腰带绑住了他的双手，将另一头套在他的大腿下面，以防止他无力的身躯从我背上滑下去。然后我开始慢慢往下爬。

爬到一半，他的重量开始让我无法承受，不过幸好我早有准备，我坚持到了一个可以从岩壁上通进去的黑暗岩洞。我步履踉跄地将卢西奥从背上甩下来，立刻就感觉到从肌肉上传来的轻松感。

在我前方的岩洞里传来声响。起先是一点动静，像是滑动的声音，然后是咔嗒一下。

那是刺客的袖剑出鞘时会发出的声音。

"我知道你会来这里。"属于米科的声音,"我知道你会来这里,因为如果换做我的话也会这么做。"

接着他立刻从岩洞里面攻了过来,趁我还处于震惊之际。我已经拔剑在手,当剑锋交接,他的剑向利爪一般划来,挟带着强大的力量攻向我的剑,并将它从我手中打掉,弹上了岩洞边缘,最后掉进了下方的黑暗中。

我的剑。我父亲的剑。

但现在没有时间为它惋惜,因为这个刺客再次攻了过来,并且他身手不凡,堪称一流。在有限的空间里,没有武器,我毫无胜算。我所拥有的,实际上,只有……

运气。

而有运气对我来说就足矣,就在我的身体靠紧岩洞内壁时,他一个轻微的失误已足够打破他的胜算。不管在任何环境下,与任何敌人作战时,他都必须速战速决——但现在不是那种"任何环境"而我也不是"任何敌人",我会让他为他细微的失误付出代价。我靠近他,抓住他的手臂,顺势一扭,就顺利地帮助他扑向了黑暗之中。但他很快稳住阵脚,反拉住我,将我拽到了岩洞边沿,让我边痛叫着边竭力使自己不要被拽出岩壁。我扑倒在地,看向外面然后看到了他,一只手臂紧拽着我,另一只则是试图摸向绳索。我的手感觉到了他的袖剑部件,于是我伸出另一只手,开始笨拙地在上面摸索了起来。当他反应过来我在做什么并放弃摸向绳索时已经太迟了,他全副精力都放在了阻止我弄开袖剑护腕这件事情上。我们的手为了袖剑而相互拍打起来,当我解开第一个护扣时,他的手腕突然向下滑去,让他晃到了一边,他的位置变得比刚刚还要危险,他的另一边手臂正在晃动。我所需要的，就是再用力解开最后的护扣，掰开袖剑部件，同时将紧抓住我手腕的手弄走。疼痛和失去牵引力最后足够将他拉开了。

我看着他被黑暗吞没，暗暗祈祷他掉下去时不要砸到我的马。但是什么动静都没有。没有落地的声音，悄无声息。我立刻看向绳索，我看到它被人拉紧，而且正在抖动，于是我伸长了脖子，瞪大了眼睛，在黑暗中寻找起来，直到我看到了米科的身影，他就在下方不远处，正气势汹汹地爬向我。

我将他的袖剑拿在手上，放在绳索边。

"当我切断绳索时，你爬得越高就会死得越快。"我高喊着。他已经近到他抬头时我都能看进他的眼神，我能看到其中闪动的犹豫不决。"你不该承受这样的死亡，朋友。"我补充道。"爬下去，择日再战。"

我开始慢慢看向绳索，接着他停下了动作，看了看身下的黑暗，发现看不到山涧的底部。

"你拿了我的袖剑。"他说道。

"就当是胜利者获得的战利品了。"我耸了耸肩。

"说不定我们会再见面的。"他说道。"那时我会把它拿回来。"

"我预感下次见面时我们中只有一个人能活着。"我说道。

他点了点头。"也许吧。"他说着，晃动着消失在了夜色里。

不过摆在眼前的事实是我还得爬回去，并且不得不放弃我的马，真是哭笑不得。但这总比再次应付那名刺客要来得好。

此时我们正在休息。好吧，应该说是我在休息；而可怜的卢西奥依旧处于昏迷状态。接下来，我会将他交给雷金纳德的手下，用遮得严严实实的马车走穿过地中海的陆路，将他带至法兰西南部，最后直到庄园，卢西奥会在那里见到他的母亲，那个解密者。

而我则是租了一艘船去意大利，并且确保在做这些事时被人看到，而有一两次身边会有一位"年轻的同伴"。如果那些刺客前来寻找卢西奥，那么他们就会将注意力放在意大利。

雷金纳德说接下来就没我什么事情了。我将悄然消失在意大利，不留踪影，无迹可寻。

1753年8月12日

一

这一天开始时我正身处法兰西,刚刚从意大利折返回来;这不是随随便便的小事,虽然写出来很容易,因为一个人不会无缘无故从意大利"折返回"法国。我留在意大利的理由,是为了误导那些前来寻找卢西奥的刺客们。所以,回到法国,我们扣押卢西奥和他母亲的地方时,我不只会影响自己刚刚完成的任务冒险,更会威胁到雷金纳德过去几年的所有努力。这是在冒险。这实在是太冒险了,事实是,我一想到这究竟有多冒险就几乎要停止呼吸。这个想法让我不禁好奇起来,我是不是太蠢了?哪个蠢货会甘愿冒这么大的风险?

而答案是,一个心有疑虑的蠢货的确会这么做。

二

离大门一百码左右处,我遇上一位独自巡逻,打扮成农夫模样的守卫,他的肩上扛着一挺滑膛枪,一脸的疲倦,实际上却保持着警惕和清醒。当我停在他面前时,我们的四目相对了一会儿。当他认出我时,他快速地眨了眨眼睛,然后微微点头示意我可以通过。我知道这里还有另一支巡逻队,就在庄园的另一边。我们走出森林,沿着长长的护城墙骑行,直到我们来到一扇巨大的,内嵌一道较小边门的木制大门处,那里站着一名守卫,我认出他是我长年待在这座庄园里时认识的一个人。

"哎呀,哎呀,"他惊讶道,"这不是海瑟姆少爷嘛,都长这么大了。"他咧嘴而笑,在我下马时过来牵住缰绳,然后打开了木门,我踏步向里走去,在相对阴暗的森林里骑行了这么久之后,突然出现的阳光几乎让我睁不开眼。

在我前方延伸的是庄园草坪,走过它时,一种奇怪的感觉开始在我肚腹中奔流,而我清楚地知道那就是思乡之情,我的青葱岁月几乎都在这座庄园度过,当时雷金纳德……

……还在继续对我进行我父亲的教导?他是这么说的。但是现在我清楚地意识到他误导了我。在战斗教学与秘密行动的教导上,他或许做到了,但雷金纳德是用圣殿骑士的方式将我教养长大,而且也只用圣殿骑士的方式教育我;而这就是那些相信其他信仰之路的人,轻则是被认为误导,重则是被视为邪恶的原因。

而且我已经知道父亲就是那被误导且邪恶之人的其中一员,但谁又能断言,如果他在世的话,随着我逐渐长大他将会教给我什么?

草坪上野草蔓生,杂乱无章,我无视两名腰间均配有短剑的园丁,在他们的手放到剑柄上时,我直直地走向庄园的前门。我走近他们其中一人,他看出我是谁,点了点头。"真荣幸终于见到你了,海瑟姆大人。"他说道。"我相信您的任务一定圆满完成了吧?"

"确实如此,谢谢你的吉言。"我对守卫——或者该说是园丁的人答道,不管他是什么身份。对他来说我是一名骑士,是骑士团中最有名望的人之一。试问我真的憎恨雷金纳德吗,当他的职位为我带来这般的赞美?而且,我曾有怀疑过他的教导吗?答案是没有。我是被强迫追随他们的吗?答案再一次的否定。我一直都有机会可以选择自己想走的路,但我却选择留在骑士团,那是因为我对骑士团的教典坚信不疑。

即便如此,他对我说过谎也是事实。

不,不是对我说谎。霍顿是怎么形容的?"保留真相"。

为什么?

还有,为什么当我告诉卢西奥他即将见到他的母亲时,他的第一反应会是那样?

当提到我的名字时,第二个园丁看向我的眼神深邃起来,接着在我走过他身边时屈膝行礼,我向他点头示意,当我就要走到前门时,我清楚地突然感到自己变得高大起来,并且骄傲地挺起了胸口。我敲门之后转身看向草坪,那两名卫兵正站着观察我的一举一动。我曾在草坪进行训练,花费了无数的时间磨炼自己的剑技。

我敲了敲门,另一个打扮让我十分眼熟的人前来应门,同样,他的腰上也配有短剑。这座庄园自我住在这里起就从来没有过这么多人,不过很快我就反应过来,当我住在这里时,我们从没有过像解码者这般重要的客人。

我看到的第一张熟悉的面孔属于约翰·哈里森,他看到我时像是才恍然大悟一般。"海瑟姆，"他咆哮起来，"你该死的在这儿做什么？"

"你好，约翰，"我的回答十分平静，"雷金纳德在这儿吗？"

"噢，没错，海瑟姆，不过雷金纳德本来就该在这儿。倒是你来这儿做什么？"

"我来看看卢西奥。"

"你什么？"哈里森开始有几分脸红脖子粗了。"你来'看看卢西奥'？"他开始有点表达困难了。"什么？为什么？你到底是来这里做什么的？"

"约翰，"我轻轻说到，"冷静点。我一路从意大利赶来，没有被跟踪。无人知道我在这里。"

"好吧，我真是该死的希望没有。"

"雷金纳德在哪儿？"

"在楼下，跟犯人们一起。"

"哦？犯人们？"

"莫妮卡和卢西奥。"

"我明白了。我不知道他们竟是被当作犯人来对待的。"

这时楼梯下一道门打开，雷金纳德走了出来。我知道那扇门；它通往地下室，我住在那里时，那里的天花板低矮，渗水，房间一边是腐朽的，几近空荡的酒架，而另一边则是阴暗，潮湿的墙壁。

"你好，海瑟姆，"雷金纳德说完嘴唇紧抿。"你不该出现在这里。"

不远处走来一名卫兵，而现在又来了一个跟他走在一起。我将视线从他们移回雷金纳德和约翰身上，这俩人站着的模样犹如两个面含关切的牧师。两个人都没带武器，但就算他们带了，我自信我依然能够放倒他们四个。如果发生这种情况的话。

"确实,"我说道,"约翰刚刚才告诉我他对于我的到来有多么吃惊。"

"好吧,这真是。你这次的行动非常莽撞,海瑟姆……"

"也许是这样,但我只是想看看卢西奥受到的是怎样的看管。现在我听说他在这里是被当成了犯人,所以也许我已经知道答案了。"

雷金纳德笑了起来。"好吧,那你期望看到的是什么?"

"你原来告诉我的那样。这桩任务不过是为了让一对母子重聚;一旦我们将她的儿子从叛军中救出,解密者就会同意破解维多米尔的日记。"

"我没有对你说谎,海瑟姆。确实,莫妮卡在与卢西奥重逢之后就已经开始破解日记了。"

"这跟我想的不一样。"

"要是萝卜不管用,我们就用大棒。"雷金纳德说道,眼中闪现出冷酷。"如果你产生过萝卜比大棒多的错觉,那我只能感到遗憾了。"

"我们去看看她。"我提议道,雷金纳德微一点头,表示同意。他转身带我们穿过那道门,敞开的门里有一条直通下方的石梯,墙壁上火光跳动。

"说到日记,我们就快要破解了,海瑟姆。"在我们往下走时,他说道。"到目前为止,我们可以确定的是日记里提到一个护身符。它似乎可以开启宝库。如果我们能拿到那个护身符……"

在石阶的尽头,铁柱上的灯笼已然点亮,照亮了一条通往一扇站着一名卫兵的门的路。他站到一侧,打开门让我们进去。里面,地下室与我记忆中一般,点燃着火光跳动的火把。在一边屋角是一张桌子。它被固定在地板上,而卢西奥则被绑在上面,他的母亲就在一旁,但此时看来场景却颇为奇怪。她坐在椅子上,那椅子看起来像是为了特别的目的，才从楼上搬到这个地下室来的。她身着长裙和搭扣整齐的衬衣，如果除去环绕她的手腕和手臂，绑在椅子上的铁链，还有特别是那个罩住她头部的长舌妇面具的话，她看起来就像是个经常去做礼拜的人。

卢西奥从他坐的位置上转过头来，在看到我的瞬间眼中燃起熊熊的憎恨之火，随后又调过头去。

我只得停在屋中间，介于门与解密者中间。"雷金纳德，这是什么意思？"我边说着，边指向卢西奥的母亲，此刻她充满恨意的目光透过长舌妇面具打量着我。

"这只是暂时的，海瑟姆。今天早晨莫妮卡对于我们的计划稍微多抱怨了一些。因此我们今天就将他们移到了这里。"他提高了声音对着那对母子说道。"如果他们能找回他们的礼貌的话，我确定他们明天就可以回到他们的日常居处。"

"这是不对的，雷金纳德。"

"他们平日的居处可是很舒适的，海瑟姆。"他暴躁地向我保证道，

"即便如此，他们也不该受到这种对待。"

"那么那个在黑森林的可怜男孩，也不应该被你放在他脖子上的剑吓得半死。"雷金纳德毫不客气地回敬道。

我无言以对，嘴唇张开却无法成句。"那是……那是……"

"有什么不一样吗？因为那涉及找到杀死你父亲的凶手？海瑟姆……"他拉着我的手肘将我带出地下室回到走廊，然后我们再次走上石阶。"这件事要重要得多。你可能不这么觉得，但事实如此。这事关整个骑士团的未来。"

我再也无法确定了。我再也无法确定什么更为重要，但我什么都没说。

"当破解结束之后会怎么样?"当我们再次回到入口的大厅时我这么问道。

他只是看着我。

"噢,不,"我立刻明白了过来。"他们谁都不能受伤害。"

"海瑟姆,我并不是很高兴听到你对我下命令……"

"那就别当它是命令。"我低声警告着。"当它是个威胁。如果你非要这么做的话,待他们的工作结束将他们扣押在这里,但如果他们受到伤害,那么你必须先问过我。"

他深深地看向我很长一段时间。我察觉我心跳如雷,并暗暗向上帝祈祷不要被他看出来。我以前有像这样与他针锋相对过吗?这么明显而直接?我觉得没有。

"很好,"片刻后他说道。"他们不会受到伤害。"

我们享用了一顿几近沉默的晚餐后,雷金纳德近乎不情愿地安排了我留宿。次日清晨我便离开了;雷金纳德承诺会不时联系我,告诉我关于破解日记的最新进展。曾经属于我们二人的温情早已不复存在。之于我,他看到的是反抗;而之于他,我看到的则是谎言。

1754年4月18日

一

今晚稍早的时候我还坐在皇家歌剧院里,坐在雷金纳德的身边,看着他面带愉悦地欣赏《乞丐歌剧》。当然,我们最后一次见面的时候,我威胁了他,那件事我还没忘记,但是显然他已经不记得了。或者是原谅和忘却其中之一。不管怎样,是因为预见今晚的节目会让他心情愉快也好,还是因为他笃信护身符就在离他不远的地方也好,就像那次的争执从不曾发生过一般,那段不愉快的过往已被一扫而空。

事实上,圣殿探子已追踪到那个维多米尔日记里提到的护身符,就在一名刺客的脖子上,而他人就在歌剧院里。

一个刺客。他就是我的下一个目标。我自从科西嘉岛追捕卢西奥任务之后的第一个目标,也将是第一个倒在我的新武器——袖剑——之下的目标。当我举起观赏歌剧用的眼镜,看向对面包厢里的那个男人——我的任务目标———个充满讽刺意味的事实突然击中了我。

我的目标是米科。

我起身离开雷金纳德，穿过歌剧院的走廊，走过座位后方，穿过那些歌剧爱好者，直到最后走到包厢门口。包厢里，米科一人独坐，我无声地坐下，然后轻轻拍了拍他的肩膀。

如果他打算动手，我已经准备好对付他了，但他只是身体一僵，接着我听到他舒出一口深深的叹息，并没有要做任何防卫性的动作。当我从他脖子上取下护身符的时候，简直就像是他很期待我的到来一样——而且，我是否察觉到了……解脱感？仿佛他很感谢能放弃这份责任，庆幸再也不用担任护身符的守护者？

"你应该早些来找我。"他叹息道，"我们本可以找到其他的方法……"

"是的。但你那时候就该知道会有这么一天的。"我答道。

我放出袖剑，发出一声轻响，然后我看到了他的笑容，他知道那声音来自于我在科西嘉岛从他身上拿走的那个东西。

"对你将付出的代价，我很抱歉。"我告诉他。

"我也一样。"他说完之后，我结束了他的生命。

二

几个小时之后，我参加了位于弗利特和布莱德街据点的会议，跟其他参加者一起站在桌边，我们的注意力都在雷金纳德和身前的桌子上的那本书上。我能看到打开书页上的刺客标志。

"先生们，"雷金纳德说道。他的眼神闪闪发亮，甚至像是要流泪一般。"我手上拿着的是把钥匙。如果这本书上记载得没错，这把钥匙将打开那些先行者建造的宝库大门。"

我泰然自若地接话道。"啊,那些曾经带来统治,却又带来毁灭,最后却从这个世界上消失的我们亲爱的朋友。"我说着,"你知道我们能在里面找到什么吗?"

即使雷金纳德听懂了我的讽刺,他也没有表现出分毫。但与此相反,他拿过护身符,当它开始在他手中发光时,他举着它笑得志得意满地看着我们因为这个景象而噤声。即使是我也不得不承认,这真让人惊讶,这时雷金纳德看向我。

"里面可能有先进的知识。"他答道。"也许是一把武器,或者是一些未知的东西,那些东西本身和被制造的目的都莫可名状。里面可能是之前说的任何一样东西。或者也有可能哪个都不是。那些先行者依旧是个未解之谜。但有件事我可以确定——那就是不管在那门后隐藏的是什么,都会为我们带来巨大的好处。"

"或者是给我们的敌人带来巨大的好处。"我说道,"不过他们必须先拔头筹。"

他笑了起来。是因为我最后终于还是开始相信他了吗?

"他们不会的。你已经看到了。"

米科至死都在找寻另一条解决之路。他到底想要做什么?寻找刺客与圣殿之间的调解吗?思及此,我不禁想到了我父亲。

"我猜你知道宝库的位置吧?"略一停顿之后我说道。

"哈里森先生?"雷金纳德喊了一声,约翰便拿着一张地图上前一步,将之展开。

"你的计算进展如何?"雷金纳德说着时,约翰将身子靠了过来在地图上一个区域上比划着,我看到这个块区域涵盖纽约和马萨诸塞。

"我相信具体位置就在这片区域的某处。"他说道。

"这可覆盖了相当大的一片范围。"我皱眉说道。

"是我的错。我应该将位置更精确……"

"好了,"雷金纳德开口道。"这以足够开始我们的工作了。而且这也是我们召你前来的原因,肯威大人。我们希望你能去到美洲,找到宝库,并拿到里面的东西。"

"我随时听候吩咐。"我说道。但是在我内心,我不禁诅咒起他和他的愚蠢,我所希望的是能只身离开去继续我个人的调查,之后我又补充道,"不过这般重要的任务,仅我一人之力实难完成。"

"那是自然,"雷金纳德边说着,边递给我一张纸。"这里是五名赞同骑士团事业的人的名字。每个人都有其独特的能力能祝你一臂之力。有他们在身边,你将别无他求。"

"好吧,那么我最好即刻动身。"我说道。

"我知我们没有错将信仰交付与你。我们已经为你安排好去往波士顿。你要乘坐的船将在黎明出发。去吧,海瑟姆——为我们带回所有的荣光。"

1754年7月8日

一

当海鸥在我的头顶上方盘旋鸣叫时,波士顿已经璀璨夺目地出现在阳光下,海潮用力拍打着港口岸壁,我们鱼贯而出,走下天命号时,那踏在甲板上的声音好似如雷战鼓,经历了一个多月疲累且茫然的海上漂泊之旅,虽然身心俱疲,但最后欣喜终于是到达了陆地。隔壁船只上的水手滚动着木桶走过我面前时,发出像是远处传来的雷鸣般的声音,我停下了脚步,视线投向了耀眼的翠绿色的大海,看到了皇家海军战舰的桅杆,它正和其他的小船以及三角帆船一起井然有序地并肩停靠在码头,从防洪堤和登岸码头一直延伸到码头的宽阔的石阶上挤满了红衣军,商贩和水手,而穿过码头直至波士顿城中,可以看到教堂的尖顶和别具特色的红墙建筑,似乎并不需要任何刻意的装点,仿佛是被神灵之手虔诚地放置在了山丘之顶上。而且,随处可见不列颠的旗帜在和风中轻柔舞动,像是在提醒访客们——就算遇上什么困难——英格兰都与他们同在。

从英格兰到美洲的道路可谓一波三折,我既交到了新朋友,也发现了新的敌人,并且努力地活了下来——从刺客手中,毫无疑问——此人一定是想为歌剧院的刺杀事件复仇,并夺回护身符。

对于其他的乘客和船员来说我是个谜团。有人猜测我是一名学者。我告诉我新认识的朋友,詹姆斯·费尔韦瑟,我是"专事替人解决问题"的,还有我乘船去美洲是想要对那边的生活一探究竟;帝国在那里保留了什么,舍弃了什么;是什么将英格兰的统治变得更为谨慎。

当然,这些都只是谎言。但也并不全是。尽管我身负特殊的圣殿骑士团任务而来,不过我也着实好奇,想要亲眼看看那片我耳熟能详的土地,它是如此的广袤,它的人民具有不屈不挠的开拓精神。

有些人说那种精神也许有一天会用来反抗我们,所以我们就开始讨论,如果他们决定揭竿而起的话,那他们就会变成可怕的敌人。还有一些人说美洲只是太大了,所以不利于我们统治;那里就像个火药桶,随时都会爆炸;那里的人民由于强加于他们身上的税收,不满情绪日益高涨,进而导致千里之外的帝国会与其他千里之外的国家开战;而一旦这种事情发生,我们可能就再也无法保有我们在意的那些资源了。所有这一切我都想用我自己的双眼亲自判断。

只是我的主要任务多加了一点附加条件,尽管,那是……好吧,我应该老实说,对我来说,这项任务改变了一条道路。我怀着特殊的信念踏上天命号,而在离开它的时候信念就受到了挑战,然后是动摇,最后则是改变,一切皆因为这本书。

雷金纳德给我的这本书;我在船上大部分的时间都在翻阅它;我至少读了不下二十遍,却依然不得要领。

不过，有件事情我很清楚。反观以前，我对那些先行者多有疑虑，持有怀疑的态度，不可置信，而且认为雷金纳德对他们的痴迷充其量也不过是一时狂热，最坏的结果也就是这种狂热会让他偏离骑士团指引的道路，我不会再这么做了。我对此确信不疑。

这本书是手写的——或者我应该说编写，书里有插图，使用修饰性的语言，字迹凌乱——或经由一人之手，或是好几个人之手：一些疯狂的家伙在一页又一页的纸上写满了一开始我看作是狂野又古怪的宣言，这种东西只适合被拿来嘲笑，然后被人忽略。

不过，不知为何，我越读得多，就发现自己越看清了真相。数年以来，雷金纳德告诉我（我以前习惯说"他是来烦我"）他的研究理论涉及一种先于我们之前出现的物种。他一直宣称我们是在他们的努力之下才得以诞生，所以我们不得不侍奉他们；我们的祖先为了捍卫他们自身的自由，与他们发生了漫长而血腥的征战。

我在旅程之中所发现的一切都源自于这本书上，当我读到这一切的时候，我不得不说这对我产生了极大的影响。突然我意识到雷金纳德为何会对这一种族产生如此的痴迷。我嘲笑过他，还记得吗？但是，当我读完这本书，我感到自己再也没有了嘲笑他的想法，脑海中只剩下了无比的惊叹，就像不时会有道光点亮我心底，让我感到一种近乎晕眩的兴奋感，这种让我一直描述为"毫无意义"的感觉让我明白了我在这个世上该处的位置。这种感觉就像是我在窥探一个钥匙孔，希冀在另一头看见另一个房间，却看见了一个崭新的世界一般。

那么那些先行者最后怎么了？他们留下了些什么，而这些东西会如何使我们受益？对此我无从得知。这个秘密已经困扰我的骑士团好几个世纪，这个秘密正待我去解决，这个秘密将我引导到了这里，波士顿。

"肯威大人！肯威大人！"

从人群中挤出一位年轻的绅士向我招呼着。我走近他身边，谨慎地说了句："是的？我有什么能帮到你的吗？"

他伸出手示意握手。"查尔斯·李，先生。非常荣幸能够认识您。我被派来带您参观这座城市，并安排您落脚。"

我听说过查尔斯·李。他并非骑士团成员，但是渴望加入，听雷金纳德说，他应该会讨好我，想获得我对他的支持。他的出现提醒了我：我现在已经是骑士团的殖民地宗大团长了。

查尔斯蓄着一头深色的长发，有着丰厚的鬓角和显眼的鹰钩鼻，尽管我立刻就对他产生了好感，我还是注意到，当他微笑着与我说话时，他对码头上其他所有人都报以一种轻蔑的眼神。

他告诉我不必担心行李的事情，于是我们便迈开脚步，穿过长长的码头上的人群，面带茫然的乘客和那些还在往陆地上滚木桶的水手；穿过那些码头工人，商贩和红衣军，到处乱跑的孩童和在脚边穿梭的狗儿们。

我对两名正在轻笑出声的女士轻轻拍帽示意，接着再对他说道，"你喜欢这里吗，查尔斯？"

"我认为波士顿确实十分有魅力。"他的声音越过肩膀传来。"对于所有殖民地的人来说，都是如此。还好，他们的城市没有伦敦那种复杂诡秘或是光彩壮丽，不过这里的人民倒是诚恳且勤奋。他们具有开拓精神，这点让我相当入迷。"

我环视周围。"这的确非比寻常，真的——亲眼观察一个地方最终站稳了脚跟。"

"我恐怕它的脚跟是浸没在他人的鲜血之中的。"

"啊，这个故事就跟它的历史一般古老了，而且还是个不太可能改变的故事。我们是粗暴而绝望的生物,带着征服踏上土地。从撒克逊人到法兰克人。从奥斯曼帝国直到萨法维王朝。我可以说上好几个钟头。人类的整个历史就是一系列的征服史。"

"我希望有一天我们能从这里面跳脱出来。"查尔斯诚恳地答道。

"当你在祈祷的时候,我是在用实际行动来证明。我们可以看看谁先成功,嗯?"

"这只是我个人的一种表达。"他的声音中带着一种隐隐被刺伤的感觉。

"没错。而且这是种危险的表达方式。言语具有力量。要谨慎地使用。"

我们之间陷入了沉默。

"你的工作主要是跟着布雷多克,不是吗?"经过一辆载满果物的货车时我开口说道。

"是的,但是他还未到达美洲,我算好了时间我应该……可以……至少在他到达之前……我想……"

我动作迅速地闪到一边,避开一个小女孩甩来的发辫。"想说什么就说出来吧,"我说道。

"原谅我,先生。我曾经……我曾经希望能在您身边学习。如果我想侍奉骑士团,不会有比您更好的导师了。"

我感到了一丝满足感从心中升起。"很感谢你这么说,不过我想你太抬举我了。"

"绝对没有,先生。"

不远处,一个脸颊通红的报童戴着一顶鸭舌帽大声喧嚷着关于纳西西提堡战役的消息,"随着华盛顿的撤退,法兰西军队已经宣布胜利,"他大喊道。"作为回应,纽卡斯尔公爵保证,会调派更多的军队过来以抗击外国的威胁势力!"

外国的威胁势力，我想了想。也就是法兰西人的另一种说法罢了。这场他们称之为法兰西人与印第安人之间的争斗正在逐渐升级，如果传闻属实的话。

没有一个活着的英格兰人不憎恨法兰西人的，不过我认识一个特别的英格兰人，对他们恨得咬牙切齿，那就是爱德华·布雷多克。当他抵达美洲时，那个战场就是他会去的方向，他将不会理会我去忙自己的任务——也许这只是我这么希望。

当报童想为了那张大报诈我六便士时我挥退了他。我一点也不想读到关于法兰西胜利的任何消息。

与此同时，当我们走到停着马匹的地方，查尔斯告诉我，我们接下来要骑马去绿龙酒馆时，我很好奇其他人会是什么样子。

"之前有人告诉过你我为何会来这里吗？"我问道。

"没有。伯奇大人说，只有您觉得到了可以说出来的时候我才会知道。他给了我一个名单，命令我务必保证您能找到他们。"

"那么你的运气如何呢？"

"上天保佑。威廉·约翰逊正在绿龙酒馆等我们。"

"你对他了解多少？"

"不算多。但他看到骑士团的标志时毫不犹豫地就过来了。"

"证明你对骑士团的忠诚，那么你也有机会知道我们的计划。"我如此说道。

他报以灿烂的微笑。"这对我来说是无上的荣幸，先生。"

二

绿龙酒馆是个屋顶倾斜的宽大砖房建筑，前门上还挂着一个与酒馆名相得益彰的刻有龙的木牌。听查尔斯说,这家店能做出城里最美味的咖啡,所有人,从爱国者到红衣军,甚至是官员都会聚在这里谈天说地、出谋划策,聊聊八卦或是交易买卖。在波士顿什么都有可能发生,机会在这里无处不在,就在这条联合街上。

不过联合街也并非那么魅力十足。这里就像是一条满是泥巴的河流,当我们靠近酒馆时放慢了步调,确定不会冲撞到那些正站在酒馆外,拄着手杖,聚精会神地谈天的那群先生们。一边避开货车,我们一边向马背上的士兵简单地点头示意,很快就走到一个低矮的、木制的马厩,我们将马匹拴在那里,小心地穿过拥挤的人潮,走向酒馆。屋内,我们立刻就认识了酒馆的主人:凯瑟琳·克尔,(没想到那般缺乏教养),个子小却身材肥胖;还有科内利厄斯·道格拉斯,我刚一踏进门口听到的第一句话就是,"去亲我的屁眼吧,你这婊子!"

幸运的是,他既不是在对我说,也不是在对查尔斯说,而是在说凯瑟琳。当他们俩都看到我们时,他们立刻从争吵的状态变成了殷勤的营业状态,他们留意到了我的包,然后将他们搬到了我的房间。

查尔斯说的没错:我们被带到楼上的房间,威廉·约翰逊已经在这里了。他是一位年长的男性,像查尔斯一般衣着整洁,但是面带疲色,脸孔上刻满风霜,他放下手边的地图站起来握住我的手。"很高兴认识你,"他说道,然后查尔斯站到我左边,微微倾身靠过来,在我耳边悄声说道,"一个不错的家伙,如果再诚恳一点的话。"

我不动声色将查尔斯的话记在心里,用眼神示意他继续说下去。

"我听说你正在组建一支远征队。"他说道。

"我们确信在这个地区有一处先行者留下的遗迹,"我谨慎地挑选着措辞,接着再补充道,"我需要借助你对于这片地区的人的了解来找到它。"

他面色一沉。"真不巧，装着我的研究工具的箱子被偷了。没有它，我办不了事儿。"

从他的表情上我能看出这件事情有些棘手。"那么我们就先得找到它。"我叹了口气。"你有什么头绪吗？"

"我的伙伴，托马斯·希基，已经出去打探了。他最擅长收集消息。"

"告诉我在哪能找到他，然后我看看能不能加快一点事情的进展速度。"

"我们有听传闻说土匪正在这里的西南边活动，"威廉说道。"在那边你应该能找到他。"

三

城外，一片麦田中已经结实的玉米在夜风的吹拂下轻柔地摇摆着。不远处就是土匪的匪寨外高耸的围墙，从围墙内传出了喧闹的庆祝声。为什么不庆祝呢？我内心如是想。当你作为一个土匪而活着的时候，每天你都会庆祝自己能从刽子手的刺刀下生还。

寨子门口，打扮各异的守卫和几名土匪正在那里转悠，一些人在大口饮酒，一些人则是打算站直了戒备，不过所有人都在相互交谈。在围墙左侧，玉米田一直延伸到了一个小山坡顶上，顶上坐了一个望风者正看着一个火堆。坐着看火堆不是一个望风者应该做的事，但从另一方面来看，他似乎是寨子这一侧唯一一个认真对待工作的人。当然，他们失败的地方在于没有在这里安排巡逻的人手。或者即使他们安排了人手，那些巡逻兵也不过是在树下或者哪里闲逛，或者喝得酩酊大醉，因为当我和查尔斯低着身子靠近时无人看到我们，这时另一个人也正在慢慢接近这里,他蹲在一片破石墙的墙边,目不转睛地观察着匪寨。

就是他:托马斯·希基。一个圆脸男人,不修边幅,而且如果我没猜错的话,或许还很嗜酒。这个男人就是威廉所说的,善于打听消息的家伙?他看起来似乎连自己的舌头都没法捋直。

这么说或许有点自大,但我对他的厌恶正随着一个事实而逐渐增加,那就是他是我来波士顿之后,碰到的第一个对我的名号视若无睹的人。不过,如果说他的行径惹恼了我,那么此时已拔剑出鞘的查尔斯就可谓是对此怒火中烧了。

"放尊重点,小子。"他咆哮道。

我举手示意他住手。"和气些,查尔斯。"我说道,然后对托马斯说,"威廉·约翰逊让我们来这里,希望我们能……帮忙加快你的搜寻进展。"

"我不需要任何帮忙,"托马斯慢吞吞地答道。"也不需要你们这些花哨的伦敦口音在我耳边啰嗦。我已找到偷东西的人了。"

查尔斯在我身边,字字带刺。"那你怎么还在这里转来转去?"

"在想怎么搞定这些无赖。"托马斯一边说着,一边指向围墙,然后转头用期待的眼神看着我们,嘴角咧出一抹放肆的嘲笑。

我叹了口气。看来得亲自出马了。"好吧,我来解决那些巡逻兵,然后在守卫后面占据一个有利的位置。你们两个去正门。当我对守卫开火的时候,你们就上。我们攻个出其不意。在他们意识到发生什么事情之前,半数的人都会倒下。"

我拿起我的滑膛枪,离开我的两名同伴潜伏至玉米田边缘,放低身子瞄准了巡逻兵。他正在暖手,枪夹在腿间,说不定这时就算我骑个骆驼过去,他都看不见或者听不到我的动静。我几乎没有勇气在这种时候扣下扳机,这样显得很卑鄙,但我终于还是扣了下去。

随着一阵火花迸发,在我的低咒声中他的身子向前倒去。很快他的身子就燃烧了起来,即时这阵动静没引起注意,单是这个味道就会很快引来其他的巡逻兵。我飞快地赶向查尔斯和托马斯那边,他们已经靠近匪寨了,而我也在不远处站好了位置,我举起步枪枪托架上肩头,眯眼瞄准其中一个土匪,此刻他就站在大门口——尽管用"晃来晃去"形容他的站姿或许更为贴切。就在我观察的时候,他开始朝玉米田这边走了过来,或许是为了跟我已经射杀的哨兵换岗,那个哨兵现在应该已经被火给烤熟了。我等他走到玉米田边缘,当寨子里狂欢的声音突然安静时我顿了一下,然后在喧闹声再起时扣下了扳机。

他软倒下去侧身倒向一边,半边头颅已崩裂不见,此时我将视线直直投向寨子门口,看我的枪声是否被人听到。

答案是否定的。那群乌合之众已经将全副精力放在了查尔斯和托马斯身上,他们拔出枪剑,开始朝大吼:"干掉他们!"

查尔斯和托马斯按照我的吩咐,煞有介事地应付起他们来。我可以看出他们渴望拿出自己的武器,但他们还是选择了等待时机。好样的。他们正在等待我放出的第一枪。

就是现在。我抬手瞄准其中一个我认为是领队的人。我扣动扳机,然后看到鲜血从他脑后喷涌而出,接着他直挺挺地向后倒去。

这次我的枪声被人听见了,不过这并无大碍,因为与此同时,查尔斯和托马斯已经拔剑冲了上去,另外两名守卫跪倒下来,脖子上的伤口血如泉涌。此时匪寨正门处乱作了一团,而我们的战役即将打响。

再次干掉两名土匪之后我扔开滑膛枪,抽出剑冲了上去,加入混战,与查尔斯和托马斯并肩作战。我又一次感受到了并肩作战的快感,我接连又砍倒了三名土匪,他们惨叫着倒了下去,而他们的同伴则是仓皇逃向匪寨的大门,从里面把门堵上了。

立刻,站在这里的就只剩下了我们三人,我,查尔斯和托马斯,我们都喘着粗气,用力甩动着沾染在武器上的鲜血。我对托马斯刮目相看:他的表现让人赞叹不已,他的速度和战斗技巧从他的外表根本无从想象。查尔斯也面露惊讶之色地看着他,尽管那眼神中更多的还是厌恶,就像是托马斯那纯熟的战斗技艺让他恼怒不已一般。

现在我们又碰上了新的问题,那就是:我们在匪寨的外部,但是通往里面的大门已被逃进去躲避的土匪给堵上了。这时托马斯建议我们用火药桶炸个入口——从我以前错认为是个嗜酒之徒的人口里又说出了一个好主意——于是我照着他说的做了,火药将围墙炸出一个大洞,我们从那里冲了进去,跨过一地被炸得四分五裂,衣衫破烂的尸体和残桓断瓦的大厅,奔向围墙的那一头。

我们跑了进去。这里的地板上铺着厚重的地毯,窗棂上则是挂上了精美的挂毯。整个空间光线阴暗,到处都是尖叫声,有男有女,我们快速往前冲时周围的人四下逃窜,我一手握剑,一手拿枪,双管齐下,谁敢挡我的路都会被毫无例外地被放倒。

托马斯抡起一个烛台,狠狠地打中了一个土匪的脑袋,打得他脑浆四溢,脸孔血肉模糊,这时查尔斯提醒我们来这里的目的:找威廉·约翰逊的箱子。当我们沿着昏暗的走廊疾奔时,他描述着箱子的模样,而抵抗的人也越来越少。或许土匪们已经夺路而逃,又或许他们正重新集结准备卷土重来。不管那些土匪在做什么:我们必须要找到那个箱子。

我们正在四下寻找,这时从一间卧房后部散发出阵阵麦芽酒的酒臭和性事之后那种浓郁的腥味,这里好像挤满了人——衣衫不整的女人们抓着遮羞的衣物尖叫着跑掉,而几名匪盗则是在拔枪填弹。一颗子弹呼啸着射到了我身旁的木门上，我们赶紧找起掩体，这时另一个人向我们举枪开火，这家伙还裸着身子。

查尔斯躲在门边还击，接着那个裸体的男人胸口开了个红色的大洞，倒在了地毯上，死时手上还抓着一截被褥。这时门上出现另一个弹孔，我们迅速避向一边。两名土匪冲过走廊冲向我们这边，托马斯拔出了他的剑，而查尔斯也蓄势待发。

"放下你们的武器。"从卧室外走进的一名土匪余党喊道，"我可以考虑放你们一条生路。"

"这句话我原封不动地奉还给你。"我在门后说道，"我们没有战斗的必要。我只是想把这个箱子物归原主。"

他对我的话嗤以冷笑："约翰逊先生也算不上什么原主。"

"同样的话我不会再说第二遍。"

"我也一样。"

我听到附近传来响动，于是立刻轻巧地站到门的另一头。一个土匪打算偷偷潜到我们这边，却被我一枪射在脑门上而怦然倒地，他的枪也顺势脱手甩了开来。剩下的那名土匪再一次开火并扑过来，想要拿起他伙伴的枪，不过此时我已重新装填好了子弹，并且预估到了他的动作，于是在他伸长了手去够枪的时候，我一枪打中了他的侧腹。他如同受伤的动物一般蜷缩着身体倒回床上，躺在一堆被血浸满的被褥中，抬眼看着我，而我举枪在前，小心翼翼地走过去。

他一脸怨毒地看着我。显然在他的计划中今晚不应该像这样结束。

"你们这种人哪用得上书本和地图，"我指着威廉的箱子说道。"谁指使你们这么做的？"

"我们连人都没见到过。"他大口喘着气摇了摇头。"只有传递情报的地点和信件。但是他们付钱爽快，所以我们就拿钱办事了。"

我去过的所有地方都会碰到像这个土匪一样的人，什么都肯做，似乎——只要有钱什么都做。像他一样的匪徒入侵我儿时的家，杀了我的父亲。像他一样的人们让我踏上了这条道路，走至今日。

他们总会付出代价的。我们会确保这点。

尽管内心生出了一股强烈的厌恶感，我还是想办法控制住自己杀死这个人的冲动。

"那么，一切到此为止。告诉你的主人我是这么说的。"

或许是察觉我有意放他一条生路，他摇晃着站了起来。"我该说你是谁呢？"

"没这必要。他们自会知道。"我说道。然后放他离去。

我和查尔斯拿起箱子时，托马斯开始兴奋地搜刮起他的战利品，然后我们离开了匪寨。撤退要比进攻容易些，大多数土匪已经意识到谨慎也是大勇，并且自动为我们让道，我们很快便赶到了马匹所在的地方，扬长而去。

四

在绿龙酒馆里，威廉·约翰逊终于又开始忙活起他的地图了。当我们把箱子给他时，他立刻在里面翻找起来，检查他的地图和卷轴是否还在里面。

"谢谢你，肯威大人，"他坐回桌边说道，"万分感谢一切终于回归正轨，现在告诉我你需要什么。"

护身符就在我的脖子上。我察觉我想小心翼翼地将它拿下来。是我的想象，还是它真的似乎在发光？不可能的——我在歌剧院将它从米科的脖子上拿下来的那个夜晚它并非如此。我第一次看见它发光是在弗利特和布莱德街上,雷金纳德将它拿在手中时。现在尽管它似乎跟当时在他手中一般也在我手中发光,但这简直就像受到了某种神秘的力量催动一般——真是可笑——像是受信念的催动一般。

我看着他,手伸向脖颈,拿下护身符绕过头顶,将它放在桌上。他拿起来时看向我,似乎察觉到这是重要的物品,然后仔细地上下观察起来,这时我开口道:"这个护身符上的图腾——你熟悉吗?或许某个部落已经给你展示过类似的东西?"

"这似乎出自卡尼耶可哈卡族。"威廉说道。

莫霍克人的一支。我的脉搏加快了跳动。

"你能追踪到它的明确位置吗?"我说道,"我需要知道它是从哪儿来的。"

"我的研究拿回来的话应该能办到。我来看看我能做些什么。"

我点点头示意感谢。"首先,虽然有点晚了,但是我很想对你再多了解一些,威廉。告诉我更多关于你的事情吧。"

"要我说什么呢?我出生于爱尔兰,父母是天主教徒——我在年少时便已意识到,这将限制我的人生机遇。之后我改信了新教,然后在我叔父的要求下来到了这里。但是我恐怕我叔父彼得不是个很懂变通的人。他一直在寻求机会与莫霍克人做买卖——但他却将自己的居所建在了远离贸易路线的地方,而不是在贸易路线上。我试着和他理论……但是……"他叹了口气。"……如我所说,他是个冥顽不灵的人。所以我带着我挣的那点少得可怜的钱自己买了块地。我自己盖了房子、农场、仓库和工厂。我普通的人生至此开始——不过却跟我相得益彰,而且这也改变了我身边所有的一切。"

"所以,这就是你慢慢开始了解莫霍克族的原因?"

"没错。而且我还跟他们之间建立起了颇有价值的关系。"

"但是你从没听过关于先行者的遗迹之类的吗?没有什么隐藏的神庙或者远古建筑?"

"有,也没有。应该这么说,他们有他们普遍意义上的神圣之地,但是没有一个符合你的描述。土丘,林间空地,秘密洞穴……但基本都是大自然的恩赐。没有怪异的金属。也没有……奇异的光芒。"

"嗯……那看来是隐藏得很好了。"我自顾自说道。

"似乎对他们来说也是如此。"他笑了笑。"不过先打起精神吧,我的朋友。我保证你会拿到你的先行者宝藏的。"

我举起了酒杯。"那么为我们的胜利干杯。"

"为即将到来的胜利!"

我不禁微笑起来。现在我们是四个人。我们是一个团队了。

1754年7月10日

一

我们开始在绿龙酒馆里聚会——如果你喜欢，称呼这里为总部也不错——我走了进去，看到了托马斯，查尔斯和威廉：托马斯正在豪饮，查尔斯一脸烦躁不安，而威廉则在全神贯注地摆弄他的图纸和地图。我开口向他们问候，结果回应我的只有托马斯吐出的一声响亮的酒嗝。

"真有魅力。"查尔斯一句话顶了过去。

我牵起唇角一笑。"开心点，查尔斯。你会慢慢喜欢他的。"我边说着，边坐到了托马斯身边，后者对我投以感激的视线。

"有什么进展吗？"我说道。

他摇了摇头。"不过是一些不靠谱的谣言罢了。眼下没有什么有用的消息。我知道你一直希望听到关于那些不同寻常的……神庙，神灵和不知是些什么东西的古代事物的消息。但是……目前为止,我们的探子没有多少消息。"

"没有饰品或者是工艺品流通过你的……地下市场吗?"

"没什么新鲜玩意。倒是私下弄到几把来路不正的武器——一些抢来或者偷来的珠宝。但你说过要留心是否有人谈论发光和发出声音的东西,以及注意是否有不寻常的景象,没错吧?那这种东西我就什么都没打听到。"

"继续留意,"我命令道。

"噢,我会。你可是帮了我大忙的啊,先生——我可是做好打算要认真地还你这个人情——加倍还你都愿意。"

"谢谢你,托马斯。"

"有床睡有饭吃,这样的谢意就够了。别担心。我很快就会拿到你要的东西。"

他举起他的大啤酒杯,却发现里面空空如也,这时我笑着拍了拍他的背,看着他站起身摔开酒杯四处找起酒来。接着我把注意力放到了威廉身上,走到他的桌边,拉过一张椅子坐在了他身侧。"你的研究进展如何?"

他皱眉看着我。"地图和计算没能缩小搜寻范围。"

这世上没有哪件事情是唾手可得的,我有点后悔自己开口问了。

"你跟本地人的接触如何了?"我问道,顺便坐到了他对面。

托马斯这时嚷嚷着回到了这边,手中拿着一大杯浮着酒沫的麦芽酒,脸上刚被人扇过巴掌的地方又是一个红印子,他正好听到了威廉说,"我们要赢得了他们的信任之后,他们才会把知道的事情分享给我们。"

"我倒是有个主意,没准能奏效。"托马斯含糊不清地嘀咕完后,我们三个带着不同程度的兴味看着他，查尔斯脸上是他看待托马斯的惯常表情——就像刚踩到了狗屎，威廉眼带困惑，而我则是兴趣高涨。托马斯，无论是烂醉还是清醒时，都是个比查尔斯和威廉认定的更为犀利的家伙。"这里有个人专门抓原住民做奴隶。救了他们，他们就会回报我们。"

原住民，我思索了起来。莫霍克族。这时脑海中灵光闪现。"你知道他们被关在哪儿吗？"

他摇了摇头。但这时查尔斯靠了过来。"本杰明·丘奇知道。他擅长搜寻和调停——而且他也是您名单上的一员。"

我不禁对他报以微笑。工作做得很到位，我暗自想到。"我还在发愁下一个应该去找谁，现在看来答案已经很清楚了。"

二

本杰明·丘奇是一名医生，我们不费吹灰之力就找到了他的家。当敲门无人应答之后，查尔斯毫不拖泥带水地抬腿就踹开了门，我们冲了进去，只看到整个房间一片狼藉。在一片混乱的搜找中，不光家具被翻倒，文件也散落一地，而且地板上也残留着血迹。

我们面面相觑。"看来不止是我们在找丘奇先生。"我拔出剑说道。

"该死！"查尔斯爆出一声叫喊。"他有可能在任何地方。现在我们该怎么办？"

我指向壁炉上方挂着的一幅那位好医生的肖像画。那幅画像展示了一个男子刚二十出头的形貌，不过画中人看起来已是相貌堂堂。"我们会找到他的。来，我教你怎么做。"

然后我开始教导查尔斯窃听的技术，怎样融入周围的环境，消失在人群中，注意周围人物日常的动作与习惯，学习周遭人物的行为模式并适应它们，彻底变成周围环境中的一员，成为这个生活舞台里的一个部分。

我发现自己非常享受导师这个新角色所带来的愉快。儿时我接受的是父亲的教导，然后是雷金纳德，我总是期待着他们给我上的指导课——总是享受着那种新知识被教导和传承的感觉——那种被尘封的，你无法在书本上找到的知识。

将这些教与查尔斯，我猜想着我父亲和雷金纳德是否也曾有如我现在一般的感受：沉静，睿智，老练。我向他展示了如何提问，如何窃听，如何像一抹幽灵般穿梭在城市里收集和整理情报。教学完毕后我们分头行动，各自展开调查，一个多钟头以后待到再重新碰头时，我们都神情凝重。

我们得到的消息是本杰明·丘奇跟另外一伙人在一起——另外三四个人——他们押着他离开了他家。有些目击者猜测本杰明是喝醉了；而其他目击者则是注意到了他满脸的伤和浑身的血。有个人想上去帮他，结果回答他的则是一柄穿捅入腹的匕首。不管他们要去哪里，很明显本杰明惹上了一些麻烦，但他们到底去了哪里？答案来自一个报信者，他正站在那里大声通报当日的新闻。

"你见过这个人吗？"我问他。

"这很难说……"他摇了摇头。"这个广场来去的人太多，很难……"

我塞了几枚硬币到他手中，下一秒他便变了动作。他靠了过来，语气诡秘地说："他被带到了东边海滨的一个仓库。"

"谢谢你热心的帮助。"我如此告诉他。

"但是动作要快，"他补充道。"带走他的是塞拉斯的人。那样的会面通常都会以惨剧收尾。"

当我们穿过大街小巷，尽速往仓库那边赶去时，我思索起塞拉斯这个名字。那么，那个叫塞拉斯的人是谁？

渐渐的，人群开始稀少，待到我们赶到目的地，我注意到此地偏离人流众多的大道，整日都充满了几乎令人窒息的鱼腥味。仓库就夹杂在一排相似的建筑物中，所有建筑都很宽大，而且都流露出一种腐坏和将要倒塌的感觉，如果不是因为大门外那个懒洋洋坐着的守卫，我可能直接就走过这间仓库了。他跷着脚坐在木桶上，口里嚼着什么，没有表现出他该有的那份警觉，所以我很容易就在他看到我们之前将查尔斯拉住，推到建筑物的一侧去。

离我们最近的墙里有一个入口，我查探之后发现无人看守，于是马上开始试着破门而入。门被锁住了。从门内传出了挣扎声，接着是痛苦至极的惨叫。我并非好赌之人，但我敢打赌那声惨叫的发出者就是本杰明·丘奇。查尔斯与我对看了一眼。我们必须进到门内，而且动作必须得快。绕着仓库转了一圈，我再次看向守卫，这次我看到了他腰间的明晃晃的钥匙圈，然后我立刻明白我接下来该怎么做了。

我等到一个推着手推车的人过去之后，我将一根手指放于唇上，示意查尔斯静待，然后我走出藏身处，摇晃着走向房屋的前方，竭尽全力假装我喝得酩酊大醉。

守卫坐在木桶上，他睥睨了我一眼，嘴唇撇了撇。他开始从剑鞘抽出长剑，露出那亮晃晃的剑身。停住动作，我直起身子，举起手示意自己接收到了对方的警告，假装想要走开，结果却脚步虚浮地撞向了他。

"喂！"他大喝一声，一把推开了我，力道如此的大，以至于我脚步一滑倒在了街上。我爬起来后挥手致歉，再讪然走开。

他不知道的是我拿走了他的钥匙，从他的腰上。转回仓库那边，我们试了好几把钥匙，最后让我们欣慰的是，我们终于找到了一把能打开这扇门的钥匙。我们尽量避免发出任何细微的吱嘎声，轻轻推开门溜了进去，溜进了一片漆黑，而且散发霉味的仓库里。

在屋内，我们蹲在门边，慢慢让视线适应我们周围的新环境：这是一个内部空间很宽大的地方，不过大多数空间都隐没于黑暗之中。黑暗，像是在这空旷的空间里无尽地往外延伸，空间里唯一的光源则是来自于屋子中间的三个火盆。终于，我们看到了那个我们正在寻找的男人，肖像画上的男人：本杰明·丘奇医生。他被捆坐在一张椅子上，身旁各站有一名守卫，他的其中一只眼青紫交加，头颅低垂，鲜血正从嘴角的伤口滴到他已经污脏的白色领结上。

站在他面前的衣冠楚楚的男人——塞拉斯，毫无疑问就是他——旁边站着一个同伙，正在打磨着他的匕首。那发出的打磨声轻得近乎温柔，像是能催眠一般，一时成了屋子里唯一的声响。

"为什么你非要把事情搞得这么棘手，本杰明？"塞拉斯问道，同时夸张地吐出了一道悲伤的叹息。他操着一口地道的英格兰口音，而且我察觉他似乎还出身不低。他继续道："只要给我一些补偿，一切我都可以既往不咎。"

本杰明抬头用伤痕累累，却满是蔑视的眼神看着他。"我绝不会为了毫无必要的保护而买单。"他勇敢地顶了回去。

塞拉斯微微一笑，在阴暗，潮湿且肮脏的仓库里轻轻一摆手："很显然，你需要保护，不然我们也不会在这里了。"

本杰明转过头去狠狠啐出一口血，吐到了石板地上，然后眼神再看向塞拉斯，而后者这时的表情就像本杰明刚刚在餐桌上放了个屁一般难看。"好个不识时务的蠢货，"他说道。"接下来，我们应该怎样款待我们的客人呢？"

正在磨匕首的人抬起了头。这是给他的信号。"也许我该剁了他的手。"他发出刺耳的声音。"让他再也没办法做手术？或者我该拔了他的舌头。让他再也不能多嘴？或者我应该切了他的小兄弟。让他再也不能挑衅我们。"

几个人身上一阵战栗，像是混合了厌恶，恐惧和逗弄一般。塞拉斯接话道："这么多选择，真是难以抉择啊。"他看向拿匕首的男人，假装犹豫不决，然后补充了一句，"三个我都选了。"

"等等，"本杰明赶紧喊道。"或许我之前拒绝得太草率了。"

"我真感到抱歉，本杰明，但是你已经没机会了。"塞拉斯遗憾地说道。

"讲点道理……"本杰明叫喊着，语带恳求。

塞拉斯扭头转向一边，假意因关心而眉头紧皱。"我真诚地觉得我足够讲理了。不过你已经利用过我的宽宏大量。所以我不会再当一次傻子。"

拷问者走上前来，握住匕首指向他的眼球，在他眼前划来划去，笑容狰狞可怕。

"我恐怕我没有胆量留下来观看这种暴行，"塞拉斯以一种让人极易生厌的老女人口吻说道。"弄完了过来找我，卡特。"

塞拉斯前脚刚离开，本杰明·丘奇就惨叫起来。"你会后悔的，塞拉斯！你听到了吗？我会砍了你的脑袋！"

塞拉斯停在门口，回身看着他。"不，"说话时他的声音中带着嗤笑。"不。我觉得你办不到。"

接着当卡特动起手来，本杰明的惨叫再次响起，他窃笑着开始挥舞他的匕首，就像一名艺术家画下他的最初几笔，仿佛他正要开始一项庞大的艺术工程。可怜的老丘奇医生现在就是一张画布，而卡特则在上面绘制他的恢弘巨作。

我低声告诉查尔斯应该要做什么，接着他走了开去，穿过黑暗绕到仓库后方，我看到他一只手放到嘴边喊了起来，"在这边，你这混球。"然后立刻跑开，迅速且无声。

卡特猛地抬起头来，他示意两名守卫过去查看，他谨慎地走进了仓库里，同时他的同伴则是拔剑出鞘小心翼翼地走向了仓库后方，声音发出的位置——这时另一道喊声响起，这次这声音是从黑暗中的不同位置传来，轻得仿佛一声耳语，"在这里。"

两名守卫咽了口口水，紧张地对视了一下，这时卡特的视线还在仓库的黑暗中游移，他下巴紧绷，表情又是害怕又是沮丧。我可以看出他的脑中所想：是他的同伴在自己吓自己？还是外边孩童的恶作剧？

都不是。这是敌人的行动。

"怎么回事？"其中一名守卫大声咆哮了起来。两个人都伸长了脖子往仓库的暗处看去。"去拿火把，"一名守卫先开口对他的同伴喊了起来，而后者则转身走回屋子中间，小心地抬起一个火盆，在他试着抬走它时被它的重量拉弯了腰。

突然从黑暗中传来一声尖叫，卡特高喊了起来："那是什么？到底该死的怎么回事？"

拿着火盆的守卫将它放了下来，紧紧盯住那一团黑暗。"是格雷格。"他朝身后喊道。"他不见了，老大。"

卡特一听，怒火中烧。"你什么意思，什么叫'他不见了'？他刚刚还在那儿。"

"格雷格！"拿火盆的守卫喊了起来。"格雷格？"

无人回应。"我跟你说了,老大,'他不见了'。"就在这时,眨眼之间,一把剑从黑暗深处破空飞来,滑过石板地,停在了卡特脚边。

这把剑上染有鲜血。

"那是格雷格的剑。"第一个守卫紧张地开口道。"他们杀了格雷格。"

"谁杀了格雷格?"卡特吼道。

"我不知道,但他们杀了他。"

"不管你们是谁,最好赶紧给我现身,"卡特叫嚣道。他赶忙看向本杰明,接着我看出了他脑中的想法,还有他得出的结论:他们是被医生的朋友给偷袭了;这是个营救行动。这个暴徒依然待在火盆所在的安全区域,他的剑尖因为颤抖而在火光的映照下闪烁着光芒。查尔斯静待在黑暗之中,无声却极具威胁。我知道黑暗中仅只查尔斯一人,但对卡特和他的同伙来说,他就是个前来复仇的恶魔,寂静且难以对抗,一如死亡本身。

"在我解决掉你们的兄弟之前,你们最好赶紧现身。"卡特怒喊着。他走近本杰明身旁,作势将匕首架上他的喉咙,我注意到,他背对着我,我找到了出手的机会,便立刻冲出藏身之处,悄悄靠近他。就在这时,他的同伙转身过来看见了我,失声喊叫,"老大,小心你身后!"卡特立刻欲转过身来。

我跳起来放出袖剑。卡特神情惊恐,我看到他握紧了手中的匕首,打算解决掉本杰明。我用尽全力,伸长了手臂打掉他的手,逼得他退了开来,但是我用力过猛,失去平衡,这给了他机会拔出剑来与我一对一决斗,他一手握剑,另一手则攥紧匕首。

越过他的肩膀,我看到查尔斯丝毫不浪费机会,已经冲出去对上了那名守卫,两剑相交时发出响亮的金属击打声。卡特与我同样也立刻兵刃相见，不过很快他便黔驴技穷了。他或许是用匕首的高手，却不习惯用它来进行反击；他是个拷问高手却不是个战士。当他的手动作迅速地舞着兵器，光芒闪烁地划过我眼前时，所有他表现出来的都不过是些骗人的小把戏，花拳绣腿罢了，这些动作或许能唬到一个被绑在椅子上的人，但却不包括我。我所看到的不过是一个虐待狂——一个害怕至极的虐待狂。如果说还有什么比虐待狂还让人更厌恶和怜悯的话，那就是一个惊恐中的虐待狂。

他没能抢占先机。他没有身形步法，也没有防御技巧。在他身后，打斗已经结束：另一名暴徒已经呜咽着跪倒在地，而查尔斯一脚踩在他的胸膛上，抽出自己的剑，任由他倒在了地板上。

卡特也看到了这个情景，而且我故意让他看到，我站到了一边，任由他眼睁睁地看着他的同伙——他最后的屏障——慢慢死去。此时门上传来巨响——外面的守卫终于发现他丢了钥匙，这会儿正试图破门而入。卡特的眼神死命看向那个方向，期待着援救。但是无人援救。那对充满恐惧的眼再次掉转回到我这边，我勾唇一笑，接着一个箭步上去挥剑砍下。我对杀戮没有一丝快感。我只是给了他应得的下场，当他蜷缩着倒在地板上，喉咙上开了一个血红的大洞，鲜血喷涌着铺满他身下时，除了淡淡的喜悦，我别无它感，只因为正义已得以伸张。没有人应该遭受他剑下的酷刑。

我几乎忘记了门上那震天的敲打，直到它突然停了下来，突来的安静中我看向查尔斯，他此时得出了与我一致的结论：那名守卫去找救兵了。我走过去时本杰明喉咙中呜咽了起来，我手起剑落，切断了捆绑他的绳索，然后在他就要跌下椅子时一把抓住了他。

我手上立刻就染上了他的血，不过他看起来呼吸平稳，尽管他不时还会因为痛苦而闭上双眼，但最后他还是睁开了眼睛。他还活着。

他的伤疼痛难忍，不过伤口都不深。

他看着我。"你……你是谁？"他艰难地开口问道。

我轻轻拍了拍帽边。"海瑟姆·肯威乐意为你效劳。"

他笑逐颜开地说道，"谢谢你，谢谢你。不过……我不是很明白……为什么你们会在这里？"

"你是名圣殿骑士，没错吧？"我对他说道。

他点了点头。

"我也一样，我们没有把骑士同僚留给喜欢舞刀弄剑的疯子的习惯。这只是一点，事实上，我需要你的帮助。"

"没问题，"他一口答应道。"只需告诉我你需要什么……"

我帮他站起身来，并且挥手示意查尔斯过来帮忙。我们一起帮他走到仓库门边，然后一起离开了那阴暗潮湿，满是血腥味的地方，舒畅地呼吸起室外清凉新鲜的空气。

就在我们赶回联合街上的落脚处——绿龙酒馆时，我告诉了本杰明·丘奇医生关于名单的事情。

1754年7月13日

一

我们齐聚在绿龙酒馆低矮暗沉的房梁底下,这间里屋已经被当作了大本营,而我们的人数迅速壮大,灰扑扑的屋檐下可谓济济一堂:托马斯不是一杯一杯地灌酒就是缠着老板要酒喝,没事喜欢半倚半躺,把腿搁得老高;威廉双眉间的皱纹越发明显,趴在满桌散乱的地图上忙忙碌碌,不时跑去他的小稿台那里,偶尔托马斯离得他太近,他总会烦恼地吸口气,挥手把对方赶远点;查尔斯是我的左膀右臂,只要我在,他必定挑我旁边的位子坐,我有时感觉他的忠心耿耿是种负担,其余时候他却是我巨大的力量源泉;当然,如今这里又多了个丘奇医生,科内利厄斯不情不愿地借了一张床给他,过去几天他都在静卧养伤。我们让本杰明充分地休息,他自行处理了伤口,他向我们保证,等到可以下床走动的时候,他脸上所有的伤都不会留下疤痕。

两天前我去找他谈事情，刚好他伤口处理到一半，在应付最棘手、至少是看上去最痛的一处：那里被小刀手削去了一块皮。

"呃，我有问题要问，"我说，一时还猜不透这个男人的深浅，"你为什么行医？"

他阴郁地笑了。"标准答案是我关心同伴的安危，对吧？选择这个行当是为了做更多善事？"

"这些答案哪里不对吗？"

"可能对。但不是指引我走上这条路的原因。不……我的理由没那么抽象：我喜欢钱。"

"挣钱有各种法子，"我说。

"不错。但有什么比叫卖生命更赚钱？没有东西比它更宝贵、更让人不顾一切地渴求了。而对于惧怕突然就告别人世的男男女女来说，任何价码相形之下都无足轻重。"

我蹙起眉头。"你的话很残忍，本杰明。"

"但也是真话。"

我不解地追问："你们不是发誓要帮助其他人吗？"

"我谨遵誓言，但誓言又没提价钱。我只是为服务索取合理的报偿而已。"

"如果他们缺少必要的资金呢？"

"那让别人服务他们去。糕饼店会送乞丐免费的面包吗？裁缝会为负担不起费用的女人做裙子吗？不会！那我为什么要那么做？"

"你自己说了，"我说，"没有什么东西比生命更宝贵。"

"的确。所以人们才更应该保证有足够的办法留住它。"

我不以为然地睨视他。他还是个年轻人——比我更年轻。我在想，当初自己是不是也像他一样？

二

过后,我的思绪回到最紧迫的问题上来。塞拉斯肯定要为仓库的挫败展开报复,我们都清楚这一点;他发动攻击只是时间问题。我们的据点——绿龙酒馆——大概是城中最显眼的场所,一旦他决定行动,自然知道去哪儿找我们。在这之前,我身边有足够多经验老到的剑客让他三思而后行,而我也无意东躲西藏。

威廉将我们的计划告诉了本杰明——抗击奴隶贩子,借此赢取莫霍克族的好感——本杰明靠了过来。"约翰逊跟我讲了你的打算,"他说,"好巧不巧,你们要找的人和挟持我的是同一个。他名叫塞拉斯·撒切尔。"

当然了。我在心底暗骂自己,居然没把这两层联系到一起。不止我,查尔斯也是一脸怎么早没想到的表情。

"那人模人样的小子是个贩奴的?"他不可思议道。

"别让他那温和外表骗了你,"本杰明点点头说,"我知道的人里面,没几个像他这么残忍恶毒。"

"你对他的势力了解多少?"我问。

"他手下至少有一百号人,超过半数是红外套的英军。"

"这么大阵仗就为了买卖奴隶?"

本杰明闻言笑了。"才不是。这人可是皇家部队的指挥官,负责守卫南门堡。"

我大感不解。"可如果英国指望击退法国,就必须联合原住民——而不是奴役他们啊。"

"塞拉斯只对钱忠心耿耿,"伏案作业的威廉从写字台里抬起头,"他才不关心自己的行径有损王权。只要存在买家,他就会继续把人掳过来。"

"那么，我们就有更充足的理由阻止他了，"我阴沉道。

"我花了很多时间和当地人议政，试图取信于他们，"威廉补充，"我向其分析利弊，说法国人只拿他们当工具，一旦胜利，他们就成了弃子。"

"跟塞拉斯贩奴的现实一对照，你的论点肯定大打折扣，"我叹气。

"我试图解释他不代表我们，"他挂起苦涩的表情，"可他穿着英军军服、指挥着一座要塞。他们眼里我一定要么是个傻子，要么是个骗子……很可能兼而有之。"

"打起精神，我的兄弟，"我安慰他，"等我们向原住民呈上他的人头，他们会认识到你说的是真话。但首先得找到一条进入要塞的路。让我想想再说。在此期间，我要把最后一名同伴招募进来。"

及此，查尔斯活跃起来。"约翰·皮特凯恩是我们的人。我带你去见他。"

三

我们来到城外一座兵营，"红外套"尽责地核查每名出入人员。他们是布雷多克的手下。过去那么些年跟他们南征北战，我不知道自己能不能认出谁。

我有些怀疑：他的辖制太过暴戾，不管是佣兵亲信还是前囚徒，都疲于奔命，在同一个地方呆不了太久。这时走上来一名士兵，红色军服也掩藏不住他的胡子拉碴、形容邋遢。

"报上事由，"他来回审视我俩，眼中流露着嫌弃。

我刚要作答，查尔斯已经迎上去，指着我对卫兵说："新招来的。"

哨兵让到一边。"嗬,又找到炮灰了?"他皮笑肉不笑,"进去吧。"

我们穿过大门,步入营地。

"你怎么办到的?"我对查尔斯道。

"你忘了吗,先生?我在布雷多克将军底下服役——当然,只有在我不为你做事的时候。"

满载货物的一辆小车从我们身边经过,由一个宽檐帽男人拉着出了营地大门。洗衣妇成群结队走来,我们赶紧让开道。帐篷散落在各处,旁边燃着火堆,升起的袅袅烟云悬于营地上空,男人和小孩在边上照看着,这些都是随军百姓,职责是为帝国将士们做饭煮咖啡。从顶篷拉起一根根绳子,在帐前晾着洗晒衣物。平民们往木板车上一箱箱摞着装有军需物资的板条箱,军官骑在马背上监督。我们看到这头一帮士兵铆足劲去推陷在泥里的火炮,那头更多人把箱子堆高,而大操练场上是一列二三十人的红衣军小队,军官口齿不清地扯着嗓子号令步伐。

环顾四周,我想,这座军营摆明了是我所认识的布雷多克的杰作:忙碌、井井有条、勤勉者的据地、军纪严明的熔炉。一般访客必然认为它是英军及其指挥官的荣耀,可如果细看的话,又或者你是个熟悉布雷多克老底的人,好比说我,你就能体察到这个地方弥漫的厌憎之情:人们对手头的工作满心不情愿。他们奔走并非出于对这身制服的自豪,只是在严苛的管束下别无选择。

我们正走向一顶帐篷,随着距离越来越近,我听到一个声音在那里大喊大叫。一个让我胃部翻搅与严重不适的声音,来自布雷多克。

上次看到他是什么时候?有好几年了吧。我告别了冷溪近卫团,此生没有哪次掉头离开像离开布雷多克那么愉快。和他们散伙时我就发过誓,对于共事期间我亲睹他犯下的所有残忍、凶暴的罪行,自己穷尽一切努力也要令他偿还。但我忘了考虑骑士团成员的人情牵系,没料到雷金纳德对他如此矢志不渝。以至于最后,我不得不接受布雷多克继续为所欲为的现实。我不喜欢这样,却必须容忍。解决办法是干脆离他远远的。

可眼下,我躲不开他。

他就在帐篷里,我们走进去的时候,正训斥一个和我年龄相仿的男人。那人平民装扮,但一看就是军人。他便是约翰·皮特凯恩。他笔直站着,承受布雷多克火力全开的狂怒攻势——我太清楚是什么样子了——只听将军吼道:"……你就不打算报到了吗?还是指望我的人发现不了你?"

我一眼就喜欢上了他。我欣赏他平静温和、不紧不慢的苏格兰口音,面对布雷多克眼睛都不眨一下,毫无惧色地作答:"长官,请容许我解释……"

只能说岁月对布雷多克并不客气。比起当年,他脸膛充血发赤得更厉害,发际线也后退了不少。这番回应,他面孔涨得愈加通红:"哦,请务必解释。我可想听听理由了。"

"我没有擅离职守,长官,"皮特凯恩申辩,"我来这里是奉了阿默斯特中校的命令。"

然而布雷多克心情正阴暗,丝毫不为杰弗里·阿默斯特中校的名号所动;硬要说的话,他的心情更阴暗了。

"把他签了章的信给我看,否则送你上绞架,"他低噪。

"我没有这种信,"皮特凯恩吞了口唾沫——这是他心里紧张的唯一表露;或许他正想象绳套在脖子上收紧——"我的工作性质,长官……是……"

布雷多克一副再也看不下这出闹剧的样子，退后一步——大概准备宣布皮特凯恩的处决陈词——我趁机挺身而出。

"是不适合诉诸纸面的，"我道。

布雷多克闻声猛地扭头，第一次注意到我和查尔斯在旁边，然后以不同程度的愠怒打量我们。对查尔斯他没太介怀。对我？这么讲吧：我们属于相看两厌。

"海瑟姆。"简单的招呼，我的名字在他嘴里就像一句骂人话。

"布雷多克将军，"我回应，丝毫不掩饰对他新职衔的反感。

他看看我，又看看皮特凯恩，最后估计是想通了其中的关节。"我确实不该大惊小怪。狼向来一窝一起出动。"

"皮特凯恩大人将离开几个礼拜，"我告知他，"等我们事情办完，我会送他回原部队任职的。"

布雷多克只能摇头。我费了好大的劲才藏起笑意，其实内心早就乐开了。他气急败坏，不光因为自己的权威遭到撼动，更重要的是，那个撼动他权威的人是我。

"想都不用想，又是恶魔的勾当。"他说，"上级准许你调用查尔斯就够糟心的了，他们一个字都没提连这叛徒也得算。你们不能带走他。"

我叹息，再次开口："布雷多克……"布雷多克已经在示意手下。"我们谈完了。送这几位先生出去。"他挥挥手说。

四

"好吧，事情的发展和我想得不一样，"查尔斯叹了口气。

我们出了围墙，营地在身后，波士顿在前方。城市向远处延伸，地平线上大海闪闪发光、港口船桅与风帆林立。我们在一棵樱桃树荫蔽的水泵边停下脚步,靠着护墙。从这里既可以看到军营的人进进出出,也不会引起注意。

"想想看,我曾经叫爱德华这种人兄弟……"我不由得一阵懊悔。

已经是很久以前了,久到记不清,但这是真的。我一度敬重布雷多克,把他跟雷金纳德当作同盟兼好友。如今,我对布雷多克激烈地憎恶着。对雷金纳德?

我也说不清。

"现在怎样?"查尔斯问,"再回去会被他们赶出来的。"

我凝望着营地。布雷多克阔步跨出了帐篷,如往常般大呼小叫,对一名军官——他亲自甄选的佣兵,毋庸置疑——夸张地打着手势,后者一路小跑开了。约翰跟了出来。至少他还活着。布雷多克的脾气要么已经平息,要么就转移到了别人身上。

那个别人多半是我。

我们继续观望,只见那军官集合起一队人马,就是刚才在操练场上演练的同一拨,组织他们列队出巡,由布雷多克打头阵,领着离开了营地。其余士兵和平民忙给他们让道,原本拥挤在门前的人群也自觉散开,放其通行。他们在距我一百码开外的地方通过,我俩透过低垂的樱桃枝条观察,而这些人雄赳赳地打着英国国旗一路下山,往市郊去了。

队伍经过后,周围出奇的宁静。我从墙边直起身,对着查尔斯说:"我们跟上。"

我们离开两百多码尾随,就算那么远都听得见布雷多克的声音;细究起来,随着众人开进城内,那音量甚至越来越大。他哪怕在行军途中都是一副开庭审讯的架子。事情很快就弄明白了,这是在执行征兵任务。布雷多克率先接近一名铁匠,命令队列观摩并效仿。他先前的狂躁消失得无影无踪,冷酷暴君隐藏起真面目,换上一脸和煦笑容跟铁匠搭话,风度犹如一个殷切的叔辈。

"你看上去情绪不高啊,朋友,"他诚恳地说,"出什么事了?"

我和查尔斯避开一段距离。查尔斯尤其怕被认出来,藏在他们看不到的地方,把头压得低低的。我伸长耳朵听铁匠怎么回答。

"最近生意太冷清,"他说,"我的铺位和铁器都没保住。"

布雷多克举高双手,仿佛这个问题易如反掌,因为……

"如果我告诉你,我能够消除你的烦恼呢?"他道。

"那我可要当心了,比如说——"

"我同意!但听我好好讲。法军伙同野蛮人把乡间糟蹋得不成样子了。所以国王陛下亲令我这样的人来召集人马,好把他们打跑。加入我的远征队,你会收获丰厚的报酬。只要抽出几周时间,就能揣着沉甸甸的钱包回来,开一家比现在更大更好的新店!"

他们正交谈着,我留意到队列成员在军官的指挥下,靠近其他市民并套用这番说辞。此时,铁匠问:"真的吗?"

布雷多克已经从外套里把征兵文书抽了出来,递到他手中。

"自己看看吧,"他骄傲地说,仿佛塞给那人的是金子,而不是一张通往我所知最严苛、最不人性化的部队的薄纸。

"我加入,"可怜好哄的铁匠说,"就告诉我在哪签名!"

布雷多克继续向前走,将我们引至一片公共广场,他站在那发表了一通简短的演讲,更多的手下四散开去游说。

"听我一言,善良的波士顿人,"他用一个谆谆长辈的语气朗声道,仿佛要发布什么好消息,"国王的部队需要强健而忠诚的士兵。邪恶势力在北方聚集,对我们的土地和它丰饶的物产垂涎欲滴。我今天来到你们面前,发出以下请求:如果你珍视你的财产,你的家人,你宝贵的性命——那么加入我们吧。拿起武器,这是侍奉上帝,也是侍奉国家,让我们共同保卫自己在此辛勤创造的一切。"

有些市民耸耸肩继续往前走;另一些开始和朋友商量。还有一些接近了红外套们,兴许是想积极出一份力——和赚一笔钱。我不能自抑地注意到,他们的穷酸程度和布雷多克阔论打动他们的速度完全成正比。

果不其然,我偷听到他对手下军官说,"接下来去哪?"

"马尔伯勒区怎么样?"忠心的副官接话,尽管他离我太远看不真切,声音听起来却很耳熟。

"不去那里,"布雷多克答,"那里的居民太安于现状了。他们有舒适的家,生活风平浪静。"

"林街或者舰船街呢?"

"行。这群初来乍到的往往很快陷入窘困,更有可能逮住一切机会充实腰包、喂养后代。"

不远处站着约翰·皮特凯恩。我得接近他。看着周围的红外套,我清楚自己需要一身军装。

预先同情一下那个脱离大部队去解手的可怜家伙,他正是布雷多克的副官。他悠悠地走出人群,侧身从两个头戴无边软帽、衣着光鲜的女士中间挤过,她们不悦地嘘他,结果被他吼了——干得不错,打着国王陛下的旗号深得人心哪。

我远远跟着,他来到街道尽头一栋低矮的木平房外,像是间仓库。他四下打量,确定没人看自己,便把火枪倚墙摆放,解掉裤扣开始撒尿。

当然了,有人在看他。我。察看了附近没别的红外套,我靠了上去,冲天臭气熏得我皱起鼻子;看来这里还是英军释放内急的习惯场所。我控制袖剑齿轮咬合，轻轻发出喀嗒一声。还在排水的他身体微微绷紧，但没有回头。

"不管是谁，趁我撒尿站在我背后，最好给个合理点的解释，"他说着，抖了抖阳具放回裤子。我听出了他的声音。是那个行刑者。是……

"斯莱特，"我说。

"我名字不是随便叫得的。你又是谁？"

他假装扣不上扣子，但我看到了他的右手一点点朝剑柄挪动。

"你可能还记得我。我名叫海瑟姆·肯威。"

他又浑身一紧，抬起头。"海瑟姆·肯威，"他声音粗哑，"是了——这可是个响当当的名字，是啊。当时我就希望再也别见到你。"

"彼此彼此。转过身，谢谢。"

一匹马拉着车踩着泥泞经过。缓缓地，斯莱特转过来面对我，视线投向我腕部的袖剑。"你现在是刺客了啊？"他嘲弄道。

"是圣殿，斯莱特，和你顶头上司一样。"

他嗤笑。"布雷多克早对你们丧失兴趣了。"

和我怀疑的一样。难怪他要阻挠我替雷金纳德的行动募集人手。布雷多克背离了我们。

"拔出你的剑，"我告诉斯莱特。

他目光闪烁。"真这么做你会把我捅穿的。"

我点头。"可我不能就这么冷血地杀了你。我不是你们将军。"

"你不是，"他道，"你不及他十分之一。"便抽出了剑……

转瞬间，这个曾经想吊死我的男人，这个我目击到在贝亨奥普佐姆围城时协力残杀了一家平民的人，躺在我脚下，我俯视他尚在抽搐的尸体，内心只有一个想法：趁血流得到处都是之前，赶快把制服扒下来。

换上制服,我回到查尔斯身边,他惊异地端详我,"好吧,你看来还挺像回事的,"他说。

我自嘲地笑笑:"现在我去向皮特凯恩传达行事计划。我一给你发信号,你就搞出点哗动来。我们以此为掩护溜走。"

此时布雷多克正号令众人:"好了士兵们,我们走,"我借机混进队伍,自始至终低着头。我了解布雷多克,他意在征召新人,不会去关注自己的手下;同理我相信,士兵怕极了会惹他发火,只顾一门心思完成任务,也无暇留意队列里出现的新面孔。我蹭到皮特凯恩身边,压低嗓门说,"又见面了,乔纳森。"

他吓得一跳,望向我惊呼:"肯威大人?"

我抬手示意他别出声,举目四顾,确认我们并未引起不必要的注意,然后接道:"混进来不容易……但我还是来了,来救你出去。"

他自觉放低了声音。"你不是当真以为我们可以成功逃走吧?"

我笑了。"你不信我吗?"

"我都不怎么认识你——"

"已经很认识了。"

"听着,"他悄声说,"我非常乐意帮忙。但你听到布雷多克说什么了吗?如果被他察觉,你我就都完了。"

"我来对付布雷多克,"我安慰他。

他看着我。"怎么对付?"他问。

我胸中有数地看了他一眼,把手指伸进嘴里打了个响亮的呼哨。

这就是查尔斯在等的信号,他突然从两栋楼之间跑出来,冲上大街。上衣被他脱下来遮脸,其余服饰也故意扯得凌乱。他用泥巴涂抹过身体,一点也不像个部队军官的样子。事实上,他看上去像个疯子,行为举止也像个疯子——挡在了队列前面。士兵乱成一团停在原地,基于惊讶,或搞不清状况,总之都忘了举起武器。而查尔斯开始大喊:"嘿!你们这群贼!无赖!你们发过誓,帝国会……会重赏我们,表彰我们!但到头只带来了死亡!为了什么?为野外那点冰和石头,几棵树和几条溪?为了搞出几具法国人的尸体?哈,我们不要这些!不需要!带着你们虚假的承诺,你们鼓鼓囊囊的腰包,你们的制服和枪滚吧——既然你们那么宝贝这些东西,把它们统统塞自己屁眼好啦!"

红衣士兵你看我我看你,张口结舌,一筹莫展。有一会儿,我担心他们根本不打算采取措施了。甚至一段距离外的布雷多克也只是站在原地,被这一大通出人意料的疯狂表演惊掉了下巴,不知该是气还是笑。

他们会直接掉头继续前进吗?查尔斯或许和我心思相通,因为他忽然补了一句:"呸!滚你们的蛋,去你们的伪善战争!"最浓墨重彩的一笔来了,他弯腰掬起一坨马粪,朝队伍丢过来,大部分眼明手快的幸运儿闪到了一边,而爱德华·布雷多克将军不在其中。

他呆立当场,马粪粘在制服上,不再犹豫是气是笑了。他大发雷霆,咆哮声简直能撼动树叶:"捉住他!"

若干士兵脱出队伍去抓人,这时查尔斯已经转身开溜,跑过一间和酒馆相邻的杂货铺,从两店之间的岔路逃走了。

这是我们的机会。可约翰非但没有利用,反而说:"糟了。"

"出什么问题?"我说,"现在不就是逃跑的最佳时机吗。"

"恐怕不是。你那伙伴引他们走的是一条死路。我们得去救他。"

我心底呻吟了一下。所以这的确是一项救人脱困的任务——只不过救的不是原先计划中的人。我也跑向小路:不过我没想遵从我们高贵将军的旨意，单纯是要保护查尔斯不受伤害。

太迟了。待我赶到那里，他已被逮捕。我远远站着，无声地咒骂。他被拖回大路，押到火冒三丈的布雷多克将军面前，当我发现事态失控时，将军已伸向了自己的剑。

"放开他，爱德华。"

他转向我，已然阴沉至极的脸色更难看了。我们周围的红外套纳闷地互望一眼，大气都不敢出；查尔斯则赤裸上身，左右两边各被一名士兵架着，向我报以感激的眼神。

"又是你！"布雷多克怒不可遏，凶狠地说。

"你以为我不会回来了？"我平静作答。

"我更惊讶你这么轻易就暴露身份，"他幸灾乐祸道，"看来心肠变软了。"

我不想和他互爆粗口。"放我们走——连约翰·皮特凯恩一起。"我说。

"我不允许自己的权威遭到挑衅，"布雷多克道。

"我也一样。"

他眼冒火星。我们真的失去他了吗？有一会儿我幻想自己和他对坐下来，给他看那本笔记，望着他神态渐渐改变，就像我自己阅读时那样。他能像我一样经历顿悟吗？他能回来吗？

"把他们全用铁链捆起来，"他厉喝道。

不，我决意不让他得逞。

同时我又希望雷金纳德在场，因为他会把这场争执掐灭在萌芽中：他不会放任之后的事情发生。

可他不在，所以我决定打倒他们。我摆开动作。袖剑瞬间弹出，最近的红衣士兵一脸震惊地被我刺穿，当场毙命。我用余光瞥见布雷多克冲到一旁，抽出剑冲另一个人吆喝，后者拔出已经填了弹的手枪。约翰抢在我前面奔向他，剑光一闪，自上而下切中那人的手腕，手并没有完全剁下来，但骨头已经斩断，只连着一点皮，从前臂垂下，失去了杀伤力的手枪跌落在地。

另一名士兵打我左侧冒了出来，我俩你来我往地对攻，一下、两下、三下重击。最后我把他推到墙根一刺，锋刃从他外衣的两根背带间穿了进去，直中心脏。

我转身迎上第三个人，先格下他一击，袖剑再划拉开他的腹部，他倒在了地上。我用手背抹去脸上的血，刚好看到约翰又击倒一人，查尔斯从挟持他的士兵手中夺下一把剑，气定神闲几下结果了另一个。

打斗结束了，我面对最后一个还站着的对手——爱德华·布雷多克将军。

太简单。要在此结束一切太简单。我从他的眼神里读到了领会——他看出来我有杀了他的念头。这或许是他第一次意识到，当初仅有的维系我俩的纽带，圣殿理念也好、对雷金纳德共同的敬重也罢，已不复存在。

时间在这一刻停滞。最后我放下剑。"今天我住手，是因为你曾经是我的兄弟，"我告诉他，"曾经的你，也是比现在更好的一个人。但如果再次狭路相逢，我只当所有情谊都一笔勾销了。"然后对约翰说："你自由了，约翰。"

我们三个——我、约翰和查尔斯——转身准备离开。

"叛徒！"布雷多克叫道，"那就滚吧。跟他们一起去白忙活吧。哪天你发现自己浑身重伤，躺在哪个黑漆漆的洞底等死的时候，但愿我今天这番话是你这辈子最后记得的东西。"

说着，他跨过下属的尸体，侧身挤过围观人群，大踏步走开。在波士顿街上，你永远不会离巡逻的英军太远，且布雷多克随时能叫来增援。我们决定低调，不让他们那么好找。他走后，我望向泥地里倒伏的一个个红衣军，心想，单就补充兵源而言，这个下午不能算成功。

市民如预料地给我们让开一条大道。我们一路匆忙赶回绿龙酒馆，身上溅满了泥水血点，查尔斯边跑边手忙脚乱地套上衣服。与此同时，约翰很想知道我对布雷多克的恨意从何而来。我告诉他船头那场屠杀，末了我说，"打那以后，事情就每况愈下。我们一起出征了几次，但每次行动都比上一次更让人心生不安。他杀个不停：不管敌人还是盟友，士兵还是平民，有罪还是清白——都不在乎。只要他断定谁是个障碍，他们就得死。他执拗地认为暴力是最有效率的解决办法。那成了他最信奉的手段。我彻底心寒了。"

"我们应该阻止他。"约翰回头看了一眼，好像马上要去践行这句话。

"我想你是对的……但我仍抱着愚笨的希望，他可能还有救，可能还说得通道理。我明白，我明白这很蠢……相信一个深陷杀欲的人会突然之间改变。"

真有这么蠢吗？我边走边想：毕竟，我不是变了吗？

1754年7月14日

一

在绿龙酒馆,足不出户便能打听到一切针对我们的不利传言,我的好伙伴托马斯又是个消息通。当然了,刺探军情对他不是什么苦差事:想捕捉密谋的蛛丝马迹,他只要啜着啤酒、竖起耳朵,顶多再使点计从别人嘴里套话就行了。他做起来驾轻就熟;这项长处也是我们亟须的。只因我们给自己树了敌:塞拉斯自不必说,最让人忧心忡忡的还是爱德华·布雷多克将军。

昨晚,我坐在卧房的书桌前写日记。一旁桌上搁着袖剑,长剑摆在手边,提防布雷多克随时可能发动的、无可避免的报复性打击。我知道往后这就是常态:睡不了安稳觉,武器永远放在触手可及的地方,时不时偷瞄自己身后,看每张陌生面孔都像潜在的敌人。想想就身心俱疲。但有得选吗?照斯莱特的意思,布雷多克已经摒弃了圣殿骑士团。他如今是一门失控的火炮,而唯一比失控的火炮更麻烦的,是这门炮后头还跟了一支大军。

我聊以自慰的是身边这个自己亲手遴选出的小团体。这一次酒馆里屋的再聚首,由于约翰·皮特凯恩的加盟,阵容更加强大,今后对两大劲敌均能形成更有力的震慑。

我走进房间,全体起身致意——连托马斯都站了起来,平日的醉态也消减了几分。依次望去:本杰明伤势恢复良好;约翰似乎摆脱了布雷多克军营生活的桎梏,一改最初心事重重的样子,整个人变得活泼;查尔斯继续担任英军军官,他唯恐被布雷多克召回,但凡没有托马斯在旁边让他产生优越感时,就满脸的愁容;而威廉手里捏着羽毛笔,站在小稿台前,这些日子他孜孜不倦地将护身符上的纹样和那本笔记的内容、自己的地图相互比较,却仍是百般迷惘,始终摸不到关键线索。对此我已经有了主意。

我示意众人落座,然后坐到他们中间。

"先生们,我自信找到了问题的答案。确切地说,是奥德修斯替我找到的。"

这位古希腊英雄的名字在伙伴间反响各异,威廉、查尔斯和本杰明皆会心点头,约翰和托马斯则多少有些茫然,托马斯是最缺乏自知之明的一个。

"奥德修斯?新人吗?"他打了个酒嗝。

"是位希腊传说英雄,你这呆瓜。"查尔斯一脸嫌恶。

"容我阐述计划,"我道,"我们先伪装成他们的人,潜入塞拉斯的要塞。等进到内部,再攻他们一个猝不及防:释放俘虏,杀掉奴隶贩子。"

我观察众人消化这条方案。托马斯又是头一个开口的。"狡猾,真狡猾，"他露齿一笑，"我喜欢。"

"那么开始吧，"我继续，"首先，我们需要找到一支押运队，收归己用……"

二

我和查尔斯站在屋顶俯瞰波士顿的一座广场。我们都穿了红色的制服。

我低头看自己那身。斯莱特的血迹还零星残留于褐色皮带上，白袜子那也有一块脏污，除此之外伪装很像样；查尔斯也是，不过他非得挑衣服的刺。

"我都忘记这一套穿在身上有多难受了。"

"难受恐怕也是必要的，"我说，"不然不够以假乱真。"

我望着他。好歹他不用再忍太久。"押运队应该很快就到，"我说，"听我信号发起进攻。"

"明白，先生，"查尔斯答。

下方广场上，一辆倾覆的马车堵住了去路，有两个人累得气喘吁吁，努力想把它翻回来。

或者我该说，装得气喘吁吁，其实没出一点力。因为那两人正是托马斯与本杰明。马车也是我们四个之前故意推倒的，策略性地选在了封锁路口的位置。不远处，铁匠铺投下的影子里等着约翰和威廉，他俩坐在倒扣的桶上，拉低帽檐挡住眼睛，装成一对歇工的铁匠，无所事事地看风景、消磨时间。

陷阱已经就绪。我把望远镜举到眼前，监视另一头通向广场的情形。总算出现了——九名红外套组成的押运小队朝我们过来了。其中一个驾着堆满干草的车,身旁坐的……

我调节着焦距。是个莫霍克女人——漂亮的莫霍克女人,尽管被链条缚住,面容却依然高傲而倔强,身体坐得笔直;反观一旁驾车的红外套,弓着背,嘴里叼了根细长的烟斗,同她形成了鲜明反差。我注意到她脸颊有一块淤青,居然心头涌起一阵愤怒,连我自己都觉得意外。不知他们何时抓的她,又是如何办到的。显然她奋力反抗过。

"先生,"查尔斯在我一旁提点,"是不是该给信号了?"

我清了清嗓子。"当然,查尔斯,"说着,我噘起手指低低地吹响口哨,继续望风。下方同伴们用手势交流着"准备好了",托马斯和本杰明依旧佯装处置马车。

我们等待,等待,直到红衣军挺进广场,发现被挡住了去路。

"见鬼,这是什么?"打头卫兵说。

"万分抱歉,长官们——咱们碰到了一点不可心的小事故,"托马斯边说边摊开两手,露出谄媚的笑容。

打头的红外套一听托马斯的口音,便丢下个鄙夷的眼神,他脸色发紫,但比不上身上制服鲜艳。

"处理掉——快点,"他厉声说,托马斯抬手到额发,恭顺地致了个礼,转身帮本杰明推车去了。

"是是,各位老爷,这就去,"他说。

我和查尔斯趴在上方关注着这一切。约翰和威廉坐着,脸藏在影子里,也在观看。红外套们既没有果断绕路,万幸更没有帮托马斯与本杰明一起把车扶正,只是袖手旁观。卫兵头子越等越光火,终于爆发了。

"喂,再搞不好,别怪我们碾着它过了。"

"请别这样,"我见托马斯向我们趴踞的屋顶瞟来一眼,又给端坐蓄势待发的威廉和约翰使了个眼色,两人手已经摸上剑柄,他说出了行动暗号:"我们就快好了。"

本杰明应声拔剑,一气呵成地刺穿了离他最近的士兵;卫兵头子还不及反应,托马斯也发动了,一把匕首从他袖口滑出,瞬间嵌进了对方眼窝。

与此同时,威廉与约翰冲出藏身地,三人继而倒在他们剑下。我和查尔斯从高处跃到地面,对离我俩最近的数名士兵发动了奇袭,解决四个。我们甚至没让他们有尊严地断气,因为担心衣物沾血,在他们一息尚存时就扒走了制服。没多久,我们将尸体拖去旁边的马厩,把栅门关上闩好,回到广场。六名红外套取代了九名。一支新押运队诞生了。

我环顾四周。方才行人就稀少,现在彻底走空了。我们完全不清楚谁目睹了这场伏击——是深恨英军、巴不得他们倒下的殖民地人民?还是皇家部队的支持者,这会儿已经直奔南门堡,警告塞拉斯此地出事了?总之时间不多,不能再耽搁。

我跳上驾驶席。莫霍克女人在镣铐允许的活动范围内,稍微坐远了一点,看向我的目光戒备而充满敌意。

"我们是来帮你的,"我尽力安抚她,"还有那些困在南门堡的人。"

"那把我放开。"她说。

我抱歉地告诉她:"现在还不行,要等我们混进去以后。我不能冒这个险,在大门口检查出岔子。"她回敬以厌恶的神色,仿佛在无声传达"就知道你会这么说"。

"我一定确保你安全,"我强调,"我保证。"甩动缰绳,马匹开始前进。伙伴们走在我左右。

"你对塞拉斯的军事力量了解多少?"我问莫霍克女人,"我们大概会碰到几号人？他们采取怎样的防御？"

可她一语不发。"你值得他们单独护送，对他一定很重要，"我尚未死心。她照旧不理不睬，"希望你能信任我们……不过我理解，警惕才是正常的。那请便吧。"她还是不言语，我意识到自己在白费口舌，决定闭嘴。

我们最终抵达要塞，一名卫兵走上前。"停车。"他说。

我一勒马缰，和我的红衣军减速停住。我视线越过她投向卫兵，压了压帽檐："晚上好，先生们。"

看出来了，哨兵没心情说笑。"报上事由，"他直截了当道，同时饶有兴致、色眯眯地朝莫霍克女人看个不停。她憎恶地盯了回去。

那一刻我思绪万千。初次踏足波士顿，我本想见识见识英国的治理为这片疆域带来了怎样的改变，我们政府对这里的人民产生了怎样的影响。可莫霍克原住民冷眼看透一切，所有变化都是往坏里走。我们道貌岸然地谈拯救这块土地，实际却在蹂躏它。

回过神，我指指女人。"给塞拉斯送来的，"我说。卫兵点头，舔了舔嘴唇，轻叩几下大门示意里面打开，我们得以缓缓通过。要塞内部很安静。我们所处的位置在城垛附近，低矮的深色石墙上，一排大炮齐刷刷对外，遥指波士顿尽头的大海，红外套肩扛火枪来回巡逻。他们害怕法军发起攻击，全神贯注于城墙外，马车驶过都没有看第二眼。我们尽量装得随意，停靠在一块避人耳目的空地上，我做的第一件事就是为她劈开镣铐。

"看吧？我答应过的，现在放开你。好了，如果你肯听我解释……"

她用实际行动表示了拒绝。她最后瞪了我一眼，从马车上跳下，消失在黑暗中。我定定地目送她远去，满腔心事未了；我还想向她澄清自己的行为,还想跟她多相处一会儿。

托马斯打算上去追,被我制止了。

"让她走吧。"我说。

"可她会出卖我们的。"他争道。

望着她片刻前呆过的地方——她已经成为一段追忆,一缕幽魂了。"不,她不会的。"说罢,我下车环伺,确认方方正正的场地内没有别人,便把大家叫到一起发布指令:悄悄放走俘虏,别被人发现。他们冷峻地点点头,各自忙活去了。

"塞拉斯怎么办?"本杰明问。

我想起那个在仓库初遇的男人,吃吃笑着离开,抛下本杰明任卡特宰割。还记得本杰明誓要取他人头。我又看了看身边的这位朋友。"干掉他。"我说。

众人溶入了夜色。我有心多关照一下自己的学徒查尔斯,只见他靠近一群红衣军攀谈起来;托马斯则成功地诳住了院落另一角的一拨守卫。威廉和约翰不紧不慢走向一栋建筑,分析下来那里最像关押原住民的囚笼,有一名卫兵始终挡在前面,不断巡视走动。再察看一圈,我满意地确认除他外的士兵尽数被查尔斯和托马斯拖住了,于是偷偷朝约翰竖起大拇指。他同威廉快速交流了一句,两人并肩走向卫兵。

"有何贵干?"卫兵的话音飘过院落,约翰一个抬膝,顶上了他的档部。他困兽般低低呜咽了一声,松开手中长矛,跪倒在地。约翰立刻顺到他腰间摸索,取出了一串钥匙,然后背对院落打开门,从外头的壁架抓下一支火把,消失在门内。

我四下打量,发现没人注意到此间的变故。城垛上的卫兵兢兢业业地眺望大海;墙内部队又都被查尔斯和托马斯转移了注意力。

回头看囚笼,约翰重新从门后出现,领着第一批俘虏准备离开。

忽然，城垛上有士兵目击了这一幕："嘿，那边的，你搞什么名堂呢？"他响亮地大喊，当即平举起火枪。我立刻往城垛疾奔，那红外套正要扣动扳机，我三步并两步跑上石阶扑向他，袖剑干净利落地洞穿了他的下巴。猛一蹲身，我让他的尸体从我背上翻过去，敏捷地从其下方空档穿出，直取第二个卫兵的心脏。第三人背对着我，枪口准星眼看套上了威廉，我的利刃重重挥向他腿的后部，趁他摔倒，朝后颈刺出致命一击。不远处的威廉抬手向我表示感谢，转而迎上另一名士兵。一个红外套倒在他挥舞的长剑底下，他被喷了一脸血，回身又和下一人作战。

不多时，所有卫兵都死了。然而外屋有一扇门突然打开，塞拉斯愠怒地出现在门内。"我要的只是安静一个小时，"他咆哮，"结果呢，发疯地吵吵吵，我才睡了不到十分钟。谁站出来解释一下——千万要拿点信得过的理由。"

他猛地收住脚步，急欲倾泻的愤怒被吞回口中，脸上褪尽了血色。偌大的空地上，到处躺着他属下的尸体。他忙扭头去看囚笼，只见大门洞开，原住民鱼贯而出，约翰还在那催他们快走。

塞拉斯抽出剑，身后涌现了增援。"怎么回事？"他尖利地嚣叫，"怎么会这样？珍贵的商品都放跑了。干出这种事情，不能忍！给我好好等着，我让他脑袋落地！但最要紧……最要紧先把闯的祸收拾了。"

他的属下纷纷披上外衣，往腰间别上长剑，装填好火枪。院落里除了几具新鲜尸体，原本空荡荡的，这会儿却涌入了复仇的大部队。塞拉斯完全失态，对他们呼来喝去，疯癫地挥手驱动士兵举起武器。稍微平之后，他下令："封锁要塞。谁敢跑一律杀掉。我不管是我们的人还是……他们。靠近大门就是死！都明白了吗？"

打斗持续着。查尔斯、托马斯、威廉、约翰和本杰明最大限度地利用了伪装，和他手下们一道移动。现场已演变为同室操戈，分不清穿同样军服的哪些是敌、哪些是友。手无寸铁的原住民躲起来等激战过去。就在这个当口，塞拉斯召集若干红衣军在要塞大门前排成一排。我等到了机会——塞拉斯在队伍一侧站定，呵斥着不准手下留情。很明显，只要他宝贵的"商品"不被放跑，只要他的傲慢不在其间被摧毁，塞拉斯其实不在乎让谁送命。

我对本杰明打了个手势，双双朝塞拉斯靠过去。他用余光瞥到了我们。有那么一会儿，他脸上浮现出迷惘，最终意识到：第一，我俩是闯入者；第二，他已无路可逃。因为我们挡住了他向下属求救的去路。而几乎在所有人看来，我们都像是一对忠心耿耿的贴身保镖，护着他不受伤害。

"你不认识我，"我对他说，"但相信你们二位很熟了……"我道，本杰明·丘奇上前一步。

"我向你保证过一件事，塞拉斯，"本杰明说，"如今打算实践诺言……"

几秒内一切就结束了。本杰明对塞拉斯比卡特对他仁慈得多。首领一死，要塞防御土崩瓦解，大门被打开。我们没有穷追不舍，幸存的红外套蜂拥离去。他们身后，莫霍克俘虏走了出来。我又见到那个女人。她没有独自逃命，而是和族人守在一起；她不止拥有美貌和勃勃的生气，而且悍勇十足。在她的协助下，部落成员从这座面目可憎的要塞悉数撤走。我们四目交汇，我发现自己被迷住了。她却已经走远。

1754年11月15日

一

天寒地冻。今天一早我们策马前往列克星敦,所过之处大地全为积雪所覆盖。这次是为了追寻我的……

"痴恋"或许言重了。那么就"心仪"吧:我的"心仪"对象,那马车上的莫霍克女人。我一心要找到她。

为什么?

如果查尔斯问起,我会说:这是因为我知道她精通英语,相信她可以成为我们在原住民部落内的得力联络人、帮忙找到先行者遗址。

如果查尔斯真的问为什么,这就是我会给的答案。至少一部分是实话。

总之查尔斯与我上路了。去列克星敦途中,他忽然开口道:"我可能带来了坏消息,先生。"

"什么坏消息，查尔斯？"

"布雷多克勒令我回部队。我求过情，但一点用也没有。"他难过地说。

"他肯定仍在为失去约翰而大为光火——更不用说我们还狠狠羞辱了他一番，"我沉吟道，并好奇如果历史重演，当时那个机会下，自己会不会结果了他，"照他说的做吧。这段时间我会想办法把你弄出来。"

怎么做呢？我不知道。不管怎样，有个时期我可以依靠雷金纳德一封古板的亲笔信去让布雷多克改变主意，但显然现在的布雷多克和我们在理念上早已分道扬镳。

"抱歉让你操心了。"查尔斯说。

"不是你的错。"我回答。

我会想念他的。远的不说，就说为我查探那名神秘女子的下落，他也是不辞辛劳。据他交代，出了波士顿城之后，她好像在列克星敦给布雷多克领导的英军找了不少麻烦。任谁看到她族人被塞拉斯掳作囚犯之后的惨状，也不能怪她这么干。就这样我们来到了列克星敦——来到一个刚被撤空的狩猎营地。

"她就在不远。"查尔斯告诉我。是想太多吗，还是我的脉搏跳得快了点儿？很久没有女人能让我产生这种感觉了。生命中大部分时间，我不是在研究学问就是四处奔波，至于床笫之欢，没有一个是认真的：女侍应，地主的女儿，服役冷溪近卫团期间偶尔的洗衣女工——那些人提供过舒惬和慰藉，在身体和别的方面，只是没有一个称得上特别。

而这个女人：我在她眸中看到某些东西，仿佛她拥有和我相似的内心——另一位孤独者，另一名战士，另一个用疲惫双眼看待世界的、伤痕累累的灵魂。

我勘察起营地。"火堆刚扑灭，雪是新踩过的，"我抬起头，"她人就在附近。"

我翻身下马。见查尔斯打算效法，我制止了他。

"查尔斯，你最好回布雷多克那儿，迟了他会起疑心的。到这里我自己就能应付了。"

他点点头，掉转马头。我望着一人一马远去，把视线重新转向雪地，脑中在想遣走他的真正原因。我自己心知肚明。

二

我蹑手蹑脚穿梭于树木间。雪又开始下，森林出奇的静，只有我自己的呼吸声，还有面前呵出的一团团白雾。我悄然行进，没多久就发现了她：她的背影。她跪在雪地里检视一处陷阱，火枪倚在树上。我渐渐靠上去，脚步尽可能地放轻，却看见她浑身一紧。

她听到了。她真厉害。

下个瞬间，她就地一滚来到树边，抄起火枪，回头瞥一眼，拔腿就跑进了林子。

我在她身后追赶。"请不要再跑了，"我喊，积雪覆盖的林地在我们身侧飞速退行，"我只想告诉你。我不是敌人。"

她继续跑。我轻捷地涉雪追赶，脚下如履平地。可她比我更快，紧接着干脆避开难走的深雪，窜上了树，看准时机在树枝间腾跃。

最后，我被她带到的林子深处。若非她运气不好，这时已经逃走了。可她叫树根绊了一下，失去平衡摔倒在地。我立刻赶了上去。我没有发难，也不拉她起来，而是举起一只手，喘着粗气一字一句地说："我。海瑟姆。我。为。和平。来。"

她看我的眼神仿佛一个字都没听明白似的。我有些急了，莫非我对她在马车上的印象是错的，难道她一点也不懂英语？

直到她忽然回了句："你脑子撞坏了？"

十分流利的英语。

"哦……抱歉……"

她厌恶地摇了摇头。

"你想怎样？"

"呃，想知道你的名字，这是其一，"我肩头一起一伏，最后慢慢缓过气来，冰寒刺骨的环境里，我的呼吸凝成了汽雾。

她有片刻举棋不定——我观察到犹疑掠过她的脸庞——末了说："我叫卡尼耶蒂依欧。"

"叫我齐欧就可以，"见我试着念了一下，没能复述出来，她说，"现在告诉我你为什么来这里。"

我手伸向脖子，摘下护身符给她看。"你知道这是什么吗？"

毫无预兆地，她抓住了我的胳膊。"你也有一个？"她问，把我搞糊涂了，直到我弄明白她没在看护身符，而是指我的袖剑。我凝注着她，难以描摹自己混杂的奇妙情绪——有自豪，有倾慕，还有见她不小心弹出了剑之后那种划过心头的悸惧。值得称道的是她完全没瑟缩，只是抬起头，一双棕色的大眼睛望着我："我发现了你的小秘密。"我感觉自己陷得更深了。

我报以微笑，心中发虚但强装自信，又举起护身符扯回话题。

"这个，"我晃了晃它，"你知道是什么吗？"

她将它拿在手里端详。"你是从哪儿弄来的？"

"一个老朋友那里。"说着我想起米科，默默为他祷告。我不知道，待在这里的是否应该是他而不是我——该是个刺客而不是圣殿？

"我只在一个地方见过这种纹样。"她说,我霎时一阵激动。

"在哪?"

"这……是禁止说出去的。"

我挨着她,望进她的双眼,希望能靠坚定的信念来说服她:"我救了你的族人。在你看来这什么也说明不了吗?"她却不置可否。

"你看,"我劝道,"我不是敌人。"

也许她想起了我们在要塞是如何冒着危险,从塞拉斯手中解救了她那么多同胞的。又也许——只是也许——她在我身上看到了和她气味相投的地方。

无论哪一种,她终于点点头,答道:"这附近有座山。山上长着一棵巨树。跟我来,我们会证明你是否在说真话。"

三

她领我爬上山坡,指着我们下方的一个小镇,据她说叫康科德。

"镇上充斥的红衣军想把我们族人驱逐出这片土地。他们的领导者被大家喊作'斗牛犬'。"她说道。

我一下反应过来:"爱德华·布雷多克……"

她诘问我:"你认识他?"

"我跟他不是朋友。"我从未如此真诚地对一个人保证。

"因为有这种人,每天我们都在失去更多的同胞。"她忿恨道。

"那我建议制止他——我们一起。"

她使劲盯着我,目光中有疑虑,但我也看到了希冀。"你怎么打算?"

我彻底明白了必须做的一件事情。

"我们得杀了爱德华·布雷多克。"

我慢慢消化这个念头,最后补充:"但首先,得找到他。"

我俩下了山,相伴前往康科德。

"我不信任你。"她直言不讳。

"我知道。"

"可你留了下来。"

"这样可以证明你是错的。"

"你办不到。"她牙关咬得紧紧的,笃信自己的立场。想打动这个充满魅力的神秘女人,我还有很长的路要走。

来到镇上的酒馆跟前,我拦住了她。"等在这里,"我说,"一个莫霍克女人容易招来怀疑——何况你还带着枪。"

她摇了摇头,反而拉上兜帽。"我在你们之间走动早就不是第一次了,"她道,"我知道怎么应对。"

希望如此吧,我无奈地想。

我俩走了进去,眼前一群布雷多克的士兵不要命地喝酒,托马斯·希基如果在场恐怕都会叹为观止。我们穿插走动着偷听对话,挖出了布雷多克谋划远征的消息。英军打算征召莫霍克人往更北的地方开进,抗击法军。我觉察到,就连他们貌似都惧怕布雷多克,句句不离地描述他狠起来是多么蛇蝎心肠、哪怕军官也人人自危。其间我偷听到一个名字,乔治·华盛顿。一对窃窃私语的红外套聊起他是唯一够胆量质疑将军的人。我挪向酒馆后部,找到了乔治·华盛顿的本尊;他正和另一名军官坐在角落桌,我往他们身旁闲晃,探听两人说些什么。

"告诉我你带来的是好消息。"一个人说。

"布雷多克拒绝了和谈提议,不休战了,"另一个说,"该死。"

"为什么，乔治？他给的什么理由？"

他称呼乔治的那个——我推测就是乔治·华盛顿了——回答，"外交的解决手段根本不算手段。现在放任法军撤退充其量是拖延，冲突早晚躲不掉——而这场冲突中，他们目前居于上风。"

"不情愿也得承认，这番话有它在理的地方。只不过……你不觉得这么出兵太轻率了吗？"

"我也不接受他的论调。我们离家千里，兵力分散。更糟的是，我担心布雷多克个人的嗜血让他对人命漫不经心，进而将士兵置于险境。我可不想向母亲们和遗孀们报丧，就因为'斗牛犬'要证明自己的正确性。"

"将军现在在哪儿？"

"招揽人手。"

"我猜接下来是要往杜肯堡进发了？"

"最终会的。当然，向北行军还需要时间。"

"至少这一切很快就会结束的……"

"约翰，我尽力了。"

"我知道，朋友。我知道……"

布雷多克暂时离开去整顿旗鼓了，我在酒馆外告知齐欧。"他们将向杜肯堡进军。准备还需要些时间。正好给了我们制订计划的余裕。"

"不需要，"她说，"我们就在河边伏击他。你去找你的盟友，我找我的。什么时候可以出击了，我捎信给你。"

1755年7月8日

自打齐欧叫我等她的消息,已经过了快八个月,但这一天最后还是来临了。我们长途跋涉往俄亥俄地区,英军计划在那里对法军要塞发起总攻。布雷多克的远征队志在攻陷杜肯堡。

这段日子我们都很忙碌,最忙不过齐欧,久别重逢,我发现她集结了好几支作战力量,多是原住民。

"这些人来自各个不同部族——本着撵走布雷多克的强烈愿望团结在一起,"她说,"阿布纳基人、莱纳佩人、肖尼人。"

"你呢?"随着她一一介绍过来,我问,"你代表谁?"

一丝浅淡的笑容:"我自己。"

"你要我做什么?"最后我道。

"你得帮他们准备起来……"

我叫上我的人开始忙活,和原住民们一块建造路障,又在一辆马车上堆满火药,制造出炸雷陷阱。最后一切停当,我不由地笑开了,对齐欧说:"我已经等不及要看陷阱炸响那刻,布雷多克脸上的表情了。"

她疑虑重重地看着我:"你觉得这很有趣?"

"是你要我帮忙杀人的。"

"我不会感到一丝愉悦。他是被牺牲的——为了这片土地和在上面生活的人民能获得生存的机会。你是什么动机?过去的罪行?一场背叛?或纯粹是狩猎的刺激?"

我平静下来:"你误会我了。"

她指向树丛空隙,下方流淌着莫农加希拉河。

"布雷多克的人很快就会出现在这里,"她说,"该为他们的抵达而准备欢迎仪式了。"

1755年7月9日

一

马背上的一个莫霍克族的侦察兵正快速地说着一些我听不懂的话，但看到他回头指向通往莫农加希拉的那条山谷。我猜测他在说布雷多克的人正在越河而来，很快就会与我们交锋。他转身离开去通知已埋伏好的族人，齐欧则伏在我身旁，再次确认起我已得到的信息。

"他们来了。"她简单地提醒。

我正偷偷地享受着在我们藏身的地点能躺在她身边，能和她如此接近。所以当我从灌木丛边缘看出去的时候，我心里带着一定程度的不舍，我看到一个团的士兵从山脚处的树林中现身。与此同时我也听到了一阵响动：那从远处传来的如雷的响动，预示着即将出现的不是一支小巡逻队，也不是侦察队，而是一整支布雷多克的军团。首先出现的是骑马的军官，接着是鼓手和军乐手，然后是军队，最后是搬运工人和看管着行李的随军人员。整个队伍一直延伸到了视线所不能及的地方。

走在军队前方的就是布雷多克将军,他骑在马上,随着马匹前进的脚步轻缓地颤动,呼吸凝结成雾团出现在他身前,而乔治·华盛顿就陪伴在他身侧。

在军官身后的鼓手始终保持着平稳的鼓点演奏,对此我们可谓感激不尽,因为树林后就是法军和印第安人狙击手。高地之上,一群人正匍匐在地,任凭树林灌木遮挡住他们的行踪,等待着攻击的信号:一百多人正在等待着伏击的奇袭;一百多人正在屏息等待着,突然,布雷多克将军举起他的手,走在他另一边的一名军官立刻高声号令起来,鼓手停下了敲击,整支队伍都停止行进,只余马匹的嘶鸣和喷气,马蹄刨挖着冰雪覆盖的、冻结的大地,整支队伍渐渐开始变得悄然无声。

一股诡异的安静充斥于队伍之中,正在陷阱处等待的我们大气也不得喘,我敢肯定我方全部的男女都像我一样在担忧自己是否已经暴露了。

乔治·华盛顿看了看布雷多克,然后再看了看身后队伍中的其他人,军官,士兵,随扈都眼含期待地站在里面,接着他又看向了布雷多克。

他清了清嗓子。

"一切还好吧,长官?"他问道。

布雷多克深吸了一口气。"我只是在享受这一刻的感觉罢了。"他答道,接着又深吸了一口气补充道:"显然很多人会好奇,为什么我们会如此向西部这边进发。这里全是荒野之地,既未开化也未开发。但是这里不会永远如此。随着时间流逝,我们的资源会越发短缺,而且这个时刻的到来会快得远超你的想象。我们必须确保我们的人民有足够的空间去生存，去进一步地繁衍生息。这也就意味着我们需要更多的土地。法国人对此也十分清楚——并且他们也在竭力避免这种势头的发展。他们围绕着我们的领地——建立自己的堡垒，培植自己的势力——等待着有一天用他们做的绞绳来逼死我们。我们决不能让他们得逞。我们必须砍断那条绳索，逼退他们。这就是我们来这里的原因。为了来这里给他们最后一个机会：法国人要么选择离开，要么选择死。"

齐欧在我身旁看了我一眼，我能从她脸上读出，她是何等地想要刺破布雷多克那傲慢自负的劲头。

不出所料。"是时候攻击了。"她耳语般低声说道。

"等等。"我答道。待到转头，我发现她正盯着我，我们的面庞近到只有寸许。"只是扰乱队伍是不够的。我们必须确定布雷多克完全溃败。不然他肯定会卷土重来。"

我的意思是杀死他，现在就是下手进攻的最好时机。我脑中飞快地转动起来，接着，我指向从大部队中分离出来的一小支侦察队说道，"我会假扮成他们中的一员，混到他身边。你们的埋伏将为我的致命攻击提供完美的掩护。"

我跑下高地，冲向下方，悄悄靠近侦察队。我无声地放出袖剑，一下捅进离我最近的士兵的脖子里，在他落地之前就解起了他的外套。

大部队现在离我大概三百码左右，已经开始伴随着如雷的轰鸣声继续前进起来，鼓点再次响起，而印第安人们利用这突来的噪音作为掩护向树林间移动，准备伏击。

我骑上侦察兵的马，花了一点功夫安抚这个躁动不安的畜生，等到它习惯我之后，再驾着它穿过一个小斜坡加入大部队。一名同样在马背上的军官注意到我后,便命令我尽快回到自己的位置,于是我向他致歉之后,便驾马小跑着朝队伍前方走去,穿过行李车队和随军人员,穿过行进中的士兵们,他们对我报以厌恶的眼神,在我身后议论纷纷,我穿过乐队,到最后我差不多与大部队前方持平。现在我已经离他很近了,但也最容易受到攻击。我已经近到可以听到布雷多克跟他的一名部下之间的谈话——他的直属亲信中的一员,他的雇佣兵队里的人。

"法军已经意识到了他们的脆弱无能。"他正说道。"因此他们才会和这些栖息在丛林中的野人联手。他们跟动物无异,睡在树上,收集头皮,甚至吃掉他们的同族。慈悲对于他们来说太过仁慈。一个都不能放过。"

我不知道自己是否该笑出声来。"吃掉他们的同族"。没人相信这种事情的,不是吗?

那个军官似乎也跟我想的一样。"但是,长官。"他驳斥道,"这些不过是坊间故事罢了。我认识的原住民从来不做这类事情。"

在马鞍上,布雷多克转头看向他。"你这是在指责我是个骗子?"他咆哮起来。

"我失言了,长官。"那名军官颤抖地答道,"我很抱歉。真心诚意,我十分感谢能让我在军中服役。"

"你的意思应该是在军中服役过。"布雷多克吼道。

"长官?"那个男人惊恐地开口。

"你的确应该感激你'在军中服役过',"布雷多克边重复着,边抽出枪击毙了那个人。军官从马背上,摔了下来,脸上开了一个血红的大洞,他的身体重重地摔在了干燥的林地上。这时,枪声惊起林间一阵飞鸟骚动,整个队伍停下行进,众人纷纷或举起枪支架在肩上,或拿出武器，他们都认为他们遇袭了。

好一会儿他们都处于高度警戒的状态，直到有人下令解除警戒，而后信息反馈过来，人们用压低了的声音相互传话道：将军刚刚枪毙了一名军官。

我在队伍前方的位置已经近到可以看清乔治·华盛顿震惊的反应，而只有他有勇气挺身直面布雷多克。

"将军！"

布雷多克转向他，也许有那么一刻，华盛顿想知道他是否也会受到同样的处置。直到布雷多克如雷的声音响起，"我绝不会容忍那些质疑我的命令的人。也不会去同情敌方。我没时间来应付那些不服从命令的人。"

乔治·华盛顿继续勇敢地反驳着，"没有人说他没错，长官，只是……"

"他为他的背叛付出了应有的代价，就像所有的叛徒都必须付出代价。如果我们获得了对法军战役的胜利……不，当我们获胜时……你就会明白，能取得胜利是因为像你们这样的人服从了像我这样的人——而且是毫不犹豫的。我们的队伍必须绝对服从命令，而且拥有明确的指挥系统。领导者与跟随者。如果没有这样的组织结构就不可能会获得胜利。我说得够清楚了吧？"

华盛顿点了点头，但却很快转开了头，将真实的情绪隐藏于自己内心，在大部队再次开始前进时，他借口去别处忙碌而从队伍前方离开了。我见时机来临，便策马跟在布雷多克身后，保持在他身侧后面一点，稍微居后，以防他看见我。还不到出手的时机。

我忍耐着，等待着时机降临，直到突然从后方传来一片骚动，布雷多克另一边的一位军官立刻从队伍中离开，前去查看，队伍的前方便只剩下了我们。我和布雷多克将军。

我拔出我的枪。

"爱德华。"我开口道,我默默地享受着他在马鞍上转过头来目光看向我的刹那,他先是看向我的枪管,接着才是我。他张开了嘴,我并不确定他要做什么——也许是想呼救——不过我不会给他这个机会的。他现在已无路可逃了。

"被另一杆枪指着的滋味不好受吧,不是吗?"我边说,边扣紧了扳机。

就在这千钧一发之际,大部队受到了袭击——该死,陷阱触发得太快了——我的马首当其冲,受到了惊吓,而且我的子弹也射偏了。布雷多克眼中闪过一丝希望和得胜的喜悦,这时突然间,一个法军士兵冲向我们,从我们头顶上方的树上也射来了弓箭。布雷多克拉起马缰,一声大喝,闪电般冲向了树林边缘,而我则坐在马背上,手中还握着还未重新上膛的枪,因为这突来的事态转变无所适从。

犹豫几乎要了我的命。我发现那个法军士兵就在我面前——蓝色的上衣,红色马裤——他挥舞着剑直奔我而来。已经来不及放出袖剑了。亦来不及拔出我的佩剑。

然后,那个法军士兵很快从他的马鞍上腾空而起,如同被人用一条绳子扯住了一般,他的头颅一侧爆开一条红色的血雾。同一时刻我听到了枪声,循声而去,我看到在他身后的马背上是我的朋友,查尔斯·李。

我点头表示感谢,但是更为深切的感谢只能之后再来表示,这时我看到布雷多克消失在了树林间,他的脚发狠地踢着马肚子,迅速回头看了一眼身后,他看到我正要策马追赶他。

二

我大喝一声,策马跟上布雷多克冲进树林,一路冲过从山上冲向大部队的印第安人和法军。在我前方,箭矢如雨射向布雷多克,但是没有一支命中目标。现在我们之前设置的陷阱终于发挥作用了。我看到一辆载满火药的货车冲出树林,冲散了一支步枪兵队,并且爆炸开来,让一群失去骑士的马匹四散逃离大部队,这时在我的头顶上方,原住民则趁机解决掉了那些惊慌失措的士兵。

让人沮丧的是,布雷多克一直保持在我前方,直到他的马再也无法战胜地形之苦,高高扬起马蹄,将他从马背上摔了下来。

布雷多克痛叫着在泥泞里滚了几圈,他迅速摸向他的枪,结果还是决定放弃这个想法,爬起身来开始逃命。对我来说,追上他易如反掌,于是我策马上前。

"我从来不认为你是个懦夫,爱德华,"我边说边举枪靠近他。

他停下脚步,转身面对我的敌视。他的眼神里满是自负,同时也有我熟悉的轻蔑。

"那就放马过来。"他冷笑道。

我骑马靠近,却在这时突然听到一声枪响,我身下的坐骑应声倒地死去,而我则摔在了林地上。

"如此自负。"我听布雷多克说道。"我一直都知道这会是你的下场。"

站到我身旁那个人是乔治·华盛顿,此刻他正举着滑膛枪瞄准了我。我瞬间有了一种喜忧参半的感觉,唯一可感安慰的是最后结果我的将是华盛顿,至少他还有点良心,而不是那个已经泯灭良知的布雷多克来取走我的性命,我闭上眼,静待死亡来临。我后悔没有见到父亲的仇人被绳之以法，而且我已经如此地接近于发现先行者们的秘密，却没能进入那座秘密的神庙，还有我还希望能亲眼看到我的组织将根系遍布世界各地，最后我也没能改变世界，但至少我改变了我自己。我从来就不是什么好人，但我曾努力尝试让自己变得更优秀。

但那致命的枪声却始终没有响起。当我睁开眼时，我看见华盛顿已经被从马背上击落，而布雷多克正惊惧地在一旁看着，他的伙伴正在地上与一道身影扭打在一起，我立刻认出那道身影是齐欧，她不仅趁华盛顿不备击倒了他，并且缴了他的械，用匕首架在了他的喉咙上。布雷多克趁机逃跑，我踉跄着站了起来，追在他后面，我越过齐欧牢牢压制住华盛顿的空地。

"快追。"她大喊道。"一定要在他逃掉前抓住他。"

我犹豫了起来，一来是因为我不放心留她一个人面对华盛顿，二来我很清楚更多的敌军就要过来了，但当我看见她用匕首的把手部分用力敲打他，直至他双眼翻白，陷入昏迷时，我就确定她一定能保护好自己。于是我再次拔腿追向布雷多克，只是这次我们两人都在用脚奔跑。他掏出他的枪，猛冲到一株大树的树干后面，举起手臂瞄准。我停下脚步，在他开火时就地一滚，接着我便听见子弹毫无威胁地射到了位于我左侧的一棵树上，我跳起身继续追了起来。他已经拔腿跑了起来，试图甩开我，但我要比他年轻三十岁；也不像他那样在过去二十年的军队管理生活中慢慢变胖，甚至我都还没开始流汗他的速度就已经变慢。他回头看向身后，这时他的脚下绊了一下，震落了他的帽子，差点被突出地面的树根绊倒。

我放慢速度，任他稳住身子继续逃命，我再追在后面，几乎都不需要跑了。在我们身后，枪林弹雨之声，凄厉嚎叫之声，人畜痛嚎之声都渐渐模糊远去。森林似乎隔离掉了战场的喧扰，回荡的只剩下了布雷多克不规律的呼吸，还有踩在柔软的森林地面上的沉重脚步声。又一次，他回头看向我——看着我几乎也没在追跑，最后，他终于停下了奔逃，精疲力尽地跪倒在地。

我轻弹手指，放出袖剑，走到他身边。他的肩随着呼吸上下抖动，他说道，"为什么，海瑟姆？"

"你的死将打开一扇新大门；这无关个人情绪。"我答道。

袖剑插进他的身体，我看着鲜血争先恐后地从剑刃周围冒出来，他的躯体因为这个刺击而发出了濒死前的颤动和抽搐。"好吧，应该说还是有一些个人的因素，"我一边将快要死去的他放到地面上，一边说。"毕竟你还是我的眼中钉，肉中刺。"

"但我们曾是手足相连的兄弟，"他回道。死亡向他招手之际，他的眼皮剧烈颤抖起来。

"或许曾经是。但现在已经也不再是了。你以为我已经忘了你曾经的所作所为？你不假思索地残忍杀害了那些无辜的人，所为何因？无止境的杀戮之心并不能带来和平。"

他努力集中涣散的视线看着我。"你错了，"突然迸发的力量让他情绪激动地喊了起来。"如果我们能更确实，频繁地运用手中的剑，这个世界可以少去很多麻烦。"

我低头思考。"在现在这种情况下，我同意你的说法。"我说道。

我拿起他的手，拔掉了他佩戴的有骑士团纹饰戒指。

"永别了，爱德华，"我说罢便站起身，静待他死去。

这时，我却听到一队士兵正往这边赶来的声响，而且我注意到我已经没有时间逃离。我并没有逃跑，而是蹲下身子，把自己藏在一株倒地的大树树干下面，突然我的视线对上了布雷多克的。他把头转向了我，眼神闪烁，我知道他如果能的话，一定会暴露我的藏身位置。

慢慢地,他伸长了手,在那些士兵赶到时用弯曲的手指指向我的方向。

该死。我早应该给他致命一击的。

我看到士兵们的靴子出现在空地上,我急切地想知道战事如何,这时我看到华盛顿挤开一队士兵冲向前来,跪在他将要死去的将军身边。

布雷多克的眼珠仍在颤动。他的嘴正努力张开试图说出只字片语——说出我就在这里。我定下神来,数着那些脚的数目:至少有六七个人。我能把他们全部放倒吗?

但我很快发现,布雷多克想告知他的手下我在场的意图被他们无视了。相反,华盛顿把头放到他的胸口,听了听,然后宣布道,"他还活着。"

那些人抬走了布雷多克,而躲在树干下的我只能闭上眼,在心里狠狠地咒骂着。

之后,我返回齐欧那边。"一切都结束了。"我如此告诉她。她点了点头。

"我已经履行了我的约定,我希望你也能如实遵守你的部分?"我补充了一句。

她又点了点头,令我跟着她,骑马离开。

1755年7月10日

我们彻夜赶路,最后她停下马匹,指着我们前方的一个土丘。它简直就像是凭空从树林里冒出来的一样。我不禁疑惑如果我只身前来的话是否能够发现它。我的心跳在加速,喉中不自觉地开始吞咽起来,不知道是不是我的错觉,我突然觉得挂在脖子上的护身符开始变沉,变得温暖。

我看了她一眼,然后走到入口处,滑身入内,直到最后我发现自己身处在一个有着一排陶器的小房间。一圈象形文字环绕着房间,指向墙上的一处凹槽。一个护身符形状的凹槽。

我走上前,摘下脖子上的护身符,兴奋地看到它在掌中微微地泛起了光芒。我看向齐欧,她惊讶得目瞪口呆,瞪大的褐色眼瞳中甚至还带着些许恐惧,我的眼睛已经适应了黑暗,于是我试着慢慢靠近那处凹槽,这时我注意到墙上绘有两个人形的图腾屈膝跪在图案面前,向着它举起双手,如同献祭。

护身符发出的光芒似乎越发强烈了,就好像物件本身也在期待着能与密室的内壁重新契合。它有多古老了?我思忖着。距护身符被从这岩石之中凿制出来已过去多少年月了?

我意识到自己一直在屏着呼吸,于是快速地呼了口气,然后上前一步,将护身符按进了墙上的凹陷处。

什么都没发生。

我又看向了齐欧。然后视线再从她移向护身符,此时护身符上原本的光芒开始消退,像是在折射着我逐渐挫败的期望。我艰难地嚅动着嘴唇,试着说出只字片语。"不……"

我拿开护身符又试了一次,依旧什么也没发生。

"你看起来很失望。"她的声音在我身旁响起。

"我以为我拿着的是钥匙。"我开口回答,并惊愕于听到我话语中如此沉重的挫败感与失望。"这应该可以开启这里的什么东西……"

她耸了耸肩。"这间石室就是这里的一切了。"

"我期望的……"

我原本期望的是什么?

"……更多。"

"这些图案,都是什么意思?"我试着用提问来让自己打起精神。

齐欧走到墙跟前凝视着它们。她的视线似乎被一幅特别的图所吸引。那是一位戴着繁复的古代头饰的男神或者女神。

"它讲的是佑提吉松的故事。"她专注地说着。"她降临我们的世界,使之成形,于是生命得以出现。她经历了艰苦的旅程,伴随着无数的失落与巨大的危险。但她一直相信她子女们的潜力,坚信他们能够成就伟业,虽然她早已离开物质世界,她的眼睛依旧垂怜着我们,她的耳朵依然能听到我们,她的手依然引导着我们。她的爱依旧给予我们力量。"

"你真的帮了我很大的忙,齐欧。谢谢你。"

当她凝望我的时候,面柔如水。

"我很遗憾你没找到你一直在找的东西。"

我轻轻拉起她的手。"我得走了。"我嘴上这么说着,但心里却完全不想离开,最后她拉住了我要走的脚步;她轻靠过来,吻了我。

1755年7月13日

"海瑟姆大人,你找到了吗?"

这是当我踏进绿龙酒馆我们的房间时,查尔斯对我说的第一句话。我的同伴们齐聚一堂,眼含期待地看着我,在我摇头时则全部露出沮丧的神情。

"地点不对。"我强调着。"恐怕那个神庙只是个有壁画的洞穴罢了。不过,那里确实有先行者的图像和痕迹,这就意味着我们离找到真正的遗迹已经很近了。我们必须加倍努力,扩张骑士团的势力,在这里建立永久的基地。"我继续说道。"尽管我们还未能得知遗迹的所在,但我坚信我们肯定会找到它。"

"说得好!"约翰·皮特凯恩说道。

"没错,没错!"本杰明·丘齐附应着。

"此外,我相信是时候欢迎查尔斯加入了。他已经证明了自己是一位忠诚的门徒——从他跟随我们左右之后一直不负所托。你理应分享我们的知识,以及这份馈赠所带来的恩赐,查尔斯。有人对此有异议吗?"

在场的人一片沉默,仅用赞许的眼神看着查尔斯。

"很好。"我继续说道。"查尔斯,来这边,站好。"在他走进时我开口道。"你发誓谨遵我们骑士团的律法,并支持我们的一切立场吗?"

"我发誓。"

"绝不公开我们的秘密,绝不泄露我们神圣工作的本质吗?"

"我发誓。"

"而且至死不渝——不管付出何种代价?"

"我发誓。"

这个男人身躯站得笔直。"那么欢迎你加入我等,兄弟。我们将携手迎来新世界的曙光,一个由意志与秩序所界定的世界。伸出你的手。"

我拿出从布雷多克手上拔下的戒指,戴上查尔斯的手指。

我看着他宣布。"现在,你是一位圣殿骑士了。"

对于我的宣言他报以灿烂的笑容。"愿认知之父指引我们,"所有人与我一起吟诵道。我们的队伍已然圆满了。

1755年8月1日

我爱她吗？

这个问题我难以回答。我所知道的是我极为享受并珍惜与她一起度过的所有时光。

她是如此的……与众不同。她身上有一种我之前从未在别的女性身上经历过的特质。我之前所提到过的"精神"，从她的几乎每一句言辞，每一个动作中散发出来，我为她眼中仿佛永不熄灭的光芒所倾倒，我想知道。她身上到底发生了什么事情？她到底在想什么？

我觉得她是爱我的。应该这么说，我想她爱我，但她也很像我。她的身上还隐藏着太多的秘密。而且，就像我，我知道她很清楚只有爱是不够的，我们无法舍弃各自的过往在一起生活，不管是在山林中还是在英格兰，在我们俩人和我们未来的生活之间横跨着无数的阻碍。头一个阻碍，就是她的部落，她绝不可能将她以往的生活抛诸脑后。她决心和她的族人在一起，并保护着他们生活居住的土地——那片他们觉得正在饱受我这样的人的威胁的土地。

同样的,我对于我的同僚也负有重任。我的骑士团的信条是否与她的部落的理念一致?我不能肯定。如果要我在齐欧与我从小到大所坚信的理念之中二选一时,我会选择哪一个?

这些念头在过去几周里一直不断地折磨着我,这使我更为珍惜起这仿佛偷来一般珍贵的与齐欧相处的分分秒秒。我渴望知道我到底应该怎么办。

1755年8月4日

我已无从选择,一切皆因为这个早晨,我们来了一位访客。

我们在离莱克星敦五里左右的地方扎营住了下来,在那里我们没有看到任何人——任何活着的人——一连好几周。当然,在我看到他之前便已听到了他的声音。或者我该说我听到了他引起的骚动:不远处群鸟拍动着翅膀飞离树林。我知道,没有哪个莫霍克人会像这般惊动鸟群,这也就是说来者是其他人:一个殖民地民众,一个爱国者,一名英军士兵;甚至有可能是一个迷失方向的法军侦察兵。

齐欧大约一个钟头前已经离开帐篷去狩猎了。不过,我知道她绝对已经从群鸟的惊动中看出了什么;她应该已经拿好她的滑膛枪了。

我动作迅速地爬上一棵树,梭巡起我们周围的这片区域。那里,就在不远处——他就在那里,独自一人的骑士骑马慢步穿过森林走来。他的滑膛枪斜挎在肩背。他戴着一顶三角帽,身着深色的穿扣整齐的外套;并非军人的制服。他拉缰勒马,停了下来,我看见他摸向自己的背包，拿出望远镜架在眼前。我看到他将望远镜的角度调向上方，树冠的上方。

为什么是看向上方？聪明的小伙子。他正在寻找那股显而易见的轻烟，对比起晴朗湛蓝的清晨的天空，显得格外醒目。我向下看向我们的营火，那烟雾此时正袅袅攀升直向天际，随即我又看向骑士，看到他将望远镜移向天际，简直就像……

没错。简直就像他已经将勘查区域分割成块，现在正一块一块有条不紊地检视，这完全就是……

我的做法。或是我的弟子的做法。

我稍稍松了口气。此人是我的同僚之一——从他的行动模式和衣着打扮上来看，应该是查尔斯。我看到他注意到了营火发出的烟雾，他将望远镜放回背包，骑向营地方向。现在他已经离得很近了，我看到了他确实是查尔斯，于是我爬下树走向帐篷，心里想着齐欧。

回到地面后，我便试着用查尔斯的视角四处查看起来：营火，两个铁罐，系于两棵树之间的一块大帆布，在帆布下面是我和齐欧晚上裹身保温用的兽皮。我赶忙拉下帆布，盖住兽皮，接着再蹲在营火边收拾起铁罐。片刻之后，他骑马走到了空地上。

"你好，查尔斯。"我并未回头看他，已先行开口说道。

"你知道是我？"

"我看到你充分发挥了你训练的成果：这让我印象深刻。"

"我受到的是最好的训练。"他说道。我听到了他声音中的愉悦之情，待我抬头时，我看他正低头看着我。

"我们都很想你，海瑟姆大人。"他说道。

我点了点头。"我也很想你们。"

他的眉毛高高挑起。"真的？你知道我们在哪里。"

我将木棍伸进火中挑拨，然后看着火焰尖端燃烧发红。"我想知道我不在时你们是否能够独当一面。"

他抿住嘴唇点了点头。"我想你应该知道我们做得到。你离开的真正原因是什么，海瑟姆？"

我的视线从火中离开，抬头看向他，眼含锋利。"你觉得应该是什么原因，查尔斯？"

"也许你很享受与你的印第安女人在这里的生活，在两个世界之间暂时休憩，暂时放下对于两边的责任。这样的悠闲度假必是相当惬意……"

"注意你的言辞，查尔斯。"我警告他。突然我注意到他正低头看着我，于是我站起身来看着他，让两人处于同等的条件下谈话。"或许比起关注我的个人行动，你更应该把注意力放在你自己身上。告诉我，波士顿的事务进展如何？"

"我们一直在忙你要我们专注的事情。关于土地的事情。"

我点了点头，想到了齐欧，我很想知道是否有别的解决途径。

"还有别的事情吗？"我问道。

"我们也在继续寻找先行者的遗迹……"他抬起下巴说道。

"我知道了……"

"威廉在会议上提议打算组建一支远征队。"

我心下一惊。"没人来征询过我关于这件事的意见。"

"你当时不在场，无法征询。"查尔斯这么说道。"威廉认为……好吧，如果我们想找到遗迹的方位，那么最好就此开始。"

"如果我们在原住民的土地上扎营的话，这一举动会激怒他们。"

查尔斯看着我的眼神像是在说我疯了。那是自然。我们，堂堂圣殿骑士需要为了区区几个原住民而心烦意乱吗？

"我一直都在思考遗迹的事情。"我赶紧加了一句,"但不知为何现在这件事变得已不那么重要了……"我看向远处。

"还有什么别的你打算略过的吗?"他无礼地问道。

"我警告你……"我说时暗暗地张开了手指。

他扫了营地周围一眼。"话说回来她在哪儿?你的印第安……情人?"

"这不需要你操心,查尔斯,我希望你能从言辞中去掉那令人讨厌的语气,不然当你提到她时我会强迫自己帮你去掉。"

他看向我的眼神变得冰冷。"这里有一封信。"他把手摸进背包,将信甩到我脚边。我向下看去,在信封上看到了我的名字,然后立刻就认出了那个笔迹。这封信来自霍顿,只是看到这封信我的心跳就猛然加快:这牵扯到我过去的人生,我在英格兰的另一段人生,还有我在那里的当务之急:寻找杀死我父亲的凶手。

我没做也没说任何会泄露我看到这封信时情绪的事,我又补充了一句,"还有吗?"

"是的,"查尔斯说道,"还有一些好消息。布雷多克将军饱受伤痛的折磨。最后还是去世了。"

"这是什么时候的事情?"

"他受伤之后很快就死了,不过消息我们是不久前才收到的。"

我点了点头。"那么那件事可以告一段落了。"我说道。

"太好了,"查尔斯说。"那么我该准备打道回府了,是吧?然后告诉他们你很享受这野地的生活?我们只期望你以后能纡尊降贵在我们面前现个身。"

我想到了霍顿的那封信。"也许会比你想得要快,查尔斯。我有种感觉,我很快就会被召回。你已经证明了自己有独立处理各种事务的才能。"我对他淡淡地,暗含悲伤地一笑。"也许你会继续这么做。"

查尔斯拉起马缰。"如你所愿,肯威大人。我会让他们知道你的回归。同时,请把我们的问候带给你的女友。"

说完之后他便骑马离去。我在火堆边多蹲了一会,四周的森林寂静无声,接着我开口道,"你现在可以出来了,齐欧,他已经走了。"立刻,她就从一棵树上跳了下来,大步走向营地,面沉如雪。

我站起身面对她。她一直戴在脖子上的项链在清晨的阳光下光芒闪烁,映照出她眼中毫不遮掩的怒火。

"他还活着,"她说,"你对我说谎。"

我语塞了。"但是,齐欧,我……"

"你告诉我他已经死了。"她说着音调高扬了起来,"你告诉我他已经死了,所以我才带你去神庙。"

"是的,"我承认了,"我的确是这么说的,为此我道歉。"

"那土地又是怎么回事?"她打断了我的话,"那个人说要把这块土地怎么样?你想要夺走它,是不是?"

"不,"我答道。

"骗子!"她叫喊起来。

"等等。我可以解释……"

她已经抽出了佩剑。"我应该为你所做的事情杀了你。"

"你当然有权生气,诅咒我的名字,希望我离开。但是事实真相并非你所认为的那样,"我激动地辩解道。

"滚!"她这么说道,"离开这里再也不要回来。不然,如果你敢回来,我就会亲手将你的心脏挖出来拿去喂野狼。"

"求你听我说,我——"

"你发誓。"她高声喊道。

我低下了头。"如你所愿。"

"那么我们就此一刀两断。"她说完便坚决地转身离去,只留下我收拾行囊,独自踏上返回波士顿的旅途。

1757年9月17日

一

夕阳西斜,为大马士革染上一层金棕色,我和我的朋友兼旅伴吉姆·霍顿走在阿兹姆宫墙的阴影里。

我咀嚼着四个字,把我召来这里的四个字。

"找到她了。"

这就是信上仅有的字迹,简短扼要,却足以让我从美洲远渡重洋赶回英国。采取任何行动前,我首先和雷金纳德约在怀特巧克力屋,详述我们在波士顿的际遇。固然,信件往来已让他对事情获知大半,可我想当然地以为,他应该有兴趣听听骑士团事务的开展,特别是他的老朋友爱德华·布雷多克还牵涉其中。

我想错了。凡是跟先行者遗址不沾边的,他一律不关心。最后我对他说,我新掌握了一些有关神庙位置的细节线索,这些线索都落在奥斯曼帝国境内。他闻言知足地叹息着笑了，仿佛瘾君子享用着鸦片酊。

过了一会儿他问："笔记在哪？"话音里透出一股焦躁。

"威廉·约翰逊誊抄了一份，"我说着探进包里，掏出原本还给他。笔记被布包着，用麻绳捆扎，我把它滑过桌面。他感激地看了我一眼，便伸手解开绳结、掀开包裹，凝注他至珍至爱的册子：陈旧的褐色皮质封面，上头印了刺客的徽记。

"他们是在组织人手彻查遗址内部吗？"他一边问一边重新包上笔记、系好绳结，贪婪地把它藏起来，"真想亲眼看看这座殿堂啊。"

"是的，"我撒了谎，"我的人打算驻扎下来，只不过原住民每天都会去滋扰。你去太危险了，雷金纳德。你是不列颠宗的大团长，时间宝贵，更该在本部处理要务。"

"我明白，"他点点头，"我明白。"

我审视着他。若他坚持要访问神殿，就等于承认罔顾自己的本职，即便雷金纳德沉迷此道，还不至于这么无所顾忌。

"那护身符呢？"他问。

"我保管着，"我答。

我们冷冷淡淡地多聊了会儿就分开了。道别时，我不禁好奇，他内心装着些什么，我内心又如何。不知不觉间，我已不把自己完全看作一名圣殿骑士，而是一个拥有刺客根基和圣殿信仰的人，并且，身心曾短暂流连于一位莫霍克女性。换言之，我是个拥有独到眼界与见地的人。

正因为此，我不再专注投身于发掘神庙、或用它的遗物建立一个圣殿王朝，反倒把心思花在怎样融合刺客与圣殿的两种理念上。反思父亲的教诲，很多地方其实与雷金纳德相互印证，我开始看到两派如何相似,而不是如何有别。

但首先——还有两桩未了的夙愿占据我心头太多年。如今是追查父亲的凶手更重要,还是找到珍妮更重要?无论哪种,我想从这压抑自己太久的阴影里解脱出来了。

二

借此寥寥数字——"找到她了"——霍顿开启了另一场冒险,领着我深入到奥斯曼帝国的心脏地带。我和他用了过去两年时间追踪珍妮。

她还活着;这就是他的发现。活着,但在贩奴者手里。外界的"七年战争"激斗正酣,就在我们眼看着要查明她的确切位置、计划有所动作前,奴隶贩子又转移了。那之后我们花了几个月打探她,了解到她被呈给了奥斯曼王庭做姬妾,深居托普卡帕宫,便设法赶去。结果还是晚了一步;她已被辗转运到大马士革,送入执政的奥斯曼总督、阿斯帕夏·阿勒阿泽姆建造的雄伟宫殿。

于是我们前往大马士革。我一身富商装束,裹了头巾,穿着卡弗坦长袍和宽大的阔腿裤,说老实话难为情得很,一旁霍顿则穿了件朴素的袍子。我们走入城门,沿着狭窄蜿蜒的街道向宫廷进发,我注意到卫兵数量非比寻常。缓步走在热浪和尘土中,做足调查的霍顿对我娓娓道来。

"总督提心吊胆着呢,先生,"他解释道,"他认定了伊斯坦布尔的拉吉卜帕夏宰相想陷害他。"

"我明白了。他的担心有道理吗?宰相真是图谋陷害他?"

"宰相一直叫他'乡巴佬生的乡巴佬'。"

"听上去确有此意啊。"

霍顿轻笑出声。"没错。总督怕被罢免，在全城增加了布防，尤其宫廷一带。看到这些人了吗？"在他示意的方向不远，一群市民高声喧哗着从我们面前匆忙经过。

"嗯。"

"全是去看行刑的。不用说，自然是逮到了个宫廷间谍。阿斯帕夏·阿勒阿泽姆看谁都像奸细。"

人头攒动的小广场内，我们目睹了一个人被斩首。他庄严赴死，分离的头颅滚落在断头台血迹发黑的地板上，人群山呼海叫地拥护。广场上层，属于总督的看台空着。流言盛传他躲在宫里，不敢抛头露面。

行刑结束后，我和霍顿转身离开，信步向宫廷走去。我们沿着宫墙徘徊，留意到大门口驻守着四名卫兵，拱形边门也有人员守卫。

"里面是什么构造？"我问。

"两边各建有一侧翼，分别为女眷宫室和男宾宫室。男宾宫室包括大厅、接待和提供娱乐的院落，而女眷宫室就会是我们找到珍妮小姐的地方。"

"如果她在里面。"

"哦先生，她在。"

"你肯定？"

"上帝为我作证。"

"为什么把她从托普卡帕宫送过来？你清楚吗？"

他看着我，尴尬地做了个表情。"呃，因为年龄，先生。刚送进宫、再年轻一些的时候，她无疑会是个红人；鉴于囚禁穆斯林有违伊斯兰的律令，大部分姬妾都是基督徒——其中一多半从巴尔干地区抓来——如果珍妮小姐确如你形容的那么标致，我敢肯定她会备受恩宠。问题在于，美女源源不断献进来，而肯威小姐——她已经四十四五岁了，先生。她很久不侍寝了，现在的地位不比女仆高到哪去。你可以说她是被贬黜到这儿的，先生。"

我思忖着，难以相信我认识的那个珍妮——美貌、盛气凌人的珍妮——处境如此低微。我多少幻想过她保养得精致无瑕，在奥斯曼王廷呼风唤雨，说不定都被扶上了皇后的位置。可现实呢，被送到一个不受待见、自身都难保的总督身边，拘在大马士革后宫。总督若被罢免，仆人和姬妾会是什么境遇？我不知道。没准跟我们见到的那个不幸掉脑袋的人同样下场。

"里面卫兵是什么情况？"我问，"我以为男性不许留在后宫。"

他摇了摇头。"后宫所有卫兵都是阉人。至于把他们变成宦官的手法——真是该死，先生，你不会想知道的。"

"可你还是要告诉我？"

"呃，嗯，犯不着我一个人承受内心的负担么。他们先把那倒霉鬼的生殖器切下来，再将人活埋在沙堆里，只露出脖子以上，埋整整十天。这些可怜的家伙们只有一成能挺过去，正因为这样，活着的都可谓万里挑一的强悍。"

"确实，"我说。

"还有一点：姬妾生活起居的女眷宫室内，有个浴池。"

"有个浴池？"

"对。"

"干嘛告诉我这个？"

他停下脚，左右环顾，强烈的阳光使他眯缝起双眼。见四下无人，他放心地俯身抓起地上一个铁环——铁环被完全掩埋在我们脚下的沙子里，先前我根本没看见——猛力往上一拽，露出一扇活板门，门内石阶向下没入黑暗。

"快点先生，"他露齿一笑，"别等哨兵过来看见了。"

三

下到台阶底部，我们迅速观察了一圈周围。地下很黑，几乎伸手不见五指，我们左侧似乎流水潺潺，身前隐约伸出一条走道，推测不是用于运送，就是给维护水渠的人通行的；很可能兼而有之。

我俩都沉默着。霍顿在皮背囊里摸索一阵，掏出了一支烛头、一个火绒盒。他点上烛头叼在嘴里，又从背囊中抽出个小火把，燃起高举过头顶，在我们周身投下暖黄的柔光。这下看清了，左边正是一条活水渠，道路高低不平，融入前方的黑暗。

"这条路直通宫殿地底，会把我们带到浴池的正下方，"霍顿低语，"没弄错的话，我们会见到一间有净水池的房间，到时候主浴室就在我们头顶。"

我深深叹服："你居然不声不响就打探得如此透彻。"

"我喜欢偷偷留一手，关键时刻派用场，先生，"他灿烂地笑了起来，"我来带路。走吗？"

他于是上前领路，我们不再说话，沿着走道静静步行。火把燃尽了就丢在一边，用霍顿叼着的烛头点上两支新的再往前走。最后，我们眼前豁然开朗，一间闪着微光的密室出现在面前。首先映入眼帘的是一个水池，池壁整齐地铺着大理石，附近又有一段阶梯，向上通往一扇打开的活板门，上方投下的幽光映得清澈的池水波光粼粼。

随即，我们看到一名宦官跪在地上的背影。他头戴白色高顶帽，一袭飘逸的长袍，从池中用陶罐汲着水。霍顿看我一眼，举起一根手指竖在唇上，然后悄悄向前挪去，掌中已握了一把匕首。但我摁住他的肩头，制止了他。我们要拿宦官的行头，这就意味着不能见血。这是个在奥斯曼后宫服侍姬妾的仆人，不是波士顿寻常的红衣士兵。衣服上的血迹想必没那么容易圆过去。我小心翼翼绕到霍顿身前，下意识屈起手指，在脑海中锁定了宦官的颈动脉，待他装满水起身打算离开，我已经靠得很近了。

然而，我的凉鞋蹭到了地面。声音很小，在封闭空间内却无异于火山爆发，宦官浑身一抖。

我僵在原地，心底暗暗骂着脚上的鞋。他仰头望着活板门，像是要弄明白响声从哪来，结果什么都没发现。登时，他身形顿住了，仿佛意识到，如果动静不是来自上方，那必须是……

他猛地转身。

他的服饰、姿态，和跪地打水的模样太有欺骗性了：这一切都让我对他的反应速度始料未及。我也低估了他的身手。就在转过来的同时，他已伏低身体，手中水罐一扬，朝我抡来，若不是我眼角瞥见，同样反应敏捷地侧身避让，一定早被砸倒了。

虽然躲过，但刚才好险。我快速退让，避开再次抡来的水罐，而他目光扫向我背后的霍顿，又飞快瞟了一眼石阶，他唯一的退路。他在斟酌利弊：跑，还是放手一搏。最后选择了放手一搏。

决心既定，他恰如霍顿所说，转变为一名强悍——相当强悍的战士。

他后撤几步，探进袍底取出一把剑，同时把烧制的陶罐往墙上一砸，瞬间又多出一把武器。然后一手执剑、一手握着边缘粗砺的陶片，冲了上来。

走道过于狭窄，只能容纳一个人和他周旋，而我离他更近。这会儿根本没空操心衣服沾血的问题，我弹出袖剑，依样后退几步，摆开架势准备应战。他气势逼人地压上来，牢牢盯住我的眼睛不放。他身上有种令人望而生畏的东西,刚一上来我说不清道不明,现在才意识到是什么:有一件事情,之前任何对手都没办到,只有他做到了——用老奶妈伊迪丝的话说——他让我寒毛根根直立,这是源于知道了他的遭遇、知道他承受了多少苦痛变成这样一个人。他能幸存下来,早就无所畏惧,相形之下我就是个笨手笨脚的呆子,连怎么成功地从背后接近他都办不到。

他显然也清楚这一点。隔绝了一切人性情绪的眼神,透露出他不仅知道自己让我毛骨悚然,并且利用了我的恐惧。这时他的右手已挥剑而至。我只得挺刃格挡,跟着他左手的碎陶片又杀到了,直插我的面门,千钧一发间,我扭转身体堪堪避过。

他不给我喘息的机会,或许他意识到,唯一把我和霍顿双双击败的途径就是利用狭窄的过道把我们不断逼退。剑光又是一闪,这回直取胁下,我再次架起袖剑抵御,又用另一只手臂生生挡下了陶罐的辅助攻击,疼得我脸都皱成一团。我着手反击:往右跑动几步,借势扎向他的胸口。他以罐片作盾,与袖剑的碰撞击碎了它,陶土块四散迸溅,有的落在地上,另一些激起了池中水花。回去袖剑该磨一磨了。

如果我活下来的话。

这人真难缠。才遇上第一个宦官,我们已经左支右绌了。我边示意霍顿退开免得我绊到脚,边往后撤,给自己拉出一点闪转空间,同时逼自己心境平抑下来。

这宦官的确让我难以招架——不光因为他的身手,还因为我怕他。一个战士最大的恐惧便是恐惧本身。

我降低重心,和他锋刃碰撞,直接迎上他的目光。我们僵持了一段时间,展开一场无声却激烈的意志角力。这场较量是我赢了。他加在我身上的魔咒失效了,只是看他眼神闪烁,我就知道他也明白,心理上他已不再占优。

我跨前一步，快速挥动袖剑，如今轮到他边打边退，尽管他的防御缜密而稳健，可已不再居于上风。其间他甚至龇着嘴，闷哼了一声，微微发亮的汗水渗出额头。我手上速度不减，逼得他节节败退时，重新开始考虑避免血迹的事情。战局已逆转，现在是我主动，他胡乱挥剑抵抗，攻击越来越没有章法，最后我瞅准机会，一个蹲步几乎跪到了地面，手腕往上一塞，袖剑捅进他的下颌。

他身体抽搐着，双臂伸张仿佛被钉于十字架上，手中的剑落了地，他打开的嘴仿佛在无声尖叫，我看到银色剑尖从他舌底钻出。最后，他的尸体倒向地面。

我把他一路拖行到台阶跟前。活板门开着，说不定有哪个宦官纳闷一罐水怎么打不好了，下一刻就出现在这里。果不其然，我听到上方传来脚步声，一个影子闪过门板。我抓着死者的脚踝、拖着他躲了回来，顺手撵下他的帽子安在自己头上。

我随即看到一双属于宦官的赤足，他走下台阶，探头朝我们这间密室里张望。我头戴白帽的形象成功迷惑了他，我用赢来的宝贵一瞬间，冲出去攥住他的袍子，一把把他拽下台阶。他还未及叫唤，我的前额已经往他鼻子一撞，鼻梁骨应声碎裂。我托住他的头，不让血滴在袍子上，他晕晕乎乎翻着白眼，瘫软地靠着墙。不一会儿他就会清醒过来呼救的，不能叫这种情况发生。所以我手掌摊开，掌根重重砸向他稀烂的鼻子，把骨茬扇进了大脑，他立时殒命。

几秒后，我快步登上台阶，轻轻地、小心翼翼地关上门板，趁增援尚未赶来，为我们多争取些藏身的时间。楼上多半还有某位姬妾等着送水。

我们一语不发地钻进宦官袍，都戴上了高顶帽。脱掉那双天杀的凉鞋我别提有多开心了。末了我们对视一眼。霍顿长袍的胸口有些血点,是从它上一任主人破碎的鼻孔里滴下来的。我用指甲去刮,它非但没有如愿被掸走,反而因为血迹新鲜潮湿,晕开了一点。我们用各种苦恼表情和拼命点头交流意见,一通忙乱后双方都赞成不如冒一点险,随它去算了。接下来我小心地打开门板,欺身钻进上方的房间。里面空空荡荡,阴暗而凉爽,由于浴池占了大半个房间,室内铺设的大理石在水纹映照下竟似发出辉光,水波轻柔荡漾,仿佛有生命。

四下无人,我回身对霍顿比了个手势,他跟着我爬出门洞,进入房间。我们驻足观察了一下周遭环境,谨慎又欣喜地相互对看一眼,便朝门口移动,打开门走进了外面的院子。

四

我不知道门后是什么,手指已经屈起,准备一有不测就弹出袖剑,霍顿自然也摆出预备拔剑的姿势,我们都做足了开打的准备,不怕面前跳出一队嘶吼的宦官,或挤作一团惊叫的姬妾。

然而,出现在我们眼前的却是一幅堪比天堂的美景,一座安宁静谧、美人如云的极乐世界。这是一间宽敞的院落,地面铺设了黑白相间的石板,正中喷泉涓涓吐着细流,四周是一圈精雕细琢的廊柱支撑的门廊,拱顶垂下藤蔓、树冠葳蕤。一个安适而怡人的所在,刻意用来展示美与宁静、平和与沉思。尽管其中人来人往,泠泠淙淙的泉水却是这里唯一的声响。姬妾们身穿洁白飘逸的绫罗,不是坐在石凳上想心事、做针线,就是在院中走动,裸足轻轻拍打着石板路。她们身姿亭亭,矜贵得不可思议,如果两人错身,相互间会得体地颔首行礼。侍女在她们当中穿梭,装扮与之相若,但很容易分辨出来,因为要么年纪尚小，要么更加年长，或不如她们服侍的女人那么美丽。

男性数量和女眷差不多，他们大多站在院子转角，丝毫不敢松懈，随时准备被叫上前办事——那些是宦官。没人朝我们看过来，我松了口气，这里眼神交流的规矩和拼花图砖一样繁缛。作为一对人生地不熟的冒牌货，反而方便浑水摸鱼。

我俩呆在浴室门边，被廊柱和藤蔓半遮半掩，我下意识地采取了和其他卫兵相同的姿势——脊背挺直，双手交叠置于身前——视线扫过院子，搜寻珍妮的身影。

她就在那。我第一眼都没认出来，差点从她身上晃过。有位姬妾背对喷泉坐着舒展身体，让侍女给自己按摩足部，再定睛一看，我发现那个侍女就是我的姐姐。

岁月侵蚀了她的美貌，只依稀留下一丝当年的痕迹：深色发丝染上了点点灰，面容憔悴，皮肤松弛了些，皱纹也长了出来，眼睛底下有了暗沉的凹陷，那是一双疲惫的眼睛。无比讽刺的是，我偏偏在她照料的女孩脸上见到某种神态：自负、骄矜，用鼻孔看人——从小我就看着类似表情出现在姐姐脸上。这种反讽一点也不让人愉快，但我无法视而不见。

顺着我的凝望，珍妮的视线穿过院子落在我身上。有一瞬间她困惑地皱起眉头，我也不敢肯定那么多年过去了，她还能不能认出我。没有。我离得太远，又穿成宦官的样子。陶罐——那是要送给她的。或许她在疑惑为什么走进浴池的是两个宦官，走出来的是另两个。

带着不解的表情，她起身对自己侍奉的主人行了个屈膝礼，移步穿梭于遍身绫罗的姬妾，从院子那头向我们走来。我滑到霍顿身后，而她一低头，避开廊下低垂的爬藤，离我们只有一步之遥。

她什么都没说——这里交谈是禁止的——确实，也没说话的必要。

我从霍顿右肩后面探出头来，大胆偷瞄了一眼她的脸。她目光从他的身上转向浴室的门，含义一清二楚：我要的水呢？在她行使自己仅有的威严时，我从她脸上看到了一星半点少女珍妮的神气，我曾经如此熟悉的高傲的残影。

与此同时，霍顿对珍妮射来的恼怒眼神做出了回应，他微微躬身，向浴室侧转。我祈祷他和我一样灵光闪现，能想到只要设法把珍妮骗进去，我们就能不起一丝波澜地逃走。果然，他摊开双手，示意出了点问题，又指指浴室门，仿佛在说需要人帮忙。可是珍妮非但没有一点要伸出援手的意思，反而注意到霍顿衣服上的一点东西。她并未随同他进浴室，而是竖起一根手指阻止了他，先对他勾了勾手指，然后指向他胸口的地方。一块血迹。

她的眼睛睁大了，这次她的视线从霍顿长袍上的血迹挪向他的面容，看到了一张冒牌货的脸。

她张大嘴巴，倒退一步，又一步，最后碰上了一根柱子，把呆若木鸡的她撞得回过了神。眼看她就要打破神圣的静默规矩、开口呼救，我从霍顿背后钻出来，用气声说："珍妮，是我。是海瑟姆。"

我边说边紧张地环顾院子。各人一切如常，未觉察到门廊下有何不同，然后我回过头，看见珍妮愣愣地盯着我，眼睛睁得更圆，泪水盈满眼眶。岁月印记淡去，她认出了我。

"海瑟姆，"她低语，"你来救我了。"

"是的，珍妮，我来了，"我轻声道，心头百感交集，其中至少有一种名为愧疚。

"我就知道你会来的，"她说，"我就知道。"

她嗓门提高了，我有些担心，焦急地又环顾一遍院子。她伸出双手紧紧攥着我的手，擦身挤过霍顿，哀求地看进我的眼睛："告诉我他死了。告诉我你杀了他。"

我纠结着是先让她安静下来,还是先搞明白她的意思,最后压低声音问:"谁?告诉你谁死了?"

"伯奇。"她恨恨道。这一次声音太响。我的眼睛越过她身后,看到一名姬妾通过门廊翩然而至,或许打算去洗浴。她原本陷入沉思,但在听到声音后倏地抬起头,沉静的表情被惶恐所取代——她回头对着院子,喊出一个我们都心惊胆战的词:"卫兵!"

五

第一个赶到的卫兵不知道我有武器,他还什么都没反应过来,袖剑已弹出扎进他的下腹。他眼睛圆睁,喷出几口血沫在我脸上。我发力一吼,扭动胳膊转了小半圈,拖着他还在抽动的身体撞上第二个奔来的,把他们双双送进院子,两人后仰栽倒在黑白石板地上。更多人陆续赶来,战斗全面拉开。我余光瞥见刀锋一闪,及时侧身躲过冲着脖子来的一击,随即抓住攻击者的持剑手一个反折,拗断胳膊,袖剑塞进他的颅骨。我蹲身旋踢,扫倒第四个人,赶紧爬起来跺在他脸上,脚下传来头骨碎裂的声音。

不远处霍顿打倒了三名宦官。但如今卫兵看清了我们的实力,接近时更谨慎,不再单打独斗,而是团体作战。我俩以柱子为掩护,忧虑地对望几眼,各自担心在被人海战术拖垮之前,能不能成功逃回活板门。

聪明的孩子,这次是两人一起上前。我和霍顿并肩迎敌,而又一对卫兵已经从右方欺近。形势一触即发,最后我们背靠背把冲进门廊的卫兵一一击退。他们则已准备发动下一波进攻。人越涌越多,缓缓向前推进。

我们身后,珍妮站在浴室门边。"海瑟姆!"她喊,语声焦急,"要快点走了。"

如果她现在被抓会怎样?我不知道她会受怎样的惩罚。我完全不敢想。

"你们俩走,先生,"霍顿扭头催促。

"想都别想,"我回敬他。

又来一波攻击,我们负隅顽抗。一名宦官低吟着倒地,奄奄一息。这些人即便是死,即便被刀剑捣穿肚腹,他们也不哭喊。和我们短兵相接的宦官身后,还有人源源不断靠过来。就像蟑螂。每杀掉一个,就有两人补上。

"快走啊,先生!"霍顿不依不饶,"我来顶住他们,然后就追上你。"

"别傻了霍顿,"我咆哮,声音里藏不住的轻蔑,"你顶不住的,他们会宰了你。"

"我比这更紧急的情形都经历过,先生,"霍顿闷哼,持剑手挥动不息,和对方厮杀着,但我听得出声音里的逞强。

"那你也就不介意我留下啦,"我边说边用袖剑挡下一名宦官,并徒手反击,照着他脸上来了一拳,他打着转摔倒在地。

"走啊!"他高喊。

"要死,我们一起死,"我答。

但霍顿心意已决,不再客套了,"听着伙计,要么你们俩活着离开,或者我们三个全死在这里。你怎么说?"

与此同时,珍妮正拖着我的手往后拽,浴室的门开着,又有人从我们左侧杀到。我还是下不了决心。终于,霍顿摇一摇头,猛地回身喊"原谅我先生",我还来不及反应,他把我往浴室里一推,嘭地关上门。

突如其来的死寂,我四肢大张倒在浴室地上,慢慢回过神,意识到发生了什么。我听到门那头传来激斗的声音——奇异的、消了音的金属相击——和一声重重的撞门声。接着传来一声叫喊——霍顿,我挣扎站起身来,准备用力拉开门冲回去,珍妮抓住了我的胳膊。

"你现在帮不了他,海瑟姆,"她柔声道。此时院子里又传来一声喊,霍顿大吼,"你们这群混蛋!这群该死的没种的混蛋!"

我回身最后望了门一眼,闩上门闩,珍妮拖着我往地上的活板门走去。

"混蛋,你们就这点能耐吗?"我听到脚步声从头顶经过,霍顿的声音依稀远去。"来啊,你们这些没鸡巴的怪胎,和国王陛下的人过过招啊……"

我们沿着地下走道往回跑时,最后听到的是一声惨号。

1757年9月21日

一

我希望自己永远不以杀人为乐,但对于在伊特山上看守阿布戈尔贝修道院的科普特祭司,我破了例。我必须承认杀掉他令我愉快。

他栽倒在泥里,胸膛起伏着,断断续续抽了最后几口气。他身后是一圈栅栏,围起小片空地。空中有只秃鹰兀自叫着。我瞥了一眼修道院的方向,地平线上赫然耸现出砂岩的尖顶和拱门。窗户里亮着暖色的光,意味着有人活动。

垂死的卫士躺在我脚边,喉咙里发出咯咯的声音,我有那么一瞬间考虑给他个痛快——可转念又想,凭什么对他仁慈呢?不管他死的过程多漫长、多痛苦,和这圈围栏内的可怜人被迫承受的苦楚比起来,都算不上什么——根本算不上。

而有个特别的人,还在其中经历着磨难。

从大马士革的市集上我了解到,和我想的一样,他们没有杀霍顿,而是活捉了他,押送至埃及阿布戈尔贝的科普特教修道院,一个阉割男人的地方。我赶了过来,祈祷自己没有太迟,可内心深处的预感告诉我已经迟了。的确。

我看着面前的栅栏,知道它们深深嵌进地底,以防止夜行的掠食动物掘土钻过去。里面就是埋阉人的地方,整整十天,只露出脖子以上。他们不想鬣狗半夜闯进来啃食暴露在外的脸。绝对不行。就算这些人死,也只能是死于终日曝晒,或者阉割留下的伤口。

我丢下卫兵,潜入围栏之内。夜色昏沉,只有月光为我指路,而目力所及的沙地上都沾染了血色。先后有多少人在此遭受煎熬,残缺着身体、除了头部全被掩埋?我想不出。不远处传来低低的呻吟,我眯起眼睛,看到空地正中有一块不规则形状,我立刻明白,那是二等兵詹姆斯·霍顿。

"霍顿,"我小声招呼,立刻赶到他戳出沙地的脑袋边,蹲了下来。眼前景象让我倒抽一口冷气。这里的夜晚凉爽,但白天酷刑一般炙热,他被阳光严重灼伤,脸上的肉仿佛都被烤糊了。脱皮的眼睑和嘴唇正流着血,整个脸部皮肤发红、翻卷剥落。我拿出准备好的皮水壶,拔掉塞子,凑上他的嘴唇。

"霍顿?"我又叫了一声。

他动弹了一下。眼睛忽闪着睁开,视线聚焦在我脸上,眸子浑浊不堪、充满了痛苦。但他认出了我,非常缓慢地,浅淡的笑容浮现在他皲裂僵硬的唇角。

笑容倏地消失,他开始剧烈颤抖,是想从沙堆里挣脱出来还是感到了一阵剧痛,我无法得知,只看到他张大了嘴,脑袋猛地左右晃动,我挨近捧住他的脸,不让他伤到自己。

"霍顿，"我仍压低嗓子，"霍顿，别这样。拜托了……"

"带我走，先生，"他声音喑哑，眼睛在月辉下闪着泪光，"带我走。"

"霍顿……"

"带我走，"他哀求，"带我走先生，求你了，马上，先生……"

他的脑袋又开始一轮痛苦的挣动。我再一次伸出双手稳住他，必须在他情绪失控前制止他。我还有多少时间，他们几时会派新的卫兵过来？我把水壶递到他唇边，让他多嗫上几口水，接着从背后抽出一把铁铲，从他头部开始，一下一下把饱浸鲜血的沙砾铲走，一边跟他说着话。渐渐地，他赤裸的肩膀和胸口露出地面。

"对不起霍顿，对不起。我就不该抛下你。"

"是我要你走的，先生，"他强撑着开口，"我推了你一把，记得吗……"

我越往下挖，泡足了血的沙子就越发乌黑。"天哪，他们对你做了什么？"

但我已经有数了，何况片刻之后证据也显现出来，我挖到了他的腰部，只见那里缠着的绷带上结了一层厚厚的、乌黑的血壳。

"先生，往下可要小心点，拜托你了，"他的声音几不可闻，人瑟缩着，吃痛地咬紧嘴唇，最后还是没挺住，失去了意识。这未免不是好事。我将他整个挖出来，带离了这个可恨的地方，向来时系在山脚树上的两匹马走去。

二

我把霍顿安置妥当，站起身，望向山上的修道院。我检查了一遍袖剑的机关，往腰间别了一把长剑，填好两把手枪塞进腰带，再装填了两杆火枪。随后，燃上烛头和火把，我揣着火枪返身上了山，沿路点起第二、第三支火把。我把马全赶跑，第一支火把丢进马厩，心满意足地看着干草轰一声蹿起火苗；第二支我扔进教堂前厅，等两边都烧得正旺，我一路小跑到寝室，途中再点了两根火把，砸破后窗把它们甩了进去。接着返回正门，之前我将火枪倚在门前的树上。然后等。

没等太久。不一会儿，第一名祭司就出现了，我射倒了他，随手扔开第一支火枪，再捡起一把射向第二个。人陆续涌了出来。我射空了手枪，冲进过道，长剑和袖剑左右开弓。死者在我身边倒下——十个，十一个，更多——建筑燃烧着，直到我浑身浴血，双手也沾满湿滑的鲜血，血水从我脸上一道道流下。我任凭伤者哀嚎，门内余下的祭司踌躇了——既不想被活活烧死，更吓得不敢出来战死。有些豁出去了，挥剑冲过来，下场自然只有被砍倒；另一些人我听见在哔剥燃烧。也许有的跑了，但我没心情赶尽杀绝。确认大部分都死了之后，我听着耳畔响彻的尖叫，嗅着烤焦的人肉气味，跨过一地尸体和半死不活的人，走远了。修道院在我身后焚烧。

1757年9月25日

我们在一间农舍内,隔桌相对而坐,面前摆着残羹和一支蜡烛。不远处霍顿还在昏睡,高烧不退,我不时起身摘下敷在他前额的布条,换上一块更凉的。我们只有让热度彻底发作出来,等那之后他身体好转,再继续上路。

"父亲是个刺客,"我再次坐下时,珍妮开口了。自她获救以来这是我们第一次触及这类话题。此前,搜寻霍顿、逃离埃及和每晚找落脚处占据了我们全部的精力。

"我知道,"我说。

"你知道?"

"是。我自己发现的。然后才醒悟你当年那些话的意思。记得吗?你叫我'自大狂'……"

她撮着嘴唇,不自在地动了动。

"……还说我是男性继承人;说或早或晚,我会发现自己前程已定?"

"我记得……"

"嗯,到头来我却没有及早了解,而是到很晚才发现为自己定好的前程。"

"既然你知道,为什么伯奇还活着?"

"为什么他得死?"

"他是个圣殿骑士。"

"我也是。"

她身子向后一震,顿时怒容满面:"你——你是个圣殿骑士!可父亲信仰的一切……"

"是,"我平静道,"是的,我是圣殿骑士。但不,我没有违逆父亲信仰的一切。得知他从属哪一方之后,我慢慢意识到两大派别有诸多相似之处。我开始思索,以自己的血统和目前在骑士团的地位,设若刺客和圣殿能联合起来,我不就是最佳的斡旋人吗……"

我打住了。她有些醉意,我看在眼里;突然间她的面容带上脆弱与感伤,她嫌恶地皱起了鼻子。"那么他呢?我的前未婚夫、心上人,风度翩翩、魅力不凡的雷金纳德·伯奇?求你告诉我他是哪种人?"

"雷金纳德是我导师,骑士团的大团长。袭击过后头几年,是他抚养的我。"

她面部肌肉扭曲,挤出一个我所见过最酸涩的冷笑。"好啊,你可不是个幸运儿?你被导师抚养,我呢,被土耳其奴贩子养。"

我感觉自己一眼就被她看穿,这些年我是怎么决定任务的轻重主次,都逃不过她的眼睛。我目光低垂,随即望向房间另一头躺着的霍顿。满屋子都是我的过错。

"对不起,"我说,仿佛同时对他们俩,"真的对不起。"

"没必要。我运气还算好。为把我卖到奥斯曼王庭,他们一直没碰过我,进了托普卡帕宫也有人照顾,"她转开视线,"所以还不是最糟糕。说到底,我也习惯了。"

"什么?"

"我猜你从小就崇拜父亲对吗,海瑟姆?现在多半还崇拜着。日月般光辉?'我的父亲、我的王'?可我不:我恨他。他口口声声的自由——精神上的,智力上的——都完全不涉及我,他亲生的女儿。从不为我安排武器训练,记得吗?没有'换个角度思考'的教育。珍妮只要'做个好姑娘,嫁给雷金纳德·伯奇'。多么天作之合。我敢说苏丹对我都胜过和他在一起。还记得吗,过去我告诉你,我们的命运早已被写定?某些方面我错了,我想,你我都无法预知事情会变成今天这样。可换个角度呢?换个角度我再正确不过,海瑟姆,因为你生来就是要杀人的,你也一直在杀;而我生来就是服侍人的,于是一直在服侍。不过,我伺候人的日子已经到头了,可你呢?"

语毕,她将盛着红酒的高脚杯举到唇边,大口痛饮。我猜不出她想借此强压下什么不快的回忆。

"袭击我们家的正是你那些圣殿朋友,"饮干了高脚杯,她道,"我确定。"

"但你没看到谁带戒指。"

"没看到又怎样?能说明什么?他们肯定是取下了。"

"不,珍妮,他们不是圣殿骑士。后来我和他们又碰上了。这些人是被买凶的。是佣兵。"

是的,佣兵。我心说。给雷金纳德的亲信爱德华·布雷多克打下手的佣兵……

我凑近她。"有人告诉我,父亲身上带着一件东西——他们想要的东西。你知道是什么吗?"

"我知道。那晚他们抢到了,放在马车里。"

"是?"

"一本笔记。"

我感到一阵冰冷与麻木袭来。"怎样的一本?"

"棕色,皮革包边,上面有刺客的标志。"

我点头。"如果你再看见,能认出它来吗?"

她耸耸肩。"大概吧,"她道。

我望向熟睡的霍顿,他身上汗津津的。"等他烧退了,我们就走。"

"去哪儿?"

"法国。"

1757年10月8日

一

今早天气虽冷,阳光却很明艳,眼前的景致用"日影斑驳"来形容再恰当不过,明亮的光线透过树冠倾泻而下,为林间地面上缀上金色的补丁。

我们三人骑马而行,我打头,身后是珍妮。她早就丢了那身女侍的衣服,换了一身罩袍,长袍从马的身侧垂挂下来。宽大的深色兜帽拉过她头顶,她的面容在底下若隐若现,仿佛从山洞里向外张望:霜染的发丝披散在肩头,衬得她神情益发严肃而深邃。

她后面跟着霍顿,和我一样穿一件整齐扣好的双排扣外套,戴着围巾、三角帽,唯独他坐在鞍上有些佝偻,不仅面色苍白委顿,而且……失魂落魄。

自从烧退以后,他就变得少言寡语。某些时候,原来那个霍顿的神采会蓦地复苏——短暂的一缕微笑,伦敦人智慧火花的一闪——可这些时刻稍纵即逝,他马上会再次把自己封闭起来。横跨地中海的整段旅程期间,他都只是独坐沉思,不跟任何人打交道。到了法国之后,我们乔装打扮,购买马匹,向着庄园一路跋涉,他终日默默骑行。看了他苍白的脸色和走路的样子,我觉得他还在疼。哪怕骑在马背上,他偶尔都会一个瑟缩,特别是在路面不平坦的情况下。我不忍去想他承受的痛苦——无论是肉体还是精神方面。

在距庄园只剩一小时路程的地方,我们停下准备。我佩好剑,装填了一把手枪别在腰间。霍顿照做了。我问他:"你确定能作战吗,霍顿?"

他甩来一个责难的眼神,我注意到他的眼袋和黑眼圈,"原谅我说话放肆,先生,我只是鸡巴和卵蛋被拿掉了,一身的豪气还在。"

"抱歉霍顿,我没别的意思。你这么说我就放心了。"

"你觉得一会儿会打起来吗,先生?"他说,探身去取剑的时候,他疼得脸又抽了一下。

"我不知道,霍顿,真的不知道。"

离庄园越来越近,第一名巡逻兵出现了。他站在我马前,从宽檐帽底下端详我。我认出了他:就是上一次亦即四年前回到这里,自己所见的同一个。

"是你吗,肯威大人?"他说。

"千真万确,我还带了两位伙伴,"我答复。

我密切留意他的视线从我挪到珍妮,再到霍顿。尽管他试图掩饰,眼神已经泄露了我需要了解的一切。

他的手指刚放上嘴唇,我已从马背跃下,伸手抓住了他的脑袋,弹出的袖剑从眼窝直捣脑髓,他还没来得及再次开口,就被我划开了喉咙。

二

我跪在地上,一只手摁着哨兵的胸口,喉部的切痕像多长出的一张嘴,咧开大笑,粘稠的鲜血汩汩渗出。回过头,只见珍妮皱着眉瞅我,霍顿端坐在马背上,剑已经抽了出来。

"你不介意告诉我这算哪出?"珍妮问。

"他打算吹口哨把别人引来,"我答,目光扫视着周围森林,"上次他没有。"

"那又怎样?也许他们把放人的规矩改了。"

我摇头。"不是的。他们知道我们要来,已经等好了。口哨意在发出警报。不杀了他的话,我们没等穿过草坪就会被干掉。"

"你怎么知道?"她说。

"我不知道,"我没好气地说。手掌底下,卫兵的胸膛最后起伏了一次。我俯视他眼珠一翻,身体抽搐着断了气。"我是怀疑,"我将沾血的手往地上擦了擦,站起身,"我花了好多年怀疑这怀疑那,却对最明显的证据视而不见。那晚你在马车里看到的笔记,——雷金纳德就带在身边。如果我没错的话,他会把它藏在庄园里。就是他策划的那场袭击。他要对父亲的死负责。"

"噢,这会儿你倒'知道'了?"她讥嘲地说。

"之前我拒绝相信。可是的,现在我知道了。事情在我脑子里开始串起来了。比如说小时候,有个下午我在陈列室外遇上了雷金纳德。我打包票那时他就在找笔记。他接近我们家的目的,珍妮——他向你求婚的目的——都是因为他想要那本东西。"

"你不必告诉我,"她道,"那个晚上我就试着警告过你,他是叛徒。"

"我明白,"我说,然后思忖了一会儿。"父亲知道他是圣殿骑士吗?"

"起先不知道,但我发现以后告诉了父亲。"

"原来他们那次吵架是为这个,"我醒悟过来。

"他们吵起来了?"

"有一天我听见的。之后父亲便找来保镖——不用说都是刺客。雷金纳德还告诉我是他忠告的父亲……"

"又一个谎言,海瑟姆……"

我抬眼望着她,身体微微发颤。是的。又一个谎言。我所知的一切——我的整个童年,都建立在谎言之上。

"他利用了迪格维德,"我说,"是迪格维德泄露给他笔记的隐藏地点……"忽然间,一段记忆苏醒,让我蹙起眉头。

"怎么了?"她问。

"那天在陈列室外,雷金纳德曾问我的剑收在哪。我告诉了他一个秘密的藏匿处。"

"你是说台球室?"

我点头。

"他们径直往那里去了,对吗?"她说。

我点头。"他们知道笔记不在陈列室里,因为迪格维德告密说东西被转移了,正因为这样他们才直接去的游戏室。"

"但那些人却不是圣殿?"她说。

"不好意思,我没明白。"

"你在叙利亚告诉过我,袭击我们的人不是圣殿骑士,"她带着消遣我的语调,"他们不可能是你心爱的圣殿骑士。"

我摇了摇头。"确实不是。我告诉过你,后来我跟他们打过照面,他们是布雷多克的手下。雷金纳德肯定早就算计好了要在骑士团里培养我……"我又陷入思索,想通了一件事,"……大约因为我们的家族传承吧。直接用圣殿的人太冒险。我可能会发现,可能会更早杀到这里。当初我差一点就能和迪格维德对质上,差一点就在黑森林逮到他们,然而那时……"我忆起那座林中木屋。"雷金纳德杀了迪格维德。这就是为什么他们总是先我们一步——这次也是,又被他们抢先了。"我指着庄园的方向。

"那我们怎么办,先生?"霍顿问。

"他们在安妮女王广场怎么做的,我们就有样学样。我们等到夜幕降临,然后进门,接着杀人。"

1757年10月9日

一

顶上日期写着 10 月 9 日，那是上一篇日志末尾，我相当乐观地随手涂上的。原本计划这一篇能及时记录我们如何攻破的庄园。可事实上，写作它已经是数月之后了。要详细描述那个夜晚的始末，我得好好回想……

二

庄园里会有多少人？上次我见到六个。雷金纳德知道我要来，会加强兵力吗？我觉得会。会翻一倍。

那么就是十二个，加上约翰·哈里森，如果他还在的话。当然了，还有雷金纳德本人。他五十二岁了，身手或许不及当年，可再怎么样我都知道，决不能低估他。

于是我们等待，希望他们按我们所预料的行事，他们确实来了——派出一支搜寻小队，开始寻找消失的巡逻兵来了。这次是三个人，举着火把和剑，大步走过黑暗的草坪，火光在这些人阴郁的脸上跃动。

我们看着几人从幽暗现身，又融入树丛。行至大门口，他们已经开始喊卫兵的名字，并快步跑过地势低平的庄园外围，向着死者原本驻扎的地方去了。

他的尸体就摆在原地，我和霍顿、珍妮在不远处的树间找好了位置。珍妮躲在后头，装备了一把刀，但远离打斗区域；我和霍顿在前面，我俩都上了树——霍顿爬得有些吃力——观察等待，做好开战的心理准备。搜索小队来到了尸体前面。

"他死了，先生。"

小队长伸长脖子看了眼尸体。"死了几小时了。"

我模仿起一声鸟叫，这是我们之前商量好给珍妮的信号。森林深处传来她扯开嗓子的呼救，声音撕破了夜空。

小队长紧张地一点头，领着人进了树林，他们气势汹汹地赶来，接近了我们蹲伏守候的地方。我透过树枝，看着霍顿几码外的身影，也不知道他是否身体状况够好。我向上苍祈祷答案是肯定的。因为下一刻，三人已撞进我们下方的林子，我从树枝间一跃而起。

我先解决了队长。袖剑弹出，从眼窝刺进他的头颅，一击毙命。我原地蹲着向上反拉剑刃，一个来回切开了第二个人的腹部。他跪倒在地，内脏从肚子上一个大口子里露出来，闪着血光，脸朝下跌倒在柔软的林间地面。回头一望，第三个人从霍顿的剑尖滑落。霍顿也正向我望来。即使在黑暗中，也能看见胜利写满在他脸上。

"叫得漂亮，"稍后，我对珍妮说。

"乐意帮忙，"她皱起眉，"但听着，海瑟姆，进庄园后我不会再躲躲藏藏了，"她举起了刀。"我要亲自收拾伯奇。他剥夺了我的人生。看在他好歹没杀了我的份上，我就不阉……"

她收了声，看一眼跪在旁边的霍顿。他头转开了。

"我很……"她开口。

"没关系，小姐，"霍顿说。他抬起头，脸上是我从没见过的一种表情，说，"但杀他之前，请确保你阉了他。别让那混蛋好受。"

三

我们沿着庄园外围绕回正门。那里有个哨兵孤身一人，焦躁不安的样子，大概在着急搜索队哪去了，大概战士的本能告诉他，事情出了岔子。

但不论哪种本能都不够他活下来，片刻后我们躬身钻进边门，伏低身体穿越草坪。在一座喷泉池边，我们驻足跪下，躲起来，屏住呼吸，听到又有四个人打庄园前门出来了，靴子擂响了石板路。这支搜索队是来找第一支消失的搜索队的。庄园已经全副警戒了。安静潜入的机会到此为止。至少我们让他们的人数折损到了……

八个。我打了个暗号，和霍顿从喷泉基座的掩护后跑出去，扑向他们，三人还来不及拔剑就都倒在了地上。我们暴露了自己。庄园里传来一声喊，刹那间火枪齐发、子弹爆响，纷纷打进我们背后的喷泉基座。奔跑躲闪中，我们跑向前门。又一名卫兵看到了我们，试图从门后逃走，而我暴风骤雨般冲上了短短的台阶。

他太慢了。我从未及关紧的门缝中插进一只手，袖剑打他一侧脸戳进去，同时利用前冲的力道撞开门，翻滚着进入门厅。他随之倒下，血从碎裂的下巴唰地涌出。上方楼梯平台传来火枪射击的噼啪声，不过枪手瞄得太高，子弹打在木头上，我毫发无伤。我一下站起来朝着阶梯冲刺，大步跃上平台，火枪手着恼地喊了一声，弃枪拔剑，正面阻击我。

他眼中闪着惧意。我心头火起，此刻体内的兽性压倒了人性，纯粹凭直觉行动，仿佛我灵魂脱体，在高处观看自己打斗。不多久，我已手刃了火枪手，将他掀下楼梯围栏，摔向底楼门厅。那里又出现一名卫兵，正赶上霍顿冲进前门，珍妮紧跟其后。我大喊着从平台一跃而下，刚摔下来的尸体成为我着陆的缓冲。新来的卫兵被迫转过来防御身后。霍顿把握机会果断刺穿了他。

我对他一点头，转身跑上楼梯，正巧看到一个身影出现在楼梯平台。枪声一响，我低身躲过，子弹打进我身后的石墙。是约翰·哈里森。他尚未拔出匕首，我已扑到他身上，紧紧攥住他的睡衣，拖着他跪下来，袖剑手向后扬起，蓄势待发。

"你知情吗？"我咆哮，"杀害父亲，糟蹋我的人生，有你的份吗？"

他低下头承认了。我的袖剑刺穿他后脖子，斩断颈椎骨，干脆地了结了他。

我拔出长剑，在雷金纳德门前停下脚步，环伺楼梯平台，确认没有增援，便退后两步准备踢门。这时我发现门是虚掩的。我蹲低身子推开门，听得它吱呀一声，向内打开了。

雷金纳德衣冠楚楚地站在卧室中央。正是他的个性，总是严格遵守各种礼仪规范——正装迎接来杀他的人。墙上突然映出一个影子，有人藏在半开的门后。我没有等正面冲突，而是用力一剑直接刺穿了门板。门后传来一声惨叫,我跨到门边一推,它带着被钉在上面的最后一个卫兵的身体关上了。卫兵临死眼睛还不可置信地盯着穿胸而过的剑锋,两只脚在木地板上抽动。

"海瑟姆。"雷金纳德镇静道。

四

"那是最后一个了?"我问,肩膀起伏,平复着呼吸。身后垂死的人还用脚拖着地,我听到珍妮和霍顿在门另一边,费劲地要打开它,而这具痛苦蠕动的身体挡在门前。最终他咳喘了一声断气了,身体从剑尖滑落,霍顿与珍妮闯了进来。

"是的,"雷金纳德点头,"就剩我了。"

"莫妮卡和卢西奥——他们安全吗?"

"在走道尽头他们自己的房里,是的,安全。"

"霍顿,帮我个忙好吗?"我扭头道,"你能去看看莫妮卡和卢西奥是否毫发无伤?他们的境况将帮我们决定让伯奇先生吃多少苦头。"

霍顿把卫兵的尸体从门上搬下来,回着"好的先生"就离开了。他关门的动作带着一股了断的意味,雷金纳德也感受到了。

雷金纳德笑了。一个悠长、缓慢而悲伤的笑容。"我的所作所为都是为了骑士团的利益,海瑟姆。为了全人类的利益。"

"代价是我父亲的生命。你摧毁了我们家庭。你以为我这辈子都发现不了吗?"

他惋惜地摇头。"我亲爱的孩子,作为大团长,你必须做出一些艰难的决定。这我不是教过你吗?我提拔你为美洲殖民地宗的大团长,海瑟姆,就是知道有一天,你也将不得不做类似的决定,并对自己做决定的能力充满信心。我这是为了追寻更多人的利益做出的决定；为了追求一项你也认同的理念，记得吗？你问我，是不是我以为你发现不了？答案当然是否定的。你足智多谋、不屈不挠。是我把你训练成那样的。我必须考虑到这种可能性，即有一天，你获知了真相。但我原本希望这天到来的时候，你能采取更超然达观的心态，"他的笑容僵硬了，"从尸体的数量上看，这方面我该感到失望，是吗？"

我假笑一声。"确实，雷金纳德。你是该失望。你的所作所为玷污了我信奉的一切。你知道是为什么吗？你那么做利用的不是对我们理念的践行，而是用的蒙骗。当我们自己内心充满谎言，怎么还能激发信念？"

他反感地摇头。"哦算了吧，那是天真的屁话。你要是名年轻的高级团员，这么说还可以理解，可现在还这样？一场战争中，你总归不惜一切手段确保取胜。只要胜利意义重大，就该这么做。"

"不。我们必须践行自己宣扬的信念。否则就是空谈。"

"像是你体内的刺客说出的话，"他扬起眉毛道。

我耸耸肩。"我并不为自己的出身而羞愧。我花了好多年来协调自己身上的刺客血统和圣殿信念，最后我做到了。"

我听见珍妮在我身边喘气，湿漉漉、不均匀的呼吸，频率越来越快。

"啊，所以这就是你的结论，"雷金纳德嘲弄道，"你当自己是个协调人咯？"

我不答话。

"你以为你能改变什么吗？"他嘴角翘起。

但下一个开口说话的是珍妮。"不，雷金纳德，"她说道，"杀你是为了报复你对我们做的一切。"

他注意力转向她,第一次当面承认她的存在。"你还好吗,珍妮?"他问她,随即微微扬起下巴,不真诚地补了一句,"看得出来,岁月没有摧残你。"

她喉咙里发出低吼声。我余光瞥见她愤怒地举起拿刀的手。他也看见了。

"你的小妾生涯,"他继续,"收获大吗?我猜想你见识了特别广大的世界,许多不同的人和丰富多彩的文化……"

他在采用激将法,并且奏效了。她愤怒地嚎了一声,多年奴役的屈辱爆发了,她扑上去作势要拿刀砍他。

"珍妮,不要……!"我大喊,可太迟了,他当然做了万全准备。她却完全照他的期望在行事,当她进入攻击距离时,他抄出自己的匕首——必定是事先塞在后腰的皮带里——轻松躲开她全力挥出的一刀。随后她发出愤怒而痛苦的号叫,只见他抓过她的手腕扭转,她手中的刀落在地板上,而他手臂勒住她的脖子,匕首抵住她的咽喉。

他躲在她身后看着我,眼睛闪闪发光。我脚底发力准备冲过去,他则刀锋抵在她脖子上。她呜咽一声,两条胳膊死死抓着他的前臂,想挣开他的控制。

"呃喔,"他对她发出警告,一点一点移过来,拖着她走向门口,其间刀始终压在她脖子上。她不听话地挣扎,他脸上的表情也变了:从趾高气昂到恼火。

"少乱动,"他咬牙切齿地对她说。

"照他说的做,珍妮,"我劝她,但她在他怀里疯狂踢打,汗水打湿的头发粘在她脸上,似乎她对被他控制感到无比恶心,宁可被刀伤到也不愿多一秒和他肌肤接触。她真的被割伤了,血已从她颈部流了下来。

"你不能老实呆着吗,女人!"他凶狠道,慢慢丧失了冷静,"看在上帝的份上,你想死在这儿吗?"

"死在这儿然后让我弟弟杀了你,也好过放你逃走,"她嘶声说道,继续费劲地挣动。我注意到她往地面瞟了一眼。离他们扭打的地方不远,就是卫兵的尸体,我刚反应过来她想干什么,事情已经发生了:雷金纳德在死尸伸出的一条腿上绊到了,跟跄了一下。就一下。足够了。珍妮趁机发力,一声大喊,身体猛地往后顶,他跟跄的身体失去平衡,重重撞在门上——我的剑还牢牢嵌在门板那儿。

他嘴巴大张,震惊而痛苦,仿佛在无声地叫喊。他的手仍搭在珍妮身上,但已失去力度,渐渐松开,她往前跌倒,只留雷金纳德被钉在门上。他看着我,又看看胸口,剑尖从那里戳出来。痛苦令他扭曲了面庞,牙齿沾满了血。接着,慢慢地,他从剑尖滑下来,倒在第一个卫兵身边。手落在胸口的血洞,鲜血浸染了衣服,渐渐漫到地面上。

他微微偏过头,寻找我的视线,"我试着做正确的选择,海瑟姆,"他说,眉毛皱成一团,"你当然能理解的对吗?"

我俯视他,心中默哀,不是为了他——是为了被他夺走的我的童年。

"不,"我对他说,光芒从他眼中慢慢消失。

希望我最后的公平论断跟着他去到另一个世界。

"混蛋!"珍妮在我身后尖叫。她爬了起来,跪着双手撑地,像野兽一样嘶喊,"没阉了你算你走运!"但我觉得雷金纳德已经听不见了。那些话只能留在活人的世界了。他死了。

五

门外一阵响动,我跨过尸体拉开门,如果卫兵再来,务必做好迎战的准备。只不过，出现在我面前的是莫妮卡与卢西奥，两人从楼梯平台往下走，手中大包小包，霍顿正给他们引路。母子俱是苍白消瘦的脸——长期被禁闭的人的脸。他们的视线越过栏杆，望向下方的门厅，遍地死者的景象让莫妮卡倒抽一口凉气，震惊地用手掩住嘴。

"我很抱歉，"我说，不确定自己在为什么道歉。为吓到他们？为弄出一地的尸体？为他们被挟为人质整整四年？

卢西奥满是恨意地瞪了我一眼，偏开视线。

"我们不必你道歉，谢谢先生你，"莫妮卡用不流利的英文说，"我们感谢你，终于放我们自由了。"

"如果你愿等，我们明早离开，"我说，"霍顿，你觉得可以吗？"

"可以，先生。"

"我想我们更愿意早点走，等准备够回家的食物和水就动身，"莫妮卡回答。

"请等等，"我道，听出了自己声音中的疲惫，"莫妮卡，卢西奥。请等等，我们早上一起走吧，好保证你们旅途安全。"

"不用了，谢谢你，先生，"他们已走到楼梯最下一阶，莫妮卡仰起头，扭脸看我，"我想你做得够多的了。我们知道马厩在哪儿。我们可以自己去厨房弄吃的，然后是马……"

"当然，当然。你们有……有什么可以自保的东西吗，万一碰上强盗？"我快步走下楼梯，伸出手从其中一个死去的卫兵身上拿来一把剑。我剑柄朝外递给了卢西奥。

"拿着，卢西奥，"我说，"回家路上，你需要这个保护你母亲。"

他抓住了剑，抬头看着我，我认为他眼神软化了下来。

然后他将剑捅进我的身体。

1758年1月27日

死亡。已经有了那么多的死亡,还会有更多死亡。

多年前,当我在黑森林击杀联络人时,自己计算错误,刺进他的肾脏,加速了他的死亡。这次庄园的门厅里,卢西奥持剑刺穿我,完全是出于运气,躲开了所有主要器官。他的一刺凶猛无情。和珍妮一样,那一击代表了多年被压抑的愤怒和做梦也要复仇的心理。而我自己一生中所有的时间都在寻求复仇,我根本不怪他这么做。只是他没有杀了我,显然,我还在这里写字。

只不过,那一下让我受了重伤,接下来一整年我都躺在庄园的床上。我仿若站在峭壁,面前是无边无涯的死亡,时而清醒,时而昏迷,伤口感染,高烧不退,但我在疲倦中反抗死亡,微弱但跃动的意志火焰在身体里不曾熄灭。

角色对调了,这一次换作霍顿来照顾我。每当我恢复意识,从汗水浸湿的床单上挣扎着醒来,他都在那里,抚平我身下的亚麻,换一块新的凉法兰绒置于我火烫的眉心，安慰我。

"没事的先生，没事的。放松吧。最坏的阶段你已经挺过去了。"

是吗？最坏的已经过去了吗？

有一天，发了多久的烧我完全不知道——我醒来，用力抓着霍顿的胳膊，支撑着坐起身来，认真盯着他的眼睛问："卢西奥。莫妮卡。他们在哪？"

我脑中出现过这样的画面——暴怒而复仇心切的霍顿，把两人都砍死了。

"你昏迷前说的最后一句话是放过他们，先生，"他道，脸上的表情显示他并不满意，"所以我放过了他们。给他们备好马，还有补给，送他们上路了。"

"很好，很好……"我大口喘气，感觉黑暗渐渐升起，又要把我捕获，"你不能怪……"

"太懦弱了，"他懊恼地说，我又失去了意识，"没别的可以说，先生，就是太懦弱。好了，快闭上眼，好好休息……"

我也看到珍妮前来陪伴，哪怕是伤情危重、发着烧的阶段，我都情不自禁注意到她身上的变化。她仿佛已经找到了内心的宁静。有一两次我感觉到她坐在我床边，听着她讲安妮女王广场的生活，讲她打算回去，并——用她的话说——"打理家族生意"。

一旦我姐姐珍妮重返家族……我不敢想。哪怕神志不清，我打心底同情那些负责肯威家业的可怜人。

我床边的桌上静静躺着雷金纳德的圣殿戒指，可我没有戴上它、拿起它甚至碰它。至少此时，我内心既非圣殿亦非刺客，也不想跟任何一方扯上关系。

终于，卢西奥刺伤我三个月后，我爬下了床。

深吸一口气，我的左臂被霍顿两手紧紧抓着，我把两脚从被单底下抬出来，踩在冰冷的木地板上，睡袍的边缘滑到膝盖处。上一次站立感觉像隔了一辈子那么久。霎时间，我感觉腰侧的伤处一阵剧痛，我伸手扶了上去。

"感染得很严重，先生，"霍顿解释道，"我们没办法，只有切除一些腐烂的皮肤。"

我挤出张苦脸。

"你想去哪里，先生？"我们缓缓从床边走向门口，霍顿问。这让我觉得自己像个残废，但此刻我很高兴被这么对待。我的力量很快会回复。然后我就会……

变成过去那个自己吗？我不知道……

"我就想看看窗外，霍顿，拜托你，"我说，他答应了，领我来到窗前，好让我凝望庭院，我的童年有太多日子在其上活动。站在这里时，我意识到，成年后的大部分时间里，当我想到"家"，我总想象自己久久地望着窗外，不是眺望安妮女王广场的花园，就是庄园的庭院。两个地方我都叫过家，至今还这么叫，而现在——现在我了解了父亲和雷金纳德的完整故事——它们具有了更深远的意义。几乎是相辅相承地，组成了我的两半少年时代，拼合成我这个人。

"我看够了，谢谢你，霍顿，"我道，由着他领我回到床边。我爬上床，忽然觉得……特别不愿承认，可在从床到窗又返回的漫长旅程后，我感到了"虚弱"。

即便如此，我几乎完全康复了，光是这个念头就足以让我脸带笑意，霍顿则忙忙碌碌地收起装水的高脚杯和用过的法兰绒，脸上露出一个奇怪、阴暗、难以忍受的表情。

"看到你重新站起来真好，先生，"他意识到我在看他，便说。

"我最该感谢的人是你,霍顿,"我道。

"还有珍妮小姐,先生,"他提醒我。

"确实。"

"有一阵我俩都很担心你,先生。伤势很严重,你差点活不下来。"

"否则也太离奇了,战争、刺客和悍勇的宦官都经历过了,最后却死在一个小毛孩手上。"我轻笑。

他点头,淡淡一笑。"着实不假,先生,"他表示赞同,"真是苦涩的讽刺。"

"好了,我也可以算大难不死了,"我说,"很快,再过一个礼拜左右吧,我们就动身回美洲,在那里继续我的事业。"

他看着我,点了点头。"如你所愿,先生,"他说,"暂时不需要我了吧,先生?"

"是的是的,当然了。抱歉,霍顿,过去这几个月太麻烦你了。"

"我唯一的心愿就是看到你康复,先生,"说完他离开了。

1758年1月28日

今早我听到的第一个声音是一记惨叫。珍妮的惨叫。她走进厨房,发现霍顿吊死在干衣架上。

她还没奔进我房间我就知道了——知道发生了什么。他留下一张纸条,但其实没有必要。他自杀是因为科普特祭司对他做过的事情。就这么简单,不意外,一点也不。

父亲的死让我认识到,悲恸之前,人会经历一个呆木的阶段,并且在程度上相互对应。开始越没有痛的感觉,越茫然,越麻木,过后的哀伤,也就越久,越痛彻心扉。

第四部

1774年,十六年后

1774年1月12日

我在一个跌宕起伏的夜晚结束之时写下这段话,脑海里只有一个问题。有没有可能……

我有一个儿子?

答案是我并不确定,但确实有些蛛丝马迹,而且我还有种感觉——或许可以说是一种极为顽固的感觉,这种感觉时常困扰着我,就像是一个坚持不懈的乞丐,死命地拽着我外套的衣角不放。

当然,这并不是我唯一的精神负担。有些日子里,我感觉自己像是要被回忆、猜疑、悔恨和悲伤压弯了腰。那些日子里,我仿佛能感觉到那些昔日的幽灵对我纠缠不休,挥散不去。

我们埋葬了霍顿之后,我出发前往美洲,而珍妮则返回英格兰生活,她回到了安妮女王广场,后来也一直未婚。毫无疑问,她失踪的这些年会引发无穷无尽的流言飞语,而成为猜测的对象肯定正合她的心意。我们之间互通过书信,尽管我很想说共同的经历已经让我们言归于好，但赤裸裸的现实却并非如此。我们互通书信是因为我们都姓肯威，感觉上我们应该要相互保持联系。珍妮不再对我冷嘲热讽，所以从这一方面讲，我们的关系确实是改善了，但我们的信件却是乏味又敷衍了事的。我们两人都已经饱受痛苦与不幸，这些伤痛足够延续我们整个人生。我们还能在信里讨论些什么？根本没什么可谈的。所以我们也只能讨论些空洞乏味的事情。

与此同时——我一直是对的——我也在悼念霍顿。我从没见过比他更好的人，以后也不会见到。虽然对于他来说，他自身丰富的力量与品德却并不足够。他的男性尊严被人夺走了。他无法忍受、也不准备忍受这种屈辱活下去，所以等到我康复之后，他就自行了断了生命。

我为他深感悲伤，或许以后也将一直如此，我也为雷金纳德的背叛而悲伤——为我们之间曾经有过的关系，也为我的人生建基其上的谎言与背叛悲伤。我还为曾经的我而悲伤。我身侧的疼痛从未褪去——疼痛不时还会发作——尽管我未曾允许自己的身体日渐衰老，但它已经自行决定这么做了。我的鼻子和耳朵上长出许多细小的硬毛。突然间，我的身手不再像以往那样敏捷了。虽然我在骑士团中的地位从未像现在这般重要，但我的身体已经不复当年。回到美洲以后，我在弗吉尼亚建了一座农庄，种植烟草和小麦，有时我会绕着庄园纵马骑行，同时也意识到我的体力正随着岁月的流逝慢慢衰弱。上马和下马也变得比以往困难了一些。我的意思并不是说这样做很难，只是比以前要困难一点，因为我依然要比只有我一半年纪的人更强壮、更快、身手更矫健，在我的庄园里，也没有哪个工人的身体状况比我更好。但即使如此……我还是不比自己以往那样强壮、快速和灵巧了。岁月终究还是没有饶过我。

1773年的时候，查尔斯也返回了美洲。他成了我的邻居，也是一位类似的弗吉尼亚庄园主,他的农庄和我的之间骑马只有半天的路程。我们互通过书信,彼此都同意我们有必要碰面谈谈圣殿的事业,还有如何扩大殖民地分部的利益。我们谈的主要是日渐高涨的叛乱情绪,革命的火种已经在微风中四处飘扬,还有我们要如何利用这种情绪,因为我们的殖民地已经越来越厌倦英国议会强加在他们头上的新法条款了:《印花税法案》《税收法案》《补偿法案》还有《关税法案》。他们不仅受到税负的压榨,而且愤懑不已,因为没有人能代表他们的观点,表达他们的不满。

乔治·华盛顿定然是这些不满者其中之一。这位曾经与布雷多克并马而行的年轻军官已经辞去军职,接受了因为他在法国印第安人战争期间帮助英军而得到的土地封赏。但这些年里他所拥护的事业已经改变了。这位眼神明亮的军官拥有一种富有同情心的人生观——至少比他的指挥官要有同情心得多——对此我颇为赞赏,他现在已经成为反英运动中最响亮的声音之一。毫无疑问,这是因为国王陛下政府的利益与华盛顿个人的商业野心产生了冲突:他在弗吉尼亚议会提出抗诉,试图推动立法禁止从大不列颠进口商品。事实上,这次注定失败的立法尝试只是对日渐增长的国民不满产生了推波助澜的作用。

而发生在1773年12月的倾茶事件——实际上,就是在上个月——正是这几年来——不,是几十年来——累积的不满情绪集中爆发的顶点。借着把整座港口变成世界上最大的一杯茶,殖民地居民告诉英国和整个世界,他们已经不再准备继续生活在不公正的制度之下了。想必要不了几个月就会爆发一场全面的暴动。于是,就像我照料庄稼、或是写信给珍妮,又或是每天早晨从床上爬起来一样,我带着与之同等的热情——换句话说就是少得可怜——决定是时候让骑士团为即将到来的革命做好准备了,因此我召开了一次会议。

二

我们齐聚一堂。这是超过十五年来第一次,我们所有人都聚在一起,二十年前我曾与这些殖民地宗的男人们一起经历过那么多的冒险。

我们聚集在波士顿市郊一家名叫"躁动幽灵"的酒馆低矮的房梁下面,酒馆里空荡荡的。我们刚来的时候酒馆里还有些人,但托马斯意识到我们很快就需要单独使用这个地方,于是干脆赶走了蜷缩在木桌上的几位醉汉。我们之中平日穿军装的那几位现在都穿着平民的衣服,他们穿着扣得整整齐齐的外套,帽檐压低遮住眼睛,我们围坐在桌边,手边放着啤酒杯:我、查尔斯·李、本杰明·丘奇、托马斯·希基、威廉·约翰逊和约翰·皮特凯恩。

就是在这里,我第一次听说了关于那个男孩的事。

本杰明最先提起了这个话题。他是我们安插在波士顿自由之子里的人,自由之子是一群爱国者,这些反英的殖民者参与组织了波士顿倾茶事件,而在两年前,他在玛莎葡萄园岛遇到过一个人。

"一个原住民男孩,"他说。"我以前从没见过他……"

"是你不记得自己以前见过,本杰明,"我纠正道。

他拉着脸。"好吧,我不记得自己以前见过他,"他改口道。"那男孩大步走到我面前,大摇大摆地质问我查尔斯在哪儿。"

我转向查尔斯。"那么,他是在找你。你知道他是谁吗?"

"不知道。"可他说话的样子有些不诚实。

"我再问你一次,查尔斯。你有怀疑过那个男孩可能是谁吗?"

他向后靠在椅背上,转开了视线,望向酒馆的另一边。"我想没有,"他说。

"但你并不确定?"

"曾经有个男孩……"

桌上像是陷入了一阵尴尬的沉默。他们要么伸手去拿酒杯，要么耸起了肩膀，再不然就是端详着旁边火堆里的什么东西。就是没人正视我的眼睛。

"有没有谁能告诉我这究竟是怎么了？"我问道。

这些人——没有哪个能比得上霍顿的十分之一。我意识到自己对他们感到厌烦，打心底里感到厌烦。而且这种感觉正变得愈演愈烈。

最后是查尔斯——查尔斯第一个从桌子另一边看过来，他看着我的眼睛告诉我，"是你的莫霍克女人。"

"她怎么了？"

"我很遗憾，海瑟姆，"他说。"我真的很遗憾。"

"她死了？"

"是的。"

当然，我想。如此多的死亡。"什么时候？她怎么死的？"

"那时候还在打仗。事情发生在1760年。已经是十四年前的事了。当时她的村子遭到袭击，被一把火烧了。"

我感觉到自己抿紧了嘴。

"是华盛顿干的，"他瞥了我一眼，急忙补充道。"乔治·华盛顿和他的手下。他们放火烧了村子，你的……她死在了村子里。"

"你当时在场？"

他涨红了脸。"是的，我们想跟村里的长老谈谈先行者遗迹的事情。可我真的无能为力，海瑟姆，我向你保证。华盛顿和他的手下趾高气昂地踏平了整座村子。那天他们都杀红了眼。"

"当时还有个男孩？"我问他。

他的目光扫向一旁。"是的，有个男孩——很小，大约五岁。"

大约五岁，我想。我在脑海中想起齐欧的模样，想起那张我曾经挚爱的脸庞，想到这些，我便隐约感到心中对她的悲伤荡起了一阵余波，其中还掺杂着对华盛顿的憎恨，显然他在布雷多克将军麾下服役时，从他那儿学了一两手——大概是学到了些关于野蛮和残忍的教训。我想起最后一次我和她在一起度过的时光，我想象着她待在我们小小的营地里，双眼出神地凝视着树林，双手几乎是无意识地抚摸腹部。

不。我把这个想法抛在一旁。这想法太离奇了。太牵强了。

"那男孩威胁我。"查尔斯正说道。

要是在另一种情形下，想到查尔斯这样堂堂六尺高的男子，被一个五岁原住民男孩威胁的样子，我大概会微笑起来——要是我没在试着接受齐欧的死讯的话，就会这样——我几乎是不动神色的深深吸了一口气，感觉到空气填满胸膛，我不再去想她的样子。

"当时并非只有我一个人在场，"他辩护说，我怀疑的环顾着桌边这些人。

"那就接着说，还有谁？"

威廉，托马斯和本杰明都点了点头，他们的眼睛都盯着昏黑多节的木头桌面。

"那不可能是他。"威廉反对说，"肯定不可能是同一个孩子。"

"得了吧，海瑟姆，这可能性能有多大？"托马斯·希基插嘴说。

"你在玛莎葡萄园岛没认出他？"现在我问的是本杰明。

他摇摇头，耸了耸肩。"他就是个小孩，一个印第安小孩。他们看起来都一样，不是吗？"

"那么你当时在玛莎葡萄园岛做什么？"

他的声音有些恼火。"我在休息。"

或者是在盘算怎么中饱私囊，我想着，并且开口说道："真的？"

他撅起嘴唇。"如果事态按我们预想的情况发展,叛乱分子自行整编成一支军队的话,那么接下来我将成为他们的首席医务官,肯威大人,"他说,"这是军中最高级的职位之一。我想您或许也有些祝贺我的话想说,而不是质问我为什么那天在玛莎葡萄园岛。"

他在桌边寻找支持,托马斯和威廉犹豫地向他点了点头,这两人同时都斜了我一眼。

我做了让步。"你看我竟然完全忘了礼数,本杰明。的确,等你得到了这个职位,将会对骑士团的事业产生极大的促进作用。"

查尔斯大声清了清喉咙。"同时我们也希望,如果这支军队能够成形的话,我们的查尔斯能被任命为这支军队的总司令。"

由于酒馆里的灯光非常昏暗,我无法看清查尔斯的脸,但我能感觉到他脸红了。"我们可不仅仅是希望,"他反对说,"我是显而易见的最佳人选。我的从军经验远远超过乔治·华盛顿。"

"没错,可你是个英国人,查尔斯。"我叹了口气。

"我生于英国。"他气急败坏地说,"但我心里是个殖民地人。"

"你心里怎么想恐怕是不够的。"我说。

"我们走着瞧。"他愤愤不平地答道。

没错,我们是得走着瞧,我疲惫地想,然后我把注意力转向威廉,他到目前为止一直闭口不言,不过,作为受倾茶事件影响最大的人,他这样做的原因也是显而易见的。

"那么你的工作怎么样了,威廉?购买原住民土地的计划进展如何?"

当然,我们都知道情况如何,可这件事不得不提,而且还必须由威廉来说,不管他自己愿不愿意。"联盟已经同意了这笔交易……"他开口道。

"但是……?"

他深吸了一口气。"当然,肯威大人,你知道,我们筹集资金的计划……"

"茶叶?"

"而且当然,你也知道,关于波士顿倾茶的事情?"

我举起双手。"此事的影响已经波及全世界。先是印花税法案,现在是这个。我们的殖民地人民正在反抗,你们不知道吗?"

威廉向我投来责备的目光。"我很高兴眼下的局势能让你觉得开心,肯威大人。"

我耸耸肩。"我们所采用的手段最美妙之处就在于,我们把所有的暗桩都掩藏的很好。现在围着这张桌子,我们有殖民地的代表"——我指向本杰明;"英军的代表"——我指的是约翰;"当然,还有我们自己的雇佣兵:托马斯·希基。在外人看来,你们所属的阵营截然不同。可在你们内心里,遵从的却都是骑士团的理想。所以,你得原谅我,威廉,尽管你遭受了挫折,可我依然觉得心情愉快。这只是因为我相信那不过是一次小小的挫折。"

"好吧,我希望你是对的,肯威大人,因为事实上,我们现在已经无法再用那种方法来筹备资金了。"

"因为叛乱分子的行动……"

"没错。另外还有件事……"

"什么?"我问道,同时感觉所有人的目光都集中在我身上。

"那个男孩也在那里。他是领头人之一。他把许多箱茶叶扔进了港口。我们都看见他了。我、约翰、查尔斯……"

"同一个男孩?"

"几乎可以确定,"威廉说,"他的项链和本杰明描述的完全一致。"

"项链?"我说,"什么样的项链?"我保持着无动于衷的表情,甚至试着不去吞咽口水,与此同时本杰明开始描述齐欧的项链。

这说明不了什么,等他们说完以后,我告诉自己。齐欧已经去世了,所以当然她的项链会传给别人——即便那真的是同一条项链的话。

"还有些其他的事,对吗?"我叹了口气,看着他们的脸。

他们整齐划一地点了点头,但开口说话的是查尔斯。"本杰明在玛莎葡萄园岛遇到他的时候,他看起来只是个普通的小孩。而在倾茶的时候,他看起来就一点也不普通了。他穿着袍子,海瑟姆。"查尔斯说。

"袍子?"

"刺客的袍子。"

1776年6月27日

一

去年这个时候，事实证明我是对的，而查尔斯错了，当时乔治·华盛顿真的被任命为新组建的大陆军的总司令，而查尔斯则担任少将。

听到这个消息让我很不高兴，查尔斯更是怒火中烧，之后他一直愤懑不已。他一直说乔治·华盛顿连指挥一队卫兵都不称职。当然，一如往常，他这话既不正确，也并不完全错误。一方面，华盛顿的领导表现得颇为天真，可另一方面他也获得了一些引人注目的胜利，其中最重要的是在三月解放了波士顿。他也赢得了下属的信心与信任。毫无疑问，他确实有些优秀的品质。

但他并不是圣殿骑士，而我们需要让自己人来领导革命。我们不仅打算要控制住胜利的一方，同时我们也认为，如果能让查尔斯来领军，我们获胜的可能性会更高。因此，我们策划除掉华盛顿。就这么简单。计划有望顺利进行，只有一个问题：那个年轻的刺客。这个刺客——他可能是，也可能不是我的儿子——对我们来说依旧像是眼中钉、肉中刺一般。

二

首先是威廉。他死了。他在去年革命战争开始之前不久被杀。倾茶事件之后，威廉开始以代理人的身份协调购买印第安人土地的交易。然而交易阻力重重，尤其是易洛魁联盟极力反对，当时他们与威廉在他的宅邸前会面进行协商。据各方面说，一开始谈判很顺利，但事情往往就是这样，有人说了些什么，然后情况就开始急转直下了。

"兄弟们，求你们了，"威廉恳求道，"我相信我们会找到解决办法的。"

但那些易洛魁人却听不进去。土地是他们的，他们争辩道。他们对威廉的解释充耳不闻，如果土地能转入圣殿骑士手中，那么无论哪一方势力从即将到来的冲突中胜出，我们都会阻止他们控制这片土地。

原住民联盟成员们的异议此起彼伏。他们心怀疑虑。有些人争辩说，凭他们自己根本不可能与英军或者殖民地军队相抗衡，其他人则觉得与威廉达成协议也于事无补。他们已经忘了二十年前圣殿骑士是怎样从塞拉斯的奴役中解救了他们的人民，相反，他们却记得威廉组织的探险队进入森林，试图寻找先行者的遗迹，他们还记得我们在发现的密室里进行的挖掘工作。这些暴行在他们的脑海里鲜活无比，不容忽视。

"安静，安静，"威廉争辩道，"难道我不是一直在为你们谋求利益吗？难道我不是一直在努力保护你们不受伤害吗？"

"如果你想保护我们,那就给我们武器。有了滑膛枪和马匹,我们自己能保护自己,"作为回应,一位联盟成员争辩道。

"战争不是解决之道,"威廉坚持说。

"我们记得你扩张过边界。甚至今天你的人还在挖掘土地——完全不顾生活在土地上的人。你说的话都是抹了蜜的谎言。我们不是来这里谈判的。我们也不会把土地卖给你。我们来这里是要告诉你,你和你的手下统统都得离开这些土地。"

令人遗憾的是,威廉决定诉诸武力来阐明他的观点,于是开枪打死了一个原住民,他还威胁如果联盟不签署合同,就要杀死更多的人。

值得赞扬的是,这些人拒绝了:他们宁死不屈,拒绝向威廉展示的武力屈服。这是何等惨烈的证明,随着滑膛枪子弹射入他们的头颅,他们开始一个个倒下。

然后那男孩出现了。我让威廉的手下向我详细描述过他的样子,他所说的与本杰明讲述他在玛莎葡萄园岛上遇到的人完全吻合,也与查尔斯、威廉和约翰在波士顿港见到的人一致。他戴同样的项链,穿着同一件刺客袍。那就是同一个男孩。

"那个男孩,他对威廉说了什么?"我问站在眼前的士兵。

"他说他打算终结约翰逊老爷的计划,阻止他为圣殿骑士夺走这些土地。"

"威廉回话了吗?"

"他确实说话了,先生,他告诉那个凶手,圣殿骑士努力争夺这些土地是为了保护印第安人。他告诉那个男孩,无论是乔治王还是殖民者,他们都无意保护易洛魁人的利益。"

我翻了翻眼睛。"鉴于那孩子赶来的时候,他正在屠杀原住民,这可不是什么特别让人信服的理由。"

那个士兵低下了头。"也许不是,先生。"

三

如果说我对威廉的死有点太过冷静的话,好吧,这也情有可原。威廉这个人,虽然工作上勤勤勉勉,人也热忱,可他从来就不是最好脾气的那种人,而一旦遇到需要动用武力来进行交涉的情况,他就会把谈判搞得一团糟。尽管我并不愿意承认,但他其实是咎由自取,而我恐怕也从来都不是一个能容忍无能的人:我年轻的时候就不是,我想这是那时候我从雷金纳德身上学来的,而现在,已经年过五十的我更是如此。威廉是个十足的蠢材,他为此付出了生命的代价。同样的,获取原住民土地的计划,虽然对我们来说很重要,但已经不再是我们的首要目标,自从战争爆发以来就不是了。现在我们的主要任务是取得对军队的控制权,而且,既然正当的手段已经失败,我们就要采取非常手段了——暗杀华盛顿。

然而,当刺客把我们的英军军官约翰定为下一个目标时,这个计划就遭到了打击,他袭击了约翰,是因为他所做的工作是消灭叛军。再一次,虽然失去这样一个有价值的人让我很是恼火,但要不是因为约翰的口袋里有一封信的话,这件事本不会影响到我们的计划——不幸的是,那封信中详细写明了刺杀华盛顿的计划,而且还点名我们的托马斯·希基被选定为执行计划的人。年轻的刺客立即火速赶到纽约,托马斯成了他的下一个目标。

为了筹集资金,也是为了给刺杀华盛顿做准备,托马斯正在纽约制造假币。查尔斯已经随大陆军抵达了纽约,所以我一个人悄悄进了城,找了落脚的地方。我一到纽约就接到了消息:那男孩已经找到了托马斯，只是两人都已经被逮捕，并且被扔进了布赖德韦尔监狱。

"不要再犯错了，托马斯，明白吗？"我去监狱里看他的时候对他说，我在寒冷中打着哆嗦，监狱里的臭味、喧闹声和噪音让我觉得恶心，然后，突然间，在隔壁那间囚室，我看到了他：那个刺客。

我立刻就明白了。他有他母亲的眼睛，同样乌黑的头发，下巴上带着骄傲。他像极了他母亲。毫无疑问，他是我儿子。

四

"就是他，"我们一起离开监狱的时候，查尔斯说。我吃了一惊，但他并没有注意到：纽约天寒地冻，我们的呼吸都凝出了白雾，他一门心思想的都是保暖。

"谁？"

"那个男孩。"

当然我完全清楚他的意思。

"你到底在说什么，查尔斯？"我生气地说，一边往手里哈气。

"你还记得我跟你说过，我在1760年的时候遇到过一个男孩吗，在华盛顿的手下袭击一个印第安村子的时候？"

"是的，我记得。他就是那位刺客，对吗？在波士顿港的也是他？杀了威廉和约翰的也是他？就是现在关在里面的那个男孩？"

"看来就是他，海瑟姆，是的。"

我严厉地批评了他。

"你知道这意味着什么吗，查尔斯？是我们造就了这个刺客。他心里燃烧着对所有圣殿骑士的仇恨。他村子被烧得那天看到你了，对吗？"

"是——是的，我已经告诉你了……"

"我猜他还看到了你的戒指。我猜在他遇见你几周之后，皮肤上都还留着你戒指的印子。我说得对吗，查尔斯？"

"你对那孩子的关心很让人感动，海瑟姆。你总是很支持那些原住民……"

他这些话停在嘴边，因为在下一刻，我已经一把抓起他的斗篷，把他狠狠地按在监狱的石墙上。我居高临下地看着他，双眼愤怒地盯着他的眼睛。

"我关心的是骑士团，"我说，"我唯一关心的只有骑士团。而且，如果我说错了请纠正我，查尔斯，骑士团可没有宣传过要对原住民搞什么愚蠢的大屠杀，也没有鼓吹过要烧毁他们的村子。我好像记得，我从来没有教导过这些。你知道这是为什么吗？因为这种举动，会在我们希望能争取到我们这种思维方式这边来的人心里引发——你们是怎么说来着——'怨恨'。这种事会把中立派都赶到我们的敌人那一边。就像现在这样。我们的人死了，我们的计划岌岌可危，都是因为你在十六年前干的好事。"

"不是我干的——是华盛顿——"

我放开了他，向后退了一步，双手紧紧握在身后。"华盛顿会为他的所作所为付出代价。我们会确保这一点。很明显，他这个人残酷野蛮，不适合做领袖。"

"我同意，海瑟姆，我已经采取了措施，确保不会再有很多的干扰了，这是个一石二鸟的计划。"

我严厉地看着他。"说下去。"

"那个原住民男孩将以阴谋刺杀华盛顿，以及谋杀典狱长的罪名被处以绞刑。当然，华盛顿本人会到现场——我会设法保证这一点——

而我们可以借此机会除掉他。托马斯自然非常乐意执行这个任务。这只取决于您，作为殖民地分部的大团长，只需要您同意就行了。"

"这有些仓促了吧，"我说，我能听出自己声音里的迟疑。可是为什么？为什么我还要在乎谁生谁死？

查尔斯摊开手。"是有些仓促，可有时候最好的计划就是这样。"

"确实，"我同意道，"确实如此。"

"那么？"

我思索着。只要一句话，我就批准了我自己孩子的死刑。什么样的禽兽能做出这种事？

"就这么办吧，"我说。

"太好了，"他答道，语气里带着突然松了一口气的满意。"那我们就不能再浪费时间了。今晚我们就把消息传遍纽约，明天有个革命的叛徒就要受死了。"

五

现在，体会当父亲的感受对我来说已经太迟了。无论在我的内心里曾有过何种能够养育自己子女的力量，都早已经灰飞烟灭。多年来的背叛与杀戮确保了这一点。

1776年6月28日

一

今天早晨我在住所里惊醒过来，我在床上坐起身来，环顾着这个陌生的房间。窗外，纽约的街道上许多人在忙忙碌碌。是我的想象，还是空气中真的弥漫着紧张的气氛，飘到我窗边的谈话声真的带着兴奋和激动？如果这并不是我的想象，那么，这和今天城里要执行的死刑有关系吗？今天他们要绞死……

康纳，这是他的名字。是齐欧给他取的名字。我不禁疑惑，如果我们能一起带他来到这个世界上，事情可能会变得有多么的不同。

他还会叫康纳吗？

他还会选择刺客的道路吗？

而如果这个问题的答案是，不，他不会选择刺客的道路，因为他的父亲是一位圣殿骑士，那么除了一个让人憎恨的人、一个意外和一个杂种之外,这又把我变成了什么呢?一个忠义两难的人。

可这个人也已经下定了决心,他不会让自己的儿子死去。至少今天不行。

我穿上衣服,但并没有穿平时的衣物,而是披上了一件带兜帽的黑色长袍,我把兜帽拉过头顶,然后匆忙赶到马厩,找到了我的马,接着策马奔向刑场。泥泞的街道上挤满了人,惊诧的市民纷纷跑开,给我让出道路,他们朝我挥舞着拳头,又或是在帽檐下瞪大了眼睛。我疾驰而过,朝着人群变得密集的地方奔去,随着绞刑即将开始,围观者已经聚集起来。

我策马而去的时候,心里想知道我究竟在做什么,可随即又意识到其实我并不知道。我只知道此刻我心中的感受,那感觉就仿佛我一直在沉睡着,但突然间,我醒了。

二

绞刑台上,绞架正等待着下一个牺牲品,与此同时,不少人却期待着今天的娱乐。广场周边都是马匹和马车,许多人爬上马车,想看得清楚一些:看上去怯懦的男人、脸上忧心忡忡、容色憔悴的矮个子女人、还有肮脏邋遢的孩子。有些旁观者坐在广场上,其他人则在周围转来转去:成群结队的女人站在一起窃窃私语,男人从皮酒囊里畅饮麦芽酒或是葡萄酒。他们全都是来看我儿子受刑的。

广场一边,来了一辆两侧都有士兵护卫的马车,我瞥见康纳就在里面,满脸笑容的托马斯·希基也跳了出来,随后他把康纳也拽下马车,而且嘲笑他:"你没想过我会错过你的告别聚会吧,对吗?我听说华盛顿也要亲自出席呢。希望他身上别发生什么不好的事……"

康纳的双手绑在身前,他憎恨地瞪了托马斯一眼,再一次,我为他身上能找到这么多他母亲的影子而感到惊奇。但是,除了蔑视和勇敢之外,今天他身上还带着……恐惧。

"你说过会有一场审判,"他厉声说道,同时托马斯粗暴的推搡着他。

"恐怕叛徒不用审判。李和海瑟姆都安排妥了。你要直接上绞架了。"

我身上发冷。康纳要带着我签署了他的死刑令的想法走向死亡了。

"我今天不会死,"康纳骄傲地说。"你就不一定了。"但他是扭着头说的,因为护送马车抵达广场的卫兵正用枪柄戳着他走向绞架。刑场的喧闹声越来越大,同时分成两边的人群纷纷伸出手来,想要抓住他、殴打他,把他踢倒在地。我看见一个眼中带着忿恨的男人正挥拳要打他,我和他的距离非常近,足够我抢在他动手之前抓住他的拳头,我使劲把那男人的手臂拧到他身后,然后把他摔倒在地。他怒火腾腾地抬头看着我,但看见我在兜帽下瞪着他的眼神让他停止了动作,他爬起身来,紧接着就被激动混乱的人群卷走了。

与此同时,康纳已经被推到了远处,伴随着人群里各种复仇般辱骂的攻击一道前进,我隔得太远,没法阻止另一个男人猛冲上前抓住了他——但我近到足够看清他兜帽下的脸、近到足够从嘴唇的动作读出他说的话。

"你并不是一个人。需要的时候,你只要喊一声……"

那是阿基里斯。

他是来这儿救康纳的,康纳回答道:"别管我——你得去阻止希基。他——"

但随后他就被拖走了,我在脑海里替他说完了那句话:"……打算刺杀乔治·华盛顿。"

正说到他,他就到了。总司令带着一小队卫兵抵达了刑场。当康纳被拉上绞刑台,刽子手把绞索套在他脖子上的时候,人群的注意力都转到了广场的另一头,华盛顿被领上后方的一座加高平台,即使是现在,那里的卫兵们仍然粗暴地将人群一个不留地挡在外面。作为少将,查尔斯也和他站在一起,我趁机比较了一下他们两人:查尔斯的个子比华盛顿高得多,然而比起华盛顿的平易近人,查尔斯则有几分冷漠。看着他们俩站在一起,我立刻就明白了为何大陆会议选择了华盛顿,而不是他。查尔斯看上去太英式了。

随后,查尔斯带着几个卫兵离开了华盛顿,他一路穿过广场,一边走一边推开挡路的人群,随后他登上通往绞架的台阶,在此向大众发表讲话,人群蜂拥上前。我发现自己被挤在群众之间,鼻子里闻到麦芽酒和汗水的味道,我试着用手肘在人群里挤出一点空间。

"兄弟们,姐妹们,爱国同胞们,"查尔斯开始演讲了,人群焦躁着安静下来。"几天前,我们获悉了一个阴谋,这个阴谋是如此的邪恶、如此的卑鄙,此刻哪怕是将它复述出来,也让我深感不安。你们面前的这个男人,密谋刺杀我们敬爱的将军。"

人群倒吸了一口气。

"是的,"查尔斯大喊道,他开始直奔主题。"究竟是怎样的黑暗与疯狂在驱使着他,我们无人知晓。而他自己也无意辩护。毫无懊悔之意。虽然我们再三地请求他、恳求他供述内情,但他始终缄默不语。"

这时,刽子手走上前去,把一个粗麻布袋子套在康纳头上。

"倘若这个男人不愿为自己辩解——倘若他不肯坦白,不肯赎罪——那除此之外,我们还有什么其他的选择吗?他试图把我们送进敌人手中。因此我们迫于正义,只好送他离开这个世界。愿上帝怜悯他的灵魂。"

现在他讲完了,我环顾四周,试图找出更多阿基里斯的手下。如果这是个援救任务,那现在动手正是时候,不是吗?可他们在哪儿?见鬼,他们到底打算怎么办?

弓箭手。他们肯定是要用弓箭手。这并不理想:箭矢不能完全割断绳索,援救者能寄望的最好结果,就是箭矢切断足够的纤维,让康纳的体重拉断绳索。但这必须极为精确才行。这可以布置在……

远处。我转身检查身后的建筑。果然,在我可能会选择的地方有个弓箭手,站在一扇高大的平开窗前。我看着他拉开弓弦,沿着箭矢所指的方向眯起了眼睛。然后,就在活板门打开,康纳的身体坠落的瞬间,他射出了箭。

箭矢从我们头顶飞驰而过,虽然我是唯一注意到它飞过的人,我迅速将视线转向绞刑台,刚好看到它射中绳索,割断了一部分——当然——但还不够切断它。

我冒着被人看见和发现的危险,但我真的那么做了,因为一时冲动,也是出于本能。我从袍子里抽出我的匕首,抛了出去,我看着它划过空气,并且感谢上帝它击中了绳索,完成了任务。

同时康纳痛苦地扭动着身体,然后——感谢上帝——他活生生地穿过活板门摔了下去,我周围响起一片惊讶的吸气声。一时间,我发现自己四周多了大约一臂宽的空间,因为人群出于震惊,都吓得从我身边退开。与此同时,我看见阿基里斯弯下身子,钻进了绞刑架下方,康纳落下去的地方。随后我开始奋力脱逃,随着震惊的平静转变为复仇的咆哮,一路上人们对我又踢又打,卫兵也开始挤过人群向我冲来。我用袖剑划伤了一两个旁观者——足够见血,可以让其他攻击者踌躇思索一下。现在他们胆怯多了,最后他们在我身边让出了空间。我冲出广场,回到我的马身边,愤怒民众的嘘声在我耳中回荡。

三

"他在托马斯抓住华盛顿之前杀了他,"稍后,当我们坐在躁动幽灵酒馆的阴影里,谈论今天所发生的事情的时候,查尔斯沮丧地说。他焦灼不安,不断地扭头张望。他看上去就和我感觉到的一样,我几乎要嫉妒他能自由地表达他的感受。而我,我不得不把内心的混乱隐藏起来。这是怎样的一种混乱啊:我救了我儿子的命,但却严重破坏了骑士团的工作——破坏了我自己下令的行动。我是个叛徒。我背叛了自己人。

"发生了什么?"我问道。

康纳抓住了托马斯,在他杀死托马斯之前,他要求对方回答他的问题。为什么威廉试图买下他族人的土地?为什么我们要谋杀华盛顿?

我点点头。啜了一口我的麦芽酒。"托马斯怎么回答的?"

"他说康纳永远也找不到他想要的东西。"

查尔斯看着我,瞪大双眼,满脸疲惫。

"现在怎么办,海瑟姆?现在怎么办?"

1778年1月7日

一

查尔斯已经开始怨恨华盛顿,而我们刺杀行动的失败更是加剧了他的怒火。他把华盛顿的幸存当作是对他个人的冒犯——他怎么敢活下来?——所以他从未原谅华盛顿。没过多久,纽约被英军攻陷,差点被捕的华盛顿因此饱受责难,尤其是查尔斯对他大肆攻击,而且,对于华盛顿随后横渡特拉华河的突袭行动,他也异乎寻常地无动于衷,尽管事实上,华盛顿在特伦顿之战的胜利已经让革命者们重拾信心。对于查尔斯来说,华盛顿随后输了布兰迪万河之战,并因此丢了费城,才对他更为有利。华盛顿在日耳曼敦对英军的攻击成了一场灾难。如今则是福吉谷。

赢得怀特马什之战后,华盛顿将部队带去了他希望更为安全的地方等待新年的到来。而他选择的有利地点,就是位于宾夕法尼亚的福吉谷：这一万两千大陆军，装备残破，疲惫不堪，当他们行军扎营，准备过冬的时候，没有鞋穿的士兵在地上留下了一长串的血脚印。

福吉谷是个烂摊子。食物和衣物都严重短缺，大量的马匹饥饿致死，或者也饿得精疲力竭。伤寒、黄疸、痢疾和肺炎在军营各处肆意流行，夺走了上千人的生命。士气和纪律几乎已经荡然无存。

不过，尽管丢掉了纽约和费城，尽管他的军队正在福吉谷经受漫长、缓慢而寒冷的死亡，华盛顿身边却还有他的守护天使：康纳。而康纳，出于年轻人对什么都确信无疑的天性，他相信华盛顿。我根本不可能用语言说服他，事情与他认定的并不一样，这一点是可以肯定的：不管我说什么都不可能让他相信，实际上是华盛顿该为他母亲的死负责。在他心目中，该负责的人是圣殿骑士——谁能怪他得出这个结论呢？毕竟，那天他看到了查尔斯。而且还不仅仅是查尔斯，还有威廉、托马斯和本杰明也在场。

啊，本杰明。他是我的另一个问题。说得委婉些，过去这几年里，他已经成了骑士团的耻辱。在试图向英国人兜售情报之后，他在75年被拖上法庭接受质询，而带头审讯的恰恰正是乔治·华盛顿。当时，正如本杰明自己在几年前所预计的一样，他已经被任命为大陆军的首席医务官和医疗总管。他被判"通敌"罪名成立，随后入狱服刑，实际上，此后他一直被关在牢里，直到今年早些时候才被释放——然后他就立即失踪了。

至于说他是否已经公开放弃了骑士团的理想，就像布雷多克在多年前所做的那样，我并不知道。但我知道他很可能是盗窃运往福吉谷物资的幕后黑手，自然，这让驻扎在此的那些可怜人处境更加艰难；我也知道他已经背弃了骑士团的目标，转而追逐个人的利益；我还知道，必须有人出面阻止他——我决定自己来承担这个任务，我从福吉谷附近出发，骑马穿过寒风凛冽、白雪皑皑的费城野外，直到抵达本杰明宿营的教堂。

二

我在教堂里寻找丘奇。但这里已经人去堂空。不仅昔日的教会已经废弃了这座教堂，本杰明的手下也离开了这里。几天前他们曾经在这儿待过，但现在——这儿什么都没有。没有物资，没有人，只有火堆留下的残迹，已经完全冷却，还有许多形状不规则的泥斑，搭过帐篷的位置还留下了几块没被雪覆盖的地面。我把马拴在教堂后面，然后走了进去，教堂里冰冷刺骨，和外面一样冷得让人感觉麻木。沿着教堂走道出现了更多火堆的痕迹，门边还有一堆木头，我仔细观察了一下，随即意识到这是被劈碎的教堂长凳。看来对上帝的敬畏倒成了寒冷的第一个牺牲品。剩下的长凳在教堂两侧摆成两行，正对着庄严肃穆、但废弃已久的讲坛，光线透过沾满污垢的窗户，从庄严的石墙高处照射下来，尘埃在明亮的光束下起伏舞动。粗糙的石质地板上散乱地放着各式各样的板条箱，以及一些包装留下的残迹，我在教堂里来回踱步，四处转了一会儿，偶尔我会弯腰翻动板条箱，希望能找到一些线索，搞清本杰明的下落。

随后我听见门口传来了脚步声，我愣了一下，随即迅速地躲到了讲坛后面，正当此时，巨大的橡木门不祥地嘎吱作响，缓缓地打开了，一道人影走了进来。这个人仿佛在遵循着我所做过的每一个具体步骤，他在教堂里来回踱步的样子就和我刚才一样，他翻转板条箱，留心调查，甚至还无声地咒骂起来，正如我刚才所做的那样。

那是康纳。

我从讲坛后方的阴影里端详着他。他穿着刺客的袍子，满脸紧张，我就这样看了他一会儿。这就好像是在看着我自己——年轻时的自己，身为刺客的自己，那是我原本该走上的道路，是父亲培养我要走上的道路，若不是雷金纳德·伯奇的背叛，这也将是我早已走上的道路。看着他——看着康纳——我心中五味陈杂，激动难平：这其中有悔恨、有苦涩，甚至还有羡慕。

我靠近了他。我们来瞧瞧他到底是个多优秀的刺客吧。

或者，换句话说，让我们来看看我的身手还有没有生疏吧。

三

我出手了。

"父亲，"他说，这时我已经扑倒了他，袖剑架在了他脖子上。

"康纳，"我嘲讽道，"有什么遗言吗？"

"等等。"

"真是糟糕的选择。"

他挣扎起来，眼中闪耀着怒火。"你来这儿检查丘奇干得怎么样，对吗？确定他为你那帮英国兄弟们偷的东西够多了？"

"本杰明·丘奇不是我的兄弟。"我啧啧道。"红衣军或者他们愚蠢的国王也一样。我料到你很天真。可这也……圣殿骑士并不为王权而战。我们追求的东西和你一样，小子。自由、正义、独立。"

"可是……"

"可是什么？"我问道。

"约翰逊、皮特凯恩、希基。他们试图偷走土地，洗劫城镇，还想谋杀乔治·华盛顿。"

我叹了口气。"约翰逊追求土地,这样我们就能保护土地的安全。而皮特凯恩旨在促进外交——这件事让你给彻底搞砸了,后果足以挑起一场该死的战争。至于希基?乔治·华盛顿是个拙劣的领袖。他几乎输掉了自己参与的每一场战斗。这个人被他的犹豫不决和缺乏自信给毁了。瞧瞧福吉谷,你就知道我所言不虚。没有他我们能干得更好。"

看得出来,我说的话对他产生了影响。"听我说——虽然我很乐意跟你继续争论下去,可本杰明·丘奇那张嘴就跟他的自负一样膨胀。显然你想找回他偷走的物资,而我想让他受到惩罚。我们的利益是一致的。"

"你打算怎么办?"他谨慎地说。

我打算怎么办?我思索着。我看见他的目光落在了我颈前的护身符上,相反我也把目光放在他戴的项链上。他母亲想必跟他说起过这个护身符,他无疑是想从我这里拿走它。而另一方面,我们脖子上佩戴的东西都是对她的纪念。

"停战,"我说,"也许——也许联手一段时间对你我双方都有好处。毕竟,你是我儿子,或许你的无知也还有救。"

我们沉默了一阵儿。

"或者如果你喜欢的话,我也可以现在就杀了你。"我笑道。

"你知道丘奇到哪儿去了吗?"他问道。

"恐怕我也不知道。我原本希望等他,或者他的手下回到这儿的时候伏击他。可似乎我来得太迟了。他们已经来过这里,把东西都收拾干净了。"

"我也许可以追踪他,"他说,嗓音里的语气带着一种奇怪的骄傲。

我向后退开,看着他有些卖弄的演示阿基里斯的训练,他指向教堂地面上板条箱拖拽过留下的痕迹。

"这些货物很重,"他说。"很可能是装到四轮马车上运走的……箱子里装的是口粮——还有医疗用品和衣物。"

在教堂外面,康纳指着一些被搅乱的雪。"这里停过一辆四轮货车……他们把物资装上车的时候,货车也就慢慢被压低了。大雪掩盖了车辙,但剩下的痕迹已经足够了,我们还是可以跟踪他们。跟我来……"

我勒马靠近他身边,我们一起策马离开,康纳指示着痕迹的路线,同时我努力不表露出内心的赞赏。我发现自己在为我们知识中的相似之处感到震惊,这已经不是第一次了,我注意到他正在做的事,正像是我在同样的情况下可能会做的。离开营地大约十五英里之后,他在马鞍上扭过身子,给了我一个胜利的眼神,以此同时,他指向了前方的小道。那里有辆坏掉的二轮马车,我们靠近的时候,车夫正在试着维修车轮,他喃喃自语道:"真是倒霉……要是修不好这鬼东西,我就要冻死了……"

他抬头看到我们来了,脸上很是惊讶,而且还出于恐惧瞪大了眼睛。他的滑膛枪就在不远处,但要伸手去拿还是太远。我立即就明白了——正当此时,康纳骄傲的开口询问道:"你是本杰明·丘奇的手下吗?"——他打算要逃跑,而且,他果真拔腿就跑。他很不明智的慌忙起身,跑进了树林里,在雪地上明显步履艰难的跋涉逃跑,笨拙得就像是一头受伤的大象。

"干得漂亮。"我微笑道,康纳愤怒地瞥了我一眼,随即跳下马鞍,冲进树林里追逐那个车夫。我任他去追,然后叹了口气也爬下马来,我检查了自己的袖剑,听见森林里传出康纳抓住那个车夫的骚动,随后我走进树林,来到他们身边。

"逃跑可不明智，"康纳说道。他把那个车夫按在一棵树上。

"你——你想干什么？"这个可怜虫勉强答道。

"本杰明·丘奇在哪儿？"

"我不知道。我们正要赶去北边的一个营地。我们通常都在那儿卸货。也许你能在那儿找到他——"

他飞快地瞥了我一眼，仿佛是想寻找支持，于是我拔出了手枪，一枪崩了他。

"够了。"我说，"我们最好立即动身。"

"你没必要杀了他。"康纳说，他伸手从脸上擦去那个人溅出的血。

"我们已经知道那个营地在哪儿了，"我告诉他。"他的任务已经完成了。"

我们回到马匹旁边的时候，我有些疑惑我给他留下的会是怎样的印象。我是在试着教他什么？我是想让他变得和我一样冷漠又疲惫吗？我是在试着向他展示这条道路终将通向何方吗？

我陷入了思索之中，与此同时，我们骑马朝着营地的位置奔去，一看到树梢上方飘动的烟气昭示了营地的方向，我们立刻翻身下马，拴好马匹，继续步行前进，然后悄无声息地偷偷穿过树林。我们躲在树林里，一边匍匐前进，一边透过树干和光秃秃的树枝，用我的小望远镜觑着眼睛观察远处的人，他们在营地周围走来走去，还有些人正紧紧环绕着火堆烤火取暖。康纳动身离开，他想设法潜入营地，而我则舒舒服服地躲在他们看不见的地方。

或者至少我以为是这样的——我以为他们看不见我——直到我感觉到一支滑膛枪抵在了我的脖子上，有人说道："嘿嘿嘿，看看我们抓到了什么？"

我咒骂着，被人拽着站了起来。他们有三个人，看起来都为抓住我而颇感自得——这也理所应当，因为要偷偷接近我并不容易。要是在十年前，我早就听见他们的声音，悄无声息地溜走了。要再往前推十年，我不仅能听见他们靠近的声音，而且还会躲起来，之后再把他们全部干掉。

两人举枪对着我，同时他们其中一人走上前来，紧张地舔了舔嘴唇。仿佛是感觉印象深刻，他先是鼓噪了一声，然后解下了我的袖剑，之后他又拿走了我的剑、匕首和手枪。当我手无寸铁之后，他才敢放松下来，他咧嘴一笑，露出一小排黢黑腐坏的牙齿。当然，我还有一件秘密武器：康纳。可见鬼的，他究竟跑哪儿去了？

烂牙走上前来。感谢上帝，他实在是不擅长隐藏自己的企图，因此，我才能一扭身躲开他顶向我腹股沟的膝盖，恰好足够避免造成严重的伤害，但又能让他自以为伤到了我，我假装痛得喊了一声，然后倒在了冰冷的地面上。我决定暂时留在地上，让自己看上去头昏脑涨，不过我实际的感觉并没有这么严重，同时我也在拖延时间。

"肯定是美国佬的探子，"其中一个人说。他倚着枪，弯腰看着我。

"不。他不是，"头一个人说，他也弯腰看着我，同时我用双手和膝盖把自己撑了起来。"他可是个特殊人物。对不对……海瑟姆？丘奇把你的事都告诉我了，"那个领头的人说。

"那你应该知道自己不该这么做，"我说。

"你根本没资格威胁我，"烂牙咆哮道。

"暂时而已，"我冷静地说。

"真的吗？"烂牙说。"不如我们来证明一下怎么样？你嘴里以前有没有啃过步枪托？"

"没有，不过看来你应该能告诉我那是什么感觉。"

"你说什么？你觉得很好笑是吗？"

我把目光上移——移到他们身后的树枝上,我看见康纳就蹲在那里,袖剑已经弹出,他把一根手指竖在嘴边。他肯定是个爬树高手,当然,想必这是他母亲教他的。她也指导过我攀爬的精妙之处。没有人能像她那样穿越森林。

我抬头看着烂牙,心里知道他已经命不久矣。这让我感觉不那么痛了,因为他一脚踢中了我的下巴,我被人举起来向后扔飞了出去,落在一堆小灌木丛里。

或许现在就是个好机会,康纳,我心里想道。由于疼痛,我的视线变得模糊起来,但我已经得到了补偿,因为我看见康纳从树枝上跳了下来,他戴着袖剑的手向前刺出,随后明亮的钢刃带着血痕从第一个倒霉的卫兵嘴里刺了出来。等我站起身来的时候,另外两个人也已经死了。

"纽约,"康纳说。

"纽约怎么了?"

"在纽约能找到本杰明。"

"那么纽约就是我们要去的地方。"

1778年1月26日

一

从我上次来纽约之后,这里已经发生了巨大的变化,退一步讲:它被大火烧得面目全非了。1776年9月的这场大火始于斗鸡酒馆,它烧毁了超过五百座民宅,全城大约四分之一都被焚毁,无法居住。结果英国人对全城实施了戒严。民宅被查封,转交给英军军官居住;教堂被改造成监狱、兵营或者医院;不知怎的,仿佛整座城市的精神也变得暗淡起来。现在联合王国的旗帜无精打采地悬挂在橙砖建筑屋顶的旗杆上,而在以前,这座城市四处洋溢着活力与喧嚣——在伞蓬下、在门廊下、在窗棂后满是生机——而现在,同样的伞蓬已经满是污垢,破烂不堪,窗户也被烟尘熏得漆黑。生活还在继续,但市民们却几乎不再从街道上抬起双眼。现在,他们都垂下了肩膀,举止消沉。

在这样的氛围下,寻找本杰明的下落并不难。结果我们发现他在海滨一座废弃的啤酒厂里。

"日出的时候我们应该就已经把这事了结了,"我相当草率地预测道。

"很好,"康纳答道。"我想尽快把那些物资送回去。"

"当然。我可不想阻止你继续追求你那注定失败的事业。那么走吧,跟着我。"

我们向屋顶爬去,片刻之后,我们已经在眺望纽约的天际线了,眼前的景象立刻让我惊叹起来,我不禁叹息于纽约被战争所撕裂和摧残的荣光。

"跟我说说,"过了一会儿,康纳开口说道:"我们初次相遇的时候,你本可以杀了我——为什么你没有下手?"

我本可以让你死在绞刑架上,我想道。本来我也可以让托马斯在布赖德韦尔监狱就杀了你。又是什么让我放着这两次机会都没有下手?这个问题的答案是什么?是我老了吗?是我变得多愁善感了吗?也许我是在留恋那种我从未真正享有过的人生。

然而,这其中并没有哪一种想法是我特别愿意同康纳分享的,最后,我停顿了片刻,像这样打发了他的问题:"好奇而已。还有别的问题吗?"

"圣殿骑士追求的到底是什么?"

"秩序,"我说。"决心。方向。仅此而已。是你们这些人,故意拿着那些关于自由的废话来混淆我们。以前,刺客宣称的是一个更为合理的目标——那就是和平。"

"自由即是和平,"他坚持道。

"不。自由是通往混乱的邀请函。就看你的朋友们发起的这场小小的革命吧。我曾经站在大陆会议面前,听着他们又是跺脚又是咆哮。全都打着自由的名义。可实际上那不过就是些噪音罢了。"

"这就是你更偏爱查尔斯·李的原因?"

"他远比那些自称可以代表这个国家的蠢货更了解这个未来的国家需要什么。"

"在我看来你这不过是酸葡萄心理,"他说,"人民已经做出了选择——他们选择了华盛顿。"

又来了。他能以这样一种毫不含糊的方式看待世界,我几乎都要嫉妒他了。他的世界似乎是一个没有疑问的世界。等他最终了解到关于华盛顿的真相,如果我的计划成功的话,这一天很快就会到来,那么他的世界——不仅仅是他的世界,还有他的整个世界观——将会轰然倒塌。如果说我嫉妒此刻他心中世界的确然无疑,但我并不嫉妒他的幻想终将破灭的事实。

"人民什么都没有选择。"我叹道。"选择是由一群享受特权的懦夫做出的,这些人所追求的只是如何丰富他们自己的利益。他们私下开了个会,做了一个对他们自己有利的决定。他们或许会用花言巧语去美化这个决定,但这并不会把它变成事实。唯一的区别,康纳——我与你帮助的那些人之间唯一的区别——就是我不会装模作样。"

他看着我。不久之前,我才刚对自己说过,我的话对他不会有任何影响,然而此刻我仍然在尝试说服他。也许我错了——也许他确实能够理解我所说的话。

二

到了啤酒厂,情况变得明朗起来,显然我们需要给康纳换一身伪装的衣服,他的刺客袍子有点太引人注目了。获取伪装又给了他一次大展身手的机会,而我也再度吝惜于我的赞美。等我们都打扮妥当之后，便一起朝厂房大院走去，红砖围墙高高耸立在我们头顶，黑色的窗户无情地凝视着我们。透过大门，我能看见处理啤酒厂生意的运货马车和酒桶，还有许多走来走去的男人。本杰明已经用自己的雇佣兵换掉了大部分圣殿骑士的人：真是历史重演啊，我暗暗想道，心里又想起了爱德华·布雷多克。我只希望本杰明不会像布雷多克一样难杀。不知何故，我对此深表怀疑。现在我实在是不怎么相信自己敌人的水准。

现在我不管对什么都不太相信了。

"站住，陌生人！"一个守卫从阴影里走出来，搅动了围绕在我们脚踝边的雾气。"你们已经踏入私人地产。你们来这里做什么？"

我轻轻举起帽檐，让他看清我的脸。"认知之父指引着我们，"我说，那个人似乎松了口气，不过他还是警惕地看着康纳。"你，我认得。"他说，"但我不认得这个野蛮人。"

"他是我儿子，"我说。听见自己嘴里说出这种感伤的话来，我觉得有些……古怪。

与此同时，那个守卫正仔细打量着康纳，随后他斜着眼睛对我说："你这是尝过'森林水果'什么滋味了，是吧？"

我决定留着他这条命。暂时留着。所以我只是微微一笑。

"那你们可以走了，"他说，我们迈步穿过拱门，走进了史密斯公司啤酒厂的主厂区。我们迅速躲进了一个隐蔽的位置，这里还有一系列通往仓库和办公场所的门。我立刻开始动手撬我们遇到的第一扇门上的锁，同时康纳负责望风，他一边望风一边和我聊了起来。

"察觉到我的存在肯定让你觉得很奇怪。"他说。

"实际上我很好奇，我想知道你母亲是怎么说我的。"我一边撬锁，一边答道。"我常常想知道，如果我和她能一直在一起的话，我们的生活会变成什么样。"我本能地随口问道,"顺便,她现在怎么样?"

"她去世了,"他说,"被人害死的。"

被华盛顿害死的,我心里想道,但我什么也没说,只是答道:"听到这个消息我很遗憾。"

"真的?这可是你的手下干的。"

现在我已经撬开了门,但我并没有走进去,而是又把它关上了,我转身面对着康纳。"什么?"

"他们来找长老的时候我还只是个孩子。可那时候我就知道他们很危险,所以我什么也没告诉他们。为了这个,查尔斯·李把我打昏了。"

所以我猜对了。查尔斯确实把他的圣殿戒指印在了康纳身上,还把它印在了他心里。

尽管他继续说的时候,我装出了一副震惊的样子,此刻面露惊骇之色对我来说并不难,"等我醒过来的时候,我的村子已经成了一片火海。那时候你的人已经不见了,连同我母亲幸存下来的任何一点希望也一起没有了。"

现在——现在就是一个可以尝试说服他相信真相的机会。

"这不可能。"我说,"我从没下过这种命令。事实上恰恰相反——我告诉他们放弃寻找先行者的遗迹。我们正准备把精力集中在更为实际的追求上……"

康纳看上去半信半疑,但他只是耸了耸肩。"已经不重要了。都过去这么久了。"

哦,可这真的,这真的很重要。

"可是你从小到大一直都相信这桩暴行是我——是你亲生父亲——的责任。我跟这件事没有任何关系。"

"也许你说的是真的。也许不是。我又怎么知道呢?"

三

我们悄无声息地溜进了仓库,堆积如山的酒桶码得密不透光,不远处站着一个背对着我们的人,他在手中的账本上写着字,笔尖下发出轻柔的刮擦声,这也是周围唯一的声音。当然,我立刻就认出了他,我深吸一口气,然后向他大声喊道。

"本杰明·丘奇,"我大声宣布,"你被指控背叛圣殿骑士团,你为了追求个人利益,抛弃了我们的原则。鉴于你所犯下的罪行,我特此宣判你死刑。"

本杰明转过身来。不料他并不是本杰明。这是个替身——他突然大喊道:"就是现在,动手!"与此同时,从各种藏身处冲出来的人挤满了整个房间,他们向我们举起了手枪和刀剑。

"你们来得太迟了,"那个替身自鸣得意地说,"丘奇跟货物早就离开了。恐怕你们无论如何也追不上了。"

我们站在一起,而这些人聚拢在我们面前,感谢上帝,感谢阿基里斯和他的训练,因为此刻我们心里想到一起去了。我们想的是:当面临强敌时,攻其不备,出其不意。我们想的是:转守为攻。

所以我们就这么做了。我们发动了进攻。我们迅速地互相扫了一眼,然后各自放出了袖剑,我们向前一跃而起,把袖剑刺进了各自身边最近的那名守卫,仓库的砖墙之间回荡起他们的惨叫声。我飞起一脚,踹得其中一个枪手向后栽倒,脑袋狠狠砸中了一个板条箱,随后我跳到他身上,双膝压住他的胸口,袖剑直插入面门,刺进了他的大脑。

我一扭身，正好看到康纳身子一旋，他放低身形，同时戴着袖剑的手画了个圈，把两个不走运的守卫开膛破肚，两人双双栽倒，伸手紧紧捂住他们破裂的腹部，都还没察觉到死亡已经无法避免。只听一声滑膛枪发出的爆响，我听着空气的低吟，知道子弹并没有打中我，但还是让那个狙击手付出了生命的代价。有两个人向我冲了过来，他们的攻击轻率狂暴，毫无章法，我把他们都放倒的时候，心里不禁谢天谢地，还好本杰明用的都是些佣兵，而不是圣殿骑士的人，他们可不会这么快就被击败。

事实上，这场战斗既短暂又血腥，到最后只剩下替身一个人，康纳阴沉地站在他面前，他像个吓坏的孩子一样，在砖砌地板上颤抖起来，现在地板上到处都是滑腻的鲜血。

我了结了一个垂死的人，然后大步走了过去，只听见康纳质问道："丘奇在哪儿？"

"我会告诉你的，"替身哀求道，"你想知道什么我都告诉你。只求你答应饶我一命。"

康纳看了看我，也不管我们有没有达成一致，就拉着替身站了起来。替身紧张地来回看着我们俩，继续说道："他昨天就出发去马提尼克了。乘的是一艘叫'迎宾号'的单桅商船。半条船里装的都是他从爱国者手里偷来的物资。我就知道这些。我发誓。"

我站在他身后，把袖剑刺进了他的脊髓，他迷茫而惊诧地瞪着沾满血污的袖剑尖，它已经从他的胸口刺了出来。

"你答应过……"他说。

"他信守了他的诺言。"我冷酷地说，眼睛看着康纳，几乎是在激将他来顶撞我。"我们走，"我补充道，就在这时，随着一阵靴子踩踏木板的噔噔声，三个步枪手冲进了我们上方的平台，他们把步枪托抵在肩上开了火。但却不是在朝我们开火,而是在向我们旁边的酒桶射击,等我意识到那里面填满了火药已经迟了。

第一个火药桶爆炸时,我只来得及拉着康纳躲到几只啤酒桶后面,接着,在最先爆炸的桶周围的火药桶也相继爆开,每只火药桶爆炸时都发出震耳欲聋的轰鸣声,响得似乎能扭曲空气,停滞时间——爆炸激烈无比,当我睁开眼睛、从耳边挪开双手时,我发现自己几乎在诧异仓库竟然还好好的耸立着没被炸塌。这里的每一个人要么是自己扑倒在地,要么就是被爆炸的力量扔到了地上。可那几个守卫又自己站了起来,他们伸手摸向自己的滑膛枪,虽然耳朵依然震得发聋,却一边互相喊着话,一边眯着眼睛透过尘埃寻找我们。火焰舔舐着酒桶,板条箱也着了火。不远处,一个守卫跑到了仓库地板上,他的衣服和头发都着了火,随着他的面孔在火焰中融化,他发出了凄厉的惨叫声,随后他双膝跪地,脸朝下贴在石头地面上死去了。贪婪的火焰瞬间点燃了附近的板条箱填料。我们周围变成了一片地狱。

滑膛枪子弹开始在我们周围呼啸而过。在前往通向台架的楼梯途中,我们砍倒了两个剑手,随后又从一支四人步枪手小队中辟出了一条路。火势蔓延得很快——现在就连守卫们也开始逃命了——于是我们跑上了下一层,不断的往上爬,直到最后我们抵达了啤酒厂仓库的阁楼。

袭击者还追在我们身后,但火焰还没烧上来。朝窗外望去,我们能看见下方的水面,我开始四处寻找出口。康纳一把抓住我,拉着我转向窗口冲去,我甚至还没找到机会抗议,我们两人就已经撞穿玻璃,落入了水中。

1778年3月7日

一

我绝不可能放本杰明跑掉。尤其是当我不得不在天鹰号上忍受了将近一个月,跟康纳的朋友以及船长罗伯特·福克纳困在一起之后,我们追逐着本杰明的纵帆船,他的船总是刚刚好躲在我们鞭长所及之外,我们躲避着大炮的攻击,不时瞥见他出现在那艘船的甲板上,却只能瞧着干瞪眼,他那张嘲讽的脸……我绝不可能放他跑掉。特别是当我们接近墨西哥湾附近水域的时候,天鹰号终于追上了他的纵帆船。

这就是为什么我会从康纳手中抢过船舵,我狠狠地把它扭向右舷,天鹰号倾斜着加速冲向那艘纵帆船。没有人预料到会发生这样的情况。本杰明的船员们没想到。天鹰号上的水手们也没想到,康纳或者罗伯特更没想到——只有我;而直到我动手做完之前,其实我也并不确定我清楚事情会变成这样,所有没抓牢东西的船员都被猛地抛到一边,天鹰号的船首倾斜着，嘎吱作响的咬进了纵帆船的左舷，船体崩裂破碎。也许是我太鲁莽了。也许我欠康纳——当然还有福克纳——一声道歉，因为我弄伤了他们的船。

但我真的不能放他跑掉。

二

一时间，所有人都震惊地陷入了沉默之中，只剩下船体碎片拍打周围海面的声音，还有破旧残缺的木材发出的呻吟和破碎声。船帆在我们头顶上方随着微风摆动，但两艘船都没有移动，仿佛它们都被撞击带来惊愕压得动弹不得。

接着，突然之间，就在双方船员都回过神来的时候，响起了一声大喊。我抢在康纳之前，已经冲上了天鹰号的船首，向本杰明纵帆船的甲板上荡去，我伸出袖剑落在木板上，出剑杀死了第一个举起武器向我冲来的船员，我用袖剑刺穿了他，接着把他痛苦扭动的身体甩下了船。

我认准了舱口的位置，向它冲了过去，之后我拉出一个想要逃跑的水手，把袖剑戳进他的胸口，然后走下台阶，我最后看了一眼我所造成的破坏，两艘大船连成一体，缓缓向大洋之中漂去，接着我砰地关上了身后的舱口。

我头顶上传来甲板上隆隆的脚步声，沉闷的尖叫声、战斗中响起的枪声，还有人体摔倒在木板上的重击声。而在甲板下方，却是一片诡异、潮湿、几乎有些瘆人的寂静。但从船里更深处传出了滴水声和液体泼溅的声音，我意识到这艘纵帆船正在进水。船体突然侧倾，我抓住一根木头支柱，不知在船里什么地方，滴水声已经变成了持续不断的流水声。我很想知道,这艘船还能漂多久?

与此同时,我还看到了康纳很快也会发现的事实:我们花了这么长时间寻找的物资根本不存在——或者至少不在这艘船上。

正当我消化这个消息的时候,耳中突然听见有什么动静,我一转身,看见本杰明·丘奇双手持着一支手枪对着我,他眯着眼正在瞄准。

"你好,海瑟姆,"他咆哮道,同时扣动了扳机。

他很厉害。这我知道。这就是为何他立即就扣动了扳机,他是为了在自己还能趁我意想不到的时候放到我;这也是为什么他并没有直接瞄准我,而是稍稍偏向我的右侧,因为我是个走右路进攻的斗士,会很自然地跳向我最有优势的一侧。

但当然这些我都知道,因为他是我亲自训练的。所以当我一跃而起的时候,他的子弹打进了船体,因为我没有向右,而是向左扑了过去,我身子一滚,然后站了起来,他还没来得及拔剑,我已经扑到了他身前。我一把抓住他的衬衫,夺下他的枪,把它扔到一边。

"我们曾经有个梦想,本杰明,"我对着他的脸大吼道,"一个你企图破坏的梦想。因此,我堕落的朋友,你要付出代价。"

我提膝顶他的下身。等他疼得弯下腰痛苦喘息的时候,我又朝他的腹部揍了一拳,紧接着又是一拳打在他下颌上,这一拳打出两颗带血的牙齿,沿着甲板崩了出去。

我松手任他摔倒在已经浸了水的木板上,他的脸溅出水花,浸在不断涌入的海水里。船只再次倾斜,但此刻我根本全不在乎。等本杰明试图用手和膝盖撑着爬起来的时候,我一靴子猛踹了过去,踢得他喘不过气来。接着我抓起一段绳索,伸手把他拽了起来,我把本杰明朝一个木桶猛推过去,然后把绳子绕在他身上,迅速把他绑好。他脑袋向前耷拉着,几行血流、唾液和鼻涕慢慢流淌到下方的木板上。我后退一步，揪住他的头发，然后盯着他的眼睛，我一拳打在他脸上，听见他鼻骨破碎的声音，然后我又向后退去，伸手甩掉指节上的血渍。

"够了！"康纳在我身后大喊道，我转身看见他瞪着我，然后他看着本杰明，脸上露出厌恶的表情。

"我们来这儿是有原因的……"他说。

我摇摇头。"看来我们的原因并不相同。"

但康纳从我身边挤了过去，他涉水而过，现在海水已经有脚踝深了，他走向本杰明，后者注视着他，青肿充血的眼睛里带着蔑视。

"你偷走的物资在哪儿？"康纳质问道。

本杰明啐了一口。"见鬼去吧。"然后，他令人难以置信的开始唱"不列颠万岁"。

我上前一步。"闭嘴，丘奇。"

但这没能阻止他。他还在继续唱。

"康纳，"我说，"从他那儿搞到你需要的东西，我们把这事做个了断吧。"

最后康纳走上前去，他弹出袖剑，把它架在本杰明的脖子上。

"我再问你一次，"康纳说，"你的货物在哪儿？"

本杰明看着他，眨了眨眼睛。一时间，我还以为他的下一步行动会是出言侮辱，或者朝康纳啐唾沫，但相反他开始交代了。"在那边的岛上，等着装运。但是你无权拿走它。它不属于你。"

"是的，它不属于我，"康纳说。"这些物资属于那些相信有些事情比他们自己更重要的男人和女人，他们战斗，他们死去，都是为了有一天他们能够自由地生活，摆脱像你这种人的暴政。"

本杰明苦笑起来。"同样这些男女，他们战斗时用的枪械，不是用不列颠的钢铁铸造的吗？他们包扎伤口用的绷带，不也是不列颠的双手制造的吗？他们还真是省事啊，我们做了工作。他们来收割成果。"

"你在编造谎言开脱你的罪行。说得好像你是无辜的人，他们才是窃贼，"康纳争辩道。

"这都是观念不同的问题。人生中根本没有哪条道路是正确、公平，又不会造成任何伤害的。你当真觉得王室就毫无理由吗？他们就没有权利感觉自己遭受了背叛？你应该更懂些事理，你一心想要对抗圣殿骑士——而他们自己就是像这样看待他们的事业的。下次，你再坚持只有你的事业才合乎大善大义的时候，好好想想这些吧。你的敌人不会苟同——而且他们也并非没有道理。"

"这或许是你的肺腑之言，"康纳低语道，"可这并不代表它就是对的。"

他了结了本杰明的性命。

"你做得很好，"本杰明的下巴低垂到胸口，他的血洒在不断上升的海水中，这时我说道。"他的死对你我来说都是好事。来吧。我猜你需要我帮忙从那座岛上取回所有的东西……"

1778年6月16日

一

自从我上次见到他，已经过了几个月了，但我不能否认我经常想到他。每逢我想起他的时候，我总会想，我们之间还存在什么希望吗？我，一个圣殿骑士——一个在背叛的磨炼中成长起来的圣殿骑士，但仍然是个圣殿骑士——而他是个刺客，由圣殿骑士的杀戮所创造的刺客。

曾经，多年之前，我曾梦想过有朝一日能让圣殿骑士与刺客联合起来，但那时的我是个更年轻、也更理想主义的人。那时候世界还没向我展露它真实的面貌。而这个世界的真面目却是不可原谅、残酷无情、野蛮而原始的。梦想根本无处容身。

然而，他又来找我了，尽管他什么也没说——至少目前还没有——我不禁想知道，在他眼中是否也潜藏着我曾有过的理想主义，是这种想法将他再一次带到了我在纽约的门前，也许是为了寻求答案，又或是想要解决某些困扰着他的疑问。

也许我错了。也许他那年轻的灵魂里终究存在着几分犹疑不定。

纽约依旧在英军的控制之中，成批的红衣军在街道上游走。几年过去了，依然无人来为当年那场大火负责，而火灾已经让整座城市陷入了肮脏污秽、沾满烟尘的萧条之中。部分城区依然无法居住。戒严仍在继续，红衣军的统治十分严厉，人民也比以往更加愤恨不平。作为一个局外人，我仔细观察了这两群人，饱受压迫的市民会用充满憎恨的眼神，看着那些残酷又无法无天的士兵。我也用敌视的目光看待他们。并且，我也在尽职的继续着我的事业。我在努力尝试，帮助赢得这场战争，结束占领，寻找和平。

从眼角的余光里看到康纳的时候，我正在盘问我的一个线人，这个可怜的人名叫特维奇——他总是抽动着鼻子。我一边举起一只手示意他停下，一边继续听特维奇说完，心里有些疑惑他想要做什么。他来找我——这个他相信下令杀死了他母亲的人——到底会有什么事情？

"如果我们要结束这一切，我们就需要知道亲英分子正在计划什么，"我对我的手下说道。康纳在旁边闲逛，偷听我们谈话——但这无关紧要。

"我已经试过了，"特维奇答道，他长大鼻孔，朝康纳瞥了一眼，"但现在士兵们自己也不知道：他们只听说要等待上面的命令。"

"那就继续往下查。等你挖到有价值的消息再来找我。"

特维奇点点头，赶紧溜走了，我深吸了一口气才转身面对康纳。有那么一会儿，我们互相看着对方，我上下打量着他，不知怎的，他的刺客袍穿在年轻的印第安男孩身上显得有些不伦不类，他乌黑的长发，那双敏锐的眼睛——齐欧的眼睛——之后隐藏着什么呢？我很想知道。

我们头顶上方，一群鸟儿站在建筑壁架上大声聒噪。在附近，一队巡逻的红衣军懒洋洋地靠着一辆马车，一边欣赏路过的洗衣妇女，一边提出各种猥琐的意见，还用威胁性的手势回应任何不满的眼神和嘘声。

"我们就快要打赢了，"我告诉康纳，一边抓起他的胳膊，领着他沿街道向远处走去，远离那些红衣军。"再来几次恰到好处的进攻，我们就能结束这场内战，摆脱王室了。"

他的嘴角几乎露出了微笑，这表明他心里相当满意。"你打算怎么办？"

"现在什么都干不了——因为我们对敌人完全一无所知。"

"我还以为圣殿骑士的耳目无所不在呢，"他说，他话里带着一点冷幽默的意味。就像他母亲。

"我们以前是这样。直到你开始把他们一个个都干掉了。"

他笑了。"你的线人说那是上面的命令。这正好告诉了我们需要做什么：追捕其他亲英派指挥官。"

"士兵服从列兵的命令，"我说。"列兵听从指挥官的命令，这就意味着……我们要顺着指挥链往上查。"

我抬起头来。不远处，那些红衣军还在继续调戏妇女，给他们的制服、旗帜和乔治王丢脸。猎兵是连接军队高层与基层士兵的中间环节，他们本该要约束红衣军，阻止他们激怒已经怀有敌意的民众，但他们却很少抛头露面，只有在街上出了大麻烦的时候才会出现。像是如果有人，比如说，杀了一个红衫兵。或者两个的时候。

我从衣袍里抽出手枪，指向街道对面。我从眼角里看到康纳诧异地张大了嘴巴,同时我瞄准了马车附近那群无法无天的红衣军,我选了一个士兵,直到现在他还在对一位妇女发表下流的污言秽语,那女人走过路边,衣裙刷刷作响,她低着头,软帽下面满脸通红。接着我扣动了扳机。

白日里炸开一声枪响,那个红衫兵蹒跚着后退,他双眼之间开了个一便士硬币大小的洞,已经开始渗出暗红色的血,他的滑膛枪滑落在地,他则重重地向后倒进了马车里,躺着不动了。

一时间,其他的红衫兵都惊得动弹不得,他们摇晃着脑袋,左右张望,试图找到枪声的源头,同时从肩头拔出步枪。

我开始向街对面走去。

"你在做什么?"康纳在我身后喊道。

"杀的够多,猎兵就会出现,"我告诉他,"他们会带我们直接找到那些主事的人,"——这时一个红衫兵转身举起刺刀向我捅了过来,我用袖剑划过他前胸,袖剑割开了他十字交叉的白色皮带、他的制服上衣和他的腹部。我立刻痛揍起下一个士兵,这时另一个士兵试图后退,他准备找出空间来举起武器开火,他直接退到了康纳身边,下一刻就倒在了他剑下。

战斗已经结束了,原本忙碌的街道突然空无一人。与此同时,我听见警铃大作,我眨了眨眼睛。"猎兵们出动了,就跟我说的一样。"

现在的问题是要抓住一个猎兵,我很高兴地把这个任务交给了康纳,而他也没有让我失望。不到一个钟头,我们就拿到了一封信,同时成群结队的猎兵和红衫兵在大街小巷里边跑边喊,愤怒地搜捕着两名刺客——"是刺客,我跟你说。他们用的是哈萨辛的剑"——这两个人残忍地砍倒了他们的一支巡逻队,我们爬上了房顶,坐下来读那封信。

"这封信被加密了。"康纳说。

"不用担心，"我说。"我知道密码。毕竟，这是圣殿骑士的发明。"

我读完了信，然后解释道："英军司令部已经乱成一团。豪氏兄弟已经辞职，康沃利斯和克林顿已经出城。剩下的领导层要在圣三一教堂的废墟召开一次会议。我们应该到那儿去。"

二

圣三一教堂在华尔街与百老汇的交叉路口。或者我该说，圣三一教堂剩下的部分在华尔街与百老汇的交叉路口。它在1776年9月的大火中损毁严重，实际上，大火造成的损坏已经严重到英军根本没费心去尝试把它改造成兵营，或是用来关押爱国者。相反，他们筑起了一圈围墙，在像现在这样的场合才会使用它——也就是我和康纳打算不请自来的指挥官会议。

华尔街与百老汇都很昏暗。负责点灯的灯夫不会到这里来，因为这里根本没有灯可以点，至少是没有能正常工作的灯可以点。就像教堂周边一英里范围内的所有东西，它们都是黑漆漆的，覆盖着烟尘，连窗户也是碎的。而且，它们究竟又能照亮些什么呢？周围建筑上那些灰黑破碎的窗户吗？这些空荡荡的木石废墟只适合让流浪狗和害虫去住。

所有这些残垣断壁之上，耸立着圣三一教堂的尖顶，我们正朝着那里前进，为了占好位置，我们爬上了教堂残存的一面墙。当我们攀爬墙壁的时候，我意识到这座建筑让我想起了我在安妮女王广场上的家，它就像是我家被大火焚烧过后的样子，仿佛像是我家的废墟扩大了一般。当我们蹲伏在阴暗的壁龛里，等待红衣军抵达的时候，我又回想起了我和雷金纳德一起回家的那天，想起了我家的样子。就像这座教堂，它的屋顶已经被大火烧毁。就像这座教堂，它只剩下了一具空壳，只是它自身的一道残影。在我们头顶上方，群星在天空中闪烁，透过已经开口的屋顶，我注视着星空看了一会儿，直到一只手肘打在我身侧，从沉思中唤醒了我，康纳正指着下方，军官和红衫兵正沿着华尔街荒凉的废墟向教堂走来。随着他们渐渐靠近，我看见队伍领头的两个人拉着一辆推车，他们在焦黑又脆弱的树枝上挂起提灯，给道路照明。他们抵达教堂之后，我们把目光转向下方，同时他们也在下面挂起了更多的灯。他们在教堂断裂的柱子之间迅速移动，那里已经开始长出野草、苔藓和青草，大自然已经自行占据了这座废墟，他们在洗礼盘和诵经台上放下提灯，然后站到一边，因为会议代表已经大步走了进来：他们是三名指挥官和一队士兵。

接下来，我们俩都竖起了耳朵仔细探听他们的谈话，可惜运气不佳，听不出什么内容。相反，我数了数卫兵的数量，十二个人，但我觉得这并不算太多。

"他们说的话都是在兜圈子，"我对康纳低语道，"我们光这样看着，什么也打听不到。"

"那你说该怎么办？"他答道。"难道我们直接下去问他们要答案？"

我看着他。咧嘴一笑。"没错，就是这样。"

紧接着我就开始向下爬，等我靠得足够近之后，我便跳了下去，这让后方的两个卫兵大吃一惊，他们死的时候嘴巴还是大张成"O"形。

"有埋伏！"当我挤进另外两个红衫兵之间时，传来了一声大喊。我听见康纳在上方咒骂的声音，同时他从藏身的位置跳了下来，加入我身边。

我是对的,卫兵的数量并不算太多。这些红衣军和以前一样,太过依赖滑膛枪和刺刀。这些东西在战场上或许很有用处,但在近身格斗时就毫无价值,而近身格斗却是我和康纳所擅长的。现在我们并肩作战,效果显著,几乎像是一对老搭档。没过多久,焚毁的教堂里那些覆盖着青苔的小雕像就沾上了红衣军的鲜血,在灯光下闪闪发光,十二个卫兵都已死去,只剩下那三个惊惧万分的指挥官还活着,他们缩头缩脑,嘴里念动着祈祷,仿佛他们已经准备好接受死亡。

我又有了点别的想法——确切地讲,就是去一趟乔治堡。

三

曼哈顿的最南端就是乔治堡。它已经有一百五十多年的历史,从海上看,它会呈现出一道布满尖塔的巨大轮廓线,瞭望塔和长营房建筑似乎纵贯了整个海角,而在高耸的城垛内部,有一片占地广阔的训练场,周围环绕着高耸的集体宿舍和行政大楼,这里是圣殿骑士设立基地的绝佳地点。也是我们扣押三名亲英派指挥官的绝佳地点。

"英国人在计划什么?"我问第一个军官,我已经把他绑在了审讯室里的一把椅子上,这里位于北端建筑深处,室内不仅潮气重得无孔不入,而且如果你仔细听的话,还能听见老鼠刮擦咬噬的声音。

"我为什么要告诉你?"他冷笑道。

"因为你不说我就会杀了你。"

他的双臂被绑住了,但他用下巴指了指这间审讯室。"要是我说了你才会杀我。"

我笑了。"多年以前,我遇到过一个叫卡特的人,他是个拷问的专家,制造痛苦的高手,他能让受刑人连续活上好几天都不死,但是要忍受巨大的痛苦,只需要……"我轻弹袖剑的机关,剑刃跳了出来,它在火把摇曳的光芒下闪着寒光。

他看着袖剑。"你答应我,如果我告诉你,你得让我死个痛快。"

"我保证。"

于是他说了,而我也信守了承诺。事情了结之后,我大步走到审讯室外面的走廊上,我没理会康纳好奇的目光,而是领走了第二个俘虏。回到审讯室以后,我把他绑在椅子上,看着他把目光落在第一个人的尸体上。

"你的朋友拒绝告诉我我想知道的事,"我解释道,"因此我割开了他的喉咙。你准不准备告诉我,我想知道的事呢?"

他瞪大眼睛,倒吸了一口气,"你听我说,不管你想知道什么,我都没办法告诉你——我根本就不知道。也许指挥官……"

"哦,你不是负责人吗?"我轻描淡写地说,弹出了袖剑。

"等一下……"我走到他身后的时候,他脱口而出。"我知道一件事……"

我停下动作。"继续说……"

他告诉了我,等他说完以后,我向他道了谢,然后用袖剑划开了他的喉咙。他死的时候,我意识到我所感受到的,并不是一个人以大义的名义行使令人厌恶的手段时,心中燃烧的正义之火,而是一种无法逃避的厌倦。许多年前,父亲曾教导过我何为怜悯,何为仁慈。现在我却像宰杀牲口一样杀死了这些俘虏。我已经堕落到这种地步了。

"里面怎么回事?"等我回到康纳看守最后一个俘虏的走廊时,他狐疑地问道。

"这个人就是指挥官。带他进来。"

片刻之后，通往审讯室的大门便在我们身后重重地关上了，一时间，房间里唯一的声音只有鲜血滴落的声音。看见尸体被丢弃在房间的角落里，指挥官挣扎起来，但我一手按着他的肩膀，把他强行推到了椅子上，现在椅子上满是滑腻的鲜血，我把他绑好，然后站在他面前，轻弹手指放出袖剑。室内响起了一声轻柔的划擦声。

军官的眼睛看了看袖剑，然后又看了看我。他在努力装出一副若无其事的样子，但却没法掩饰他下嘴唇的颤抖。

"英国人在计划什么？"我问他。

康纳的眼睛看着我。俘虏的眼睛也看着我。既然他保持沉默，我就稍稍把袖剑举高了一些，让它反射火把摇曳的光芒。再一次，他的目光盯在了袖剑上，然后，他崩溃了……

"从——从费城出兵。那座城市已经完了。纽约才是关键。他们要集结我们两倍的兵力——赶走叛军。"

"他们什么时候开始出发？"我问道。

"两天后。"

"6月18日，"康纳在我身旁说。"我得去警告华盛顿。"

"你瞧？"我对指挥官说。"现在把话说出来并不是很难嘛，不是吗？"

"我全都告诉你了。现在放我走吧，"他说，但我依然没心情大发慈悲。我站在他身后，在康纳的注视下割开了他的喉咙。迎着那孩子惊恐的目光，我说："另外两个人说的都和他一样。肯定是真的。"

康纳看着我的时候，眼中带着厌恶。"你杀了他……你把他们全都杀了。为什么？"

"他们会警告那些亲英分子，"我简洁地答道。

"你可以把他们关起来，等到战事结束。"

"离这儿不远就是瓦拉布特湾,"我说,"囚犯船皇家海军泽西号就停泊在那里,几千名爱国者战俘正在那艘破船上等死,他们死后要么是挖个浅坟埋在海滨,要么就会被直接扔进海里。英国人就是这样对待他们的俘虏的,康纳。"

他承认了我的观点,但还是反驳道:"这正是为什么我们必须从他们的暴政下解脱出来。"

"啊,暴政。别忘了你们的领袖乔治·华盛顿是可以拯救囚犯船上那些人的,如果他愿意的话。但他不想用俘虏的英军士兵交换被俘的爱国者,于是大陆军战俘就被判在瓦拉布特湾的囚犯船上受罪。这就是你的英雄乔治·华盛顿干的好事。不管这场革命怎样结束,康纳,我可以保证,得利的一定是那些有钱有土地的人。至于奴隶、穷人、入伍的军人——他们还是会被丢在后面受苦。"

"乔治是不同的,"他说,但没错,现在他的语气里已经有了一丝疑虑。

"你很快就会见到他的真面目,康纳。真相自会浮现,你可以等那天到来的时候再做决定。到那个时候你再评判他是什么样的人吧。"

1778年6月17日

一

尽管我听说过很多关于福吉谷的事,但我却还没亲眼见过这个地方,而今天早晨,我已经站在了这里。

情况显然已经大为改观,这一点是可以肯定的。积雪已经消融,太阳也出来了。我们漫步而行的时候,我看见一个操普鲁士口音的人正在测试一队士兵的技战本领,如果我的猜测没有错得太离谱的话,他应该是华盛顿的参谋长,大名鼎鼎的弗里德里希·冯·施托伊本男爵,对于把部队鞭策成形这方面,他已经贡献了自己的力量。而他也确实不辱使命。此前,这些人曾经士气低落、缺乏纪律,深受疾病和营养不良的困扰,而现在,营地里满是身体健康、营养充足的士兵,他们齐步行军时,步伐迅捷,坚定有力,同时身上的武器和水瓶发出充满活力的哒哒声响。随军人员在士兵中穿梭来去,他们搬运着一筐筐的补给和换洗衣物,又或是把热气腾腾的锅具和水壶架上火堆。就连那些在营地边缘追逐嬉戏的狗,似乎也带着焕然一新的生机与活力。这里,我意识到,是可以孕育出独立的——凭借着这种精神、合作与坚韧不拔就可以。

然而,当我和康纳在军营中阔步前进时,我猛然意识到,军营里精神面貌的改善,很大程度上要归因于刺客与圣殿骑士所付出的努力。我们保障了补给,避免了更多的物资遭到偷窃,而且我听说康纳还为保障冯·施托伊本的安全出了力。除了一开始领着他们陷入一团糟的困境,他们伟大的领袖华盛顿还干了些什么?

可是,他们依然信任他。

这就更有理由要揭穿他的虚伪了。也更有理由让康纳见识他的真面目了。

"我们应该把知道的事情告诉李,而不是华盛顿……"我们一边走,我一边烦躁地说。

"你似乎认为我青睐华盛顿。"康纳答道。他已经放松了警惕,一头黑发在阳光下闪闪发光。在这儿,在远离城市的地方,仿佛他焕发出了身上原住民的一面。"可我的敌人是一个概念,而不是一个国家。强迫他人服从是错误的——不管是向英国王室服从,还是向圣殿骑士的十字服从。我希望亲英分子迟早也能看到这一点,因为他们也是受害者。"

我摇了摇头。"你反抗暴政与不公。可这些都是症状,儿子。引发这些的真正原因是人性的弱点。不然你觉得为什么我一直在努力指出你方法中的错误呢?"

"你确实说了很多,没错。但你什么也没指出来。"

是没有,我想,因为真相从我嘴里说出来的时候,你根本听不进去。你必须要从你崇拜的人口中听到真相才会信。你必须要从华盛顿口中听到真相才行。

二

我们在一间小木屋里找到了那位领袖,他正忙着处理信件。我们通过门口的卫兵,把营地的喧嚣拒之门外,我们摆脱了教官的口令声、厨房里炊具持续不断的叮咚声响,还有马车行驶时车轮翻滚的声音。

他抬眼一瞥,朝康纳点头微笑,因为康纳在场,他感到彻底的安全和放心,竟然很高兴卫兵们都还留在外面,他给我的却是一副冷淡、审视的注目,随后他举起一只手,又回头继续他的文书工作。我们站在一旁,耐心地等待接见,他把羽毛笔插进墨水瓶浸了浸,然后龙飞凤舞地签署了什么文件。他把笔插回墨水瓶,弄干文件上的墨水,然后站起身来,从桌后走出来欢迎我们,不过对康纳要比对我热情得多。

"什么风把你吹来了?"他说,这两位朋友亲切拥抱的时候,我靠近了华盛顿的书桌。我一边关注着他们两人,一边缓缓向后退开一些,我把目光转向桌面,想要寻找些有用的东西,任何东西,任何我可以在指证时用作证据对付他的东西。

"英国人召回了他们在费城的人,"康纳说道,"他们要向纽约进军。"

华盛顿面色凝重地点了点头。尽管英国人已经控制了纽约,叛军依然控制着部分城区。纽约仍然是战争的关键,如果英国人能够彻底地把持住纽约,他们就会获得显著的优势。

"很好,"华盛顿说道,他自己那次横渡特拉华河夺回新泽西的突袭,已经成为战争中的一个重要转折点,"我会派兵去蒙茅斯。如果我们能够击溃他们，就能最终扭转局势。"他们谈话的时候，我正试着阅读华盛顿刚刚签署的文件。我用手指轻轻调整了一下文件的位置，方便自己看清其中的内容。然后，我心里默默的发出一声胜利的欢呼，我拾起文件，把它拿给他们俩看。

"这是什么？"

他们的谈话兀然中断，华盛顿转过身来，看见我手里拿着的东西。"这是私人信件，"他愤怒地说，华盛顿动身走来，想要把它抢回去，但我抢先把文件挪到一边，从书桌后面走了出来。

"我敢肯定这是私人信件。你想知道这里面写了什么吗，康纳？"

困惑与心中撕裂的忠诚给他脸上蒙上了一层阴影。他嘴唇动了动，却什么也没说，眼睛从我身上瞥向华盛顿，同时我继续说道："似乎你这位亲爱的朋友刚刚下令对你的村子发动攻击。虽然'攻击'这个词可能有点委婉了。告诉他，总司令。"

华盛顿愤愤不平地答道："我们接到报告，有同盟的原住民在协助英国人。我已经要求我的人去阻止他们。"

"根据这份命令，你是要通过焚烧他们的村子，破坏他们的土地来阻止他们。通过赶尽杀绝来阻止他们。"

现在我终于有机会告诉康纳真相了。"而且这也不是头一次了，"我看着华盛顿。"告诉他你十八年前做了什么。"

一时间木屋里寂静无声，气氛紧张。外面传来厨房里发出的咣当声、马车进出军营时轻柔的声响、教官们洪亮的厉声吼叫，还有行军时军靴节奏整齐的脚步声。而在屋内，华盛顿看着康纳，满面通红，也许他脑海里已经产生了几丝联想，意识到这么多年前他究竟做过些什么。他的嘴张了又合，仿佛他难以找到合适的措辞。

"那个时候不一样，"他最后怒吼道。查尔斯总喜欢把华盛顿称作一个优柔寡断、口齿不清的蠢货,而在这里,我头一回完全明白了他的意思。"那是七年战争,"华盛顿说,仿佛这个事实就足以解释一切。

我瞥了一眼康纳,他一动不动,看起来仿佛他仅仅只是心烦意乱一般,好像他正在想着某些其他的事情,对这间屋子里所发生的一切都漠不关心,接着,我向他伸出手。"现在你看到了,我的儿子——这个'伟人'在胁迫之下变成了什么。他编造理由。推卸责任。事实上,他做过很多的事情——除了承担责任。"

华盛顿脸色煞白。他垂下眼睛,盯着地板,他的愧疚表现得一清二楚。

我恳求地看着康纳,他的呼吸沉重起来,随后他勃然大怒:"够了!谁做过什么,为什么做的,全都给我等着。我的族人才是第一位的。"

我向他伸出手。

"不!"他向后退去。"你和我已经恩断义绝。"

"儿子……"我怔住了。

但他突然向我大发雷霆。"你以为我软弱到你叫我一声儿子就会改变想法?你知道这个消息有多久了?或者说我该相信你是现在才刚刚发现?我母亲的血或许是洒在其他人手里,可查尔斯·李同样是一头怪物,而他所做的一切,都是拜你的命令所赐。"他转向华盛顿,华盛顿向后一退——突然间,他害怕了,他害怕康纳的狂怒。

"我警告你们两个,"康纳咆哮道:"敢跟着我或者妨碍我的话,我就宰了你们。"

然后他走了。

1781年9月16日

一

在1778年的蒙茅斯之战中，尽管华盛顿已经下令让查尔斯去攻击正在退却的英军，但他却选择了撤退。

他这样做的时候脑子里究竟想的是什么，我说不上来。也许他是寡不敌众，这是他给出的理由，又或者，他是希望能通过撤退使华盛顿和大陆会议颜面尽失，最终被华盛顿解除指挥权。出于这样或那样的原因，尤其是因为事实上这已经无关紧要了，所以我从来也没问过他。

我所知道的是华盛顿下令让他进攻，然而他却反其道而行之，于是战况急转直下，变成了一场溃败。我听说康纳插手了接下来的战斗，帮助叛军免于大败，而查尔斯却在撤退时直接撞见了华盛顿，双方言语交锋，而且查尔斯还特别使用了某些相当微妙的字眼。

我完全能想象得出来。我想起多年以前我在波士顿港首次遇到的那个年轻人，他是如何用那种充满敬畏的眼神注视着我，又是如何蔑视众生。自从他与大陆军总司令之职失之交臂以后，他对华盛顿的愤恨就像一道裸露的伤口，腐坏溃烂，日益恶化，从未愈合。他不仅在任何可能的场合都要讲华盛顿的坏话，从他的人格和领导能力各个方面来诋毁他，而且还发动了一场投书行动，试图把大陆议会的议员笼络到自己这边。诚然，他的热忱部分源自于他对骑士团的忠诚，但他个人对自己遭受忽视的愤懑也激化了这种热情。查尔斯或许是已经从英国军队里辞去军职，事实上成为了一位美洲的公民，可他身上还是有着一种非常英国式的优越感，而且他还强烈地认为总司令的职位非他莫属。我无法责备他把自己的个人感情带了进来。最初在绿龙酒馆聚集的诸位骑士之中，有谁没带着点个人的感情？我肯定不行。我痛恨华盛顿，因为他对齐欧的村子做的那些事，但他在领导革命这方面，虽然有时候他的残酷无情清晰可见，但他还没有因为野蛮行径而染上恶名，据我所知目前还没有。他已经取得了应有的成功，而且我们现在无疑已经到了战争的最后阶段，殖民地的独立缺的只是一纸声明而已，那么除了战斗英雄之外，他还能被看成是什么呢？

我最后一次见到康纳是在三年前，那时他抛下我和华盛顿单独相处。单独。完完全全的单独相处。虽然我年岁增长，行动变缓，身侧旧伤的疼痛几乎从不停息，可我终于有机会为他对齐欧所做的事报仇了：我可以永久性的"解除他的指挥权"，但我饶了他一命，因为我已经开始怀疑自己是否看错了他。也许是时候承认我确实错了。眼见自身的改变，同时却又假设其他的所有人都始终如故，这是人性的一种弱点。也许我因此对华盛顿怀有愧疚。也许他已经改变了。我不禁疑惑，康纳对他的看法会是正确的吗？

与此同时，查尔斯在咒骂华盛顿那次事件之后，因为抗命而遭到逮捕，随后他受到军法审判，最终被解除了职务，之后他来到乔治堡寻求庇护，从那之后他就一直留在这里。

二

"那小子往这儿来了。"查尔斯说。

我坐在我房间的书桌旁边，这里位于乔治堡的西塔，我坐在窗前，眺望着大海。透过我的小望远镜，我能看见海平面上的船只。他们是要到这儿来吗？康纳会在其中一艘船上吗？他们是他的同伴吗？

我在坐椅上转过身子，挥手示意查尔斯坐下。他看上去就快要陷到自己的衣服里去了：他面容瘦削而憔悴，灰白的发丝悬挂在脸上。他现在焦躁不安，如果康纳真的要来的话，那么老实说，他完全有理由这样做。

"他是我儿子，查尔斯，"我说。

他点点头，撅起嘴唇，转开了视线。"我曾经怀疑过，"他说，"你们之间是有些一脉相承的相似性。他母亲是那个跟你私奔的莫霍克女人，对吗？"

"噢，跟她私奔，我有吗？"

他耸耸肩。

"别跟我说什么忽视骑士团之类的话，查尔斯。这方面你干的也不赖。"

我们沉默了很长时间，等他回头看着我的时候，眼中闪烁着活力。"你曾经指责我创造了那个刺客，"他酸溜溜地说。"鉴于他是你的后代，你不觉得这很讽刺——不，虚伪吗？"

"也许吧，"我说。"我真的不敢肯定了。"

他干笑一声。"很多年前你就不再关心了，海瑟姆。我在你眼中只看到软弱，我都不记得上次看到你眼里有别的东西是在什么时候了。"

"不是软弱，查尔斯。是怀疑。"

"那就算它是怀疑吧。"他愤愤地说，"怀疑也不适合出现在圣殿骑士团大团长身上，你不觉得吗？"

"也许吧，"我赞同道，"又或许，是我已经学到了只有傻瓜和孩子才会确信无疑。"

我扭头望向窗外。先前，用肉眼看上去，那些船只是些针尖般大小的点，而现在他们已经靠近了一些。

"胡说八道，"查尔斯说，"这是刺客的废话。信念就是要确信无疑。这是我们对自己的领导者最起码的要求：信念。"

"我记得在那时候你还需要靠我的保举才加入我们；而现在，你将要接替我的位置。你认为你会是一位优秀的大团长吗？"

"你是吗？"

我们沉默了好一会儿。"这很伤人，查尔斯。"

他站起身来。"我得走了。等那个刺客——你儿子——发动进攻的时候，我可不想留在这里。"他看着我。"你该和我一起走。至少我们能领先他一步。"

我摇了摇头。"我不这么想，查尔斯。我想我该留下来做最后一搏。也许你是对的——也许我并不是最称职的大团长。也许现在是时候纠正这一点了。"

"你打算留下来面对他？跟他搏斗？"

我点点头。

"什么？你觉得你能让他回心转意？让他站到我们这边？"

"不，"我悲伤地说，"恐怕要想转变康纳是不可能的。即便知道了关于华盛顿的真相，也没能改变他对华盛顿的支持。你会喜欢康纳的，查尔斯，他有'信念'。"

"那又如何？"

"我不会允许他杀你，查尔斯，"我说，同时伸手从脖子上取下了护身符。"请你带上这个。要是他在战斗中打败了我，我不想让他拿到这个。我们好不容易才从刺客手里拿到这东西，我不想把它还回去。"

但他却把手挥到一边。"我不拿。"

"你必须确保它的安全。"

"这事你完全可以自己做。"

"我几乎是个老人了，查尔斯。我们宁可谨慎一些，好吗？"

我把护身符塞进他手里。

"我会调派些卫兵来保护你，"他说。

"随你便吧。"我再次瞥向窗外。"不过你最好动作快点。我有预感，清算的时候已经不远了。"

他点点头走到门口，又转过身来。"你是个优秀的大团长，海瑟姆，"他说，"如果你曾经认为我有过不同的想法，我很抱歉。"

我笑了。"给了你理由这样想，我也很抱歉。"

他张开嘴想说些什么，却又改变了主意，随后他转身离开了。

三

炮击开始的时候，我开始祈祷查尔斯已经成功逃脱，同时我突然意识到，这可能是我的最后一篇日记了：这些话都将是我的遗言。我希望康纳，我的亲生儿子，能够读一读这本日记，或许，等他了解了我人生旅途中的点滴之后，能够理解我，也许甚至还能原谅我。我的人生道路上铺满了谎言，背叛铸就了我多疑的性格。但我的父亲从未对我撒谎，借着这本日记，我也延续了这个传统。

我已经奉上真相，康纳，一切随你处置。

尾声

摘取自康纳·肯威的日记

1781年9月16日

一

"父亲!"我喊道。炮击声震耳欲聋,但我已经从炮火中杀出一条路来,我来到西塔,在这儿能找到他住的地方,而在一条通往大团长室的走廊里,我找到了他。

"康纳。"他答道。他的眼神坚定不移,无法揣度。他伸出手臂,弹出袖剑。我也做了同样的动作。室外传来炮火的轰鸣与碰撞声、石块的崩裂声,还有垂死之人的惨叫声。我们慢慢走向对方。我们曾经并肩作战,却从未与彼此为敌。我想知道他是否和我一样,对此感到好奇。

他一只手背在身后,另一只手亮出袖剑。我做了同样的动作。

"等下一次炮击的时候。"他说。

当下一次炮击袭来的时候,似乎墙壁也被撼动起来,但我们对此全不在意。战斗已经开始，走廊里，我们手中金铁交鸣的声音尖锐刺耳，吃力的哼喘声急促又清晰。而其他的一切——我们四周崩塌毁灭的堡垒——都只是背景噪音。

"来啊。"他挑衅我，"你根本没能力与我匹敌，康纳。就凭你那些本领，你不过还是个孩子罢了——你还有很多要学呢。"

他下手不留余地，毫不留情。不管他心里所念、脑中所想的是什么，他的袖剑闪动时依然带着惯常的精准与凶狠。如果说他现在已经是迈入暮年的战士，身体被体能衰弱的问题所困扰，那么我肯定不会想跟正值壮年时期的他正面交锋。如果他想给我的是一场考验，那么从我受到的攻击来看，他确实达到了目的。

"把李交出来。"我要求道。

但是李早已经逃之夭夭。现在这里只有父亲，而且正向我进攻，动作有如眼镜蛇一般迅猛快捷，他的袖剑只差分毫就要划开我的脸颊。要转守为攻，我心里想道，于是我以相似的速度发动反击，我身子一旋，抓住了他的前臂，我把袖剑刺过去，破坏了他袖剑的扣带。

他痛呼一声，向后跳了回去，我能看见他眼中笼罩着焦虑，但我给了他喘息的机会，我看着他从袍子上撕下一条布，绑在伤口上。

"我们现在还有机会，"我极力劝说他，"我们携手就能打破这个循环，结束这场古老的战争。我知道我们可以。"

我看见他眼中泛起某种变化。那是某些他久已舍弃的渴望又重燃的火花吗？是他想起了某些未曾实现过的梦想吗？

"我知道我们可以。"我重复道。

他咬着血迹斑斑的绷带，摇了摇头。他真的已经不抱希望了吗？他已经铁石心肠，坚硬如此了吗？

他已经包扎完毕。"不。是你希望我们可以。是你希望它能成为现实。"他话里带着悲伤,"我心里有一部分也曾经这样想过,但这是一个不可能实现的梦想。"

"我们血脉相连,你和我。"我恳求他,"求求你……"

一时间,我还以为自己或许已经说服了他。

"不,儿子。我们是敌人。不是你死,就是我亡。"室外传来又一阵炮火齐射的轰鸣。火把在支座上颤抖,灯光在石墙上舞动,粒粒尘埃从墙壁上如雨点般落下。

那就这样吧。

我们继续战斗。这是一场漫长而艰难的战斗。这不是那种总是特别讲究技巧的战斗。他朝我冲了过来,用剑、用拳头、甚至有时候还用头来攻击我。他的打斗风格和我大不相同,形式上显得更为粗犷。它不如我的打斗风格那样巧妙,但同样有效,而且我很快就了解到,它打起人来也是一样的痛。

我们相互分开,都在吃力地喘着气。他用手背抹了抹嘴,然后伏下身子,活动自己受伤前臂的手指。"你表现得就好像你有什么权力去裁决,"他说,"去向全世界宣告我和我的事业是错误的一样。然而我向你展示的一切——我做说和所做的一切——应该已经清楚的证明了事实并非如此。我们并没有伤害你的族人。我们也并不支持王权。我们努力奋斗,只是为了看到这片土地能团结一致,同享和平。在我们的统治下,所有人都将得到平等。爱国者们有承诺过这些吗?"

"他们许诺的是自由。"我说,我小心地观察着他,心里想起阿基里斯曾经教导过我:每一句话,每一个动作,都是斗争。

"自由?"他嘲笑道,"我早就告诉过你——我一次又一次地告诉过你——自由很危险。儿子,那些你帮助他们晋升高位的人,是永远都不可能达成一致的。对于自由意味着什么,他们会有不同的看法。

你拼命追求的和平根本就不存在。"

我摇了摇头。"不。只要他们齐心协力，就能打造出某些新的——比以前有过的更好的东西。"

"这些人现在是因为一个共同的目标才团结起来，"他继续说道，他挥动受伤的手臂画了一个圈，他指的是……我们，我猜。他指的是这场革命。"可是等战争结束之后，为了最大的保障自己的统治地位，他们会开始互相争斗。迟早，这会引发另一场战争。你等着瞧吧。"

随后他向前一跃，举剑砍了下来，他瞄准的不是我的身体，而是我戴着袖剑的手臂。我避开他的攻击，可是他速度很快，他步子一跨，反手用剑柄击中了我眼睛上方。我的视线立刻模糊起来，我踉跄着后退，胡乱地做着防御，同时他试图乘胜追击，想要趁机扩大优势。我靠运气碰巧击中了他受伤的手臂，这一击赚来一声痛苦的吼叫和一阵短暂的平静，因为我们都需要休息以后再战。

又一阵炮声隆隆响起。墙上落下更多的尘土，我感到地面在摇晃。鲜血从我眼睛上方的伤口里涌了出来，我用手背把血抹掉。

"爱国者的领袖们并不追求统治，"我向他保证，"这里不会有君主。人民会得到权力——事情理当如此。"

他悲伤地慢慢摇了摇头，一副屈尊降贵的姿态，如果这个动作是想要安抚我的话，那么它起了截然相反的效果。"人民永远都得不到权力，"他疲倦地说，"得到的只是权力的幻影。真正的秘密是：他们并不想要权力。责任太大，他们承担不起。这就是为什么只要一有人担起责任，他们马上就会趋之若鹜的追随。他们想要别人来告诉他们该做什么。他们向往着别人这样做。这不足为奇，因为全人类生来就是要服从的。"

我们再次交手。两人都流了血。我看着他，我看见的是自己年老的镜像吗？读了他的日记之后，如今回首过去，我完全明白了他是怎么看我的：我是他本该成为的那个人。如果那时我就知道现在我所知的一切，事情又会变得如何不同？

问题的答案是我不知道。我依然不知道。

"所以，因为我们天性就趋向于被统治，那么有谁比圣殿骑士更适合统治世界？"我摇了摇头。"真是个可怜的提议。"

"这是事实，"海瑟姆大喊道。"道义与实践是两头截然不同的野兽。我是从本质上看待这个世界——而不是以我所希望的方式。"

我发动进攻，他进行防御，好一会儿，走廊里都回荡着钢铁交击的声音。现在我们都已经疲惫不堪，战斗也不再像之前那么急迫了。一时间，我不知道这场战斗会不会简单的渐渐平息下来，有没有什么办法能让我们两人简单地转过身去，离开这里，然后分道扬镳。但是这不可能。这场战斗现在必须有个了断。我很清楚。从他的眼睛里我看得出来他也很清楚。这场战斗必须在这里结束。

"不，父亲……你已经放弃了——而且你想让我们所有人都做跟你一样的事。"

接着，附近传来了被炮弹击中的重击声和剧烈的震动，石块纷纷从墙面上崩落。这颗炮弹打得很近。非常近。这之后必定还跟着另一发炮弹。然后它来了。突然间，走廊上被轰开了一个大洞。

二

我被爆炸的强风向后扔了出去，随后在地上痛苦地摔成一团，就像是一个醉汉慢慢从酒馆的墙上滑落一般，我的头和肩膀与身体的其他部分形成了一个奇怪的角度。走廊里满是碎片和缓缓沉降的尘土，同时爆炸的轰鸣渐渐褪去，变成瓦砾掉落时发出的碰撞声和哗啦声。我痛苦地站起身来，眯着眼穿过飞扬的尘土，看见他就像我刚才那样躺在地上，只是他在墙上被炮弹轰出的大洞另一边，随后我一瘸一拐地向他走去。我停下脚步，朝洞口瞥了一眼，迎接我的是大团长室里令人迷惑的景象，它的后墙被炸穿了，参差不齐的石块框出了一片海景。海上有四艘船，每一艘船甲板上的大炮都扬起道道烟痕，我看到又一门大炮开火，发出轰隆的巨响。

我走过洞口，弯下腰走到父亲身边，他看着我，稍微挪了挪身子。他的手慢慢摸向他的剑，那把剑刚好落在他够不到的地方，我朝剑踢了一脚，它掠过石块落到了远处。我忍着疼痛，龇牙咧嘴地朝他俯下身子。

"投降，我就饶你不死，"我说。

我感觉有微风吹拂在我的皮肤上，走廊里突然洒满了自然的光亮。他看上去如此年迈，他脸上伤痕累累，青紫交加。可即使如此，他却笑了。"一个将死之人还满口豪言壮语。"

"你恐怕也好不到哪儿去。"我答道。

"啊，"他笑了，露出染血的牙齿，"可我并不是一个人……"我转身看见两名堡垒卫兵沿着走廊冲了过来，他们举起滑膛枪，停在我们刚好够不到他们的地方。我把目光从他们转向父亲，他已经站了起来，举起一只手制止了他的部下，这是他们没有杀死我的唯一原因。

他倚靠在墙上，咳了几声，啐了口唾沫，然后抬头看着我。"即使当你们这些人似乎要大获全胜之后……我们仍然会东山再起。你知道这是为什么吗？"

我摇了摇头。

"因为骑士团是觉悟所催生的产物。我们不需要信条。不需要什么绝望的老头来教导我们。我们只要这个世界还是它本来的样子，骑士团就能存在。这就是为什么圣殿骑士能永远不灭。"

当然，眼下我想知道的是他会那么做吗？他会让他们杀死我吗？

但我永远都不会知道答案了。因为突然间爆出几声枪响，两名士兵应声倒地，被狙击手的子弹从围墙另一侧消灭了。紧接着我就向前冲了过去，在他反应过来之前，我把海瑟姆撞倒在石块上，我再次站在他身前，戴着袖剑的手向后一收。

随后，伴随着一阵也许是源自徒劳无望的冲动，我意识到自己发出了一声呜咽，我已经一剑刺入了他的心脏。

当袖剑刺入时，他的身体猛地一阵抽搐，随后放松了下来，当我收回袖剑时，他正在微笑。"别以为我会捧着你的脸颊说我错了，"他轻轻地说，我看着生命从他身上渐渐消逝。"我不会流泪，也不会猜想那些可能发生的事。我相信你明白的。"

我现在跪了下来，伸手抱住了他。我感到……空无一物。我感到麻木。我为事情发展到这个地步而感到深深的疲倦。

"不过，"他说道，他的眼皮颤动起来，血色似乎开始从他脸上褪去，"某种程度上我依然以你为荣。你展现出过人的信念、力量和勇气。这些都是崇高的品质。"

带着讥讽的微笑，他补充道："很久以前我就该杀了你的。"

然后他死了。

我寻找母亲和我说过的那个护身符，但它已经不见了。我合上了父亲的眼睛，起身离去。

1782年10月2日

最终，在一个寒冷刺骨的夜里，我在开拓地的康内斯托加客栈找到了他，我走进客栈，发现他就坐在阴影里，他向前耸着肩膀，手边放着一瓶酒。他变老了一些，整个人蓬头垢面，留着粗硬不羁的头发，他身上再也找不到一丝昔日军官的痕迹，但那绝对是他：查尔斯·李。

我靠近酒桌的时候，他抬头看了看我，一开始，我被他那双眼圈发红的眼睛瞪得吓了一跳。不过，任何疯狂的迹象都要么被他压抑住了，要么隐藏了起来，看见我他表现得无动于衷，只除了一丝我猜想是解脱的表情。我已经追踪他一个多月了。

他沉默无语地把酒瓶递给我请我喝酒，我点点头，小酌了一口，又把瓶子还给了他。然后我们在一起坐了很久，看着酒馆里的其他顾客，听他们在我们周围继续闲聊、游戏、开怀大笑。

最后，他看着我，虽然他一言未发，但他的眼神已经为他说明了一切，于是我无声地弹出了袖剑，等他合上眼睛，我就把袖剑刺进了他的身体，从肋骨下方刺入，直接捅进了心脏。他一声不吭地死了，我把他放倒在桌面上，就好像他只是因为喝得太多醉倒了而已。然后我伸手从他脖子上取下了护身符，戴在自己脖子上。

　　我低头看着它，一时间，它发出柔和的光芒。我把它塞进衬衣下面，起身离开了。

1783年11月15日

一

　　我牵着马缰，步行穿过我的村子，心里越来越觉得难以置信。我抵达村子时看到精心打理的田地，但村子本身却已遭到废弃，长屋里空无一人，炊火也已经冷却，我眼前唯一的活人是一位头发花白的猎户——是一个白人猎户，不是莫霍克人——他坐在火堆前一个翻转的桶上，在烤肉叉上烤着什么东西，闻着真香。

　　当我走近时，他小心翼翼地看着我，接着他的眼睛转向搁在不远处的滑膛枪，但我挥手向他表明我没有恶意。

　　他点点头。"你要是饿了，我这儿还有多余的东西可以吃，"他和蔼地说。

　　食物闻起来确实很香，但我脑子里还有些别的事情。"你知道这里发生了什么事吗？大家都到哪儿去了？"

"迁到西边去了。他们已经走了好几周了。似乎是国会把这块土地给了几个从纽约来的家伙。我猜国会是认定他们不需要征得住在这里的人同意就能决定这件事。"

"什么？"我有些惊讶。

"就是这样。这种事发生得越来越多了。商人和农场主想要扩张土地，就把原住民都赶走了。政府说他们不会征收已经有主人的土地，不过嘛，嗯……你自己在这儿也看到了，实际上并不是那么回事儿。"

"怎么会发生这种事？"我问道，接着慢慢转过身去，在那些我曾经能看见我的族人——那些伴我长大的人——熟悉的面孔的地方，我现在只看到一片空旷。

"我们现在自力更生啦，"他继续说道，"没了快活的英国老伙计提供的原材料和劳动力。这就意味着我们得靠自己动手了，而且还得付钱。出售土地是个方便快捷的办法。而且也不像收税那么惹人讨厌。既然有人说是税收引发了这场战争，那么当然不能急着把这事儿再摆回台面上去，"他声音嘶哑地大笑一声。"我们这些新领袖啊，都是些聪明人。他们知道暂时还不能征税。太快了。太……英国范儿了。"他凝视着火堆。"可该来的还是会来。历史总是重复的。"

我谢过了他，然后离开他走向长屋，我边走边想：我失败了。我的族人已经离开了——被那些我认为会保护他们的人赶走了。

我一边走着，脖子上的护身符发出光来，我把它摘了下来，放在手心里仔细端详。或许我还有最后一件事可以做，那就是从他们所有人手中拯救这片土地，不管是爱国者，还是圣殿骑士。

二

我蹲在森林里的一片空地上，注视着手里握着的东西：母亲的项链和我父亲的护身符。

我对自己说道："母亲。父亲。对不起，我让你们失望了。母亲，我曾许下诺言，要保护我的族人。我曾以为如果我能阻止圣殿骑士，如果我能让革命摆脱他们的影响，那么我支持的那些人就会去做正确的事。我猜，他们确实是做了，他们做了对他们来说正确的事。至于你，父亲，我曾以为我们可以携起手来，可以忘掉过去，打造一个更好的未来。我相信迟早有一天，你也能像我这样看待这个世界——理解这个世界。但这只是一个幻想。而这一点，我早就应该明白的。我们无法和平共存，是吗？是这样吗？我们是注定要争执不休吗？注定要互相争斗吗？

"我有时也经历过困难，但从未比今天更加艰难。眼看着我所努力的一切被扭曲、被丢弃、被遗忘。你或许会说，我所描述的正是人类整个历史的重演，父亲。那么，你现在会笑吗？你希望我说出你一直渴望听到的话吗？证实你所说的话？说一直以来你都是对的？我不会那么说。即使现在，即使我面对着你那些冷言冷语中的事实，我也拒绝那么做。因为我相信一切仍然可能改变。

"我或许永远都不会成功。刺客或许会徒劳无功地再奋斗上一千年。但我们不会停止奋斗。"

我开始挖土。

"妥协。每个人都坚持着要我妥协。所以我也学会了。可我想，我的妥协与大多数人都不一样。我现在意识到，这要花上很长时间，我意识到前方的道路不仅漫长，而且还笼罩在黑暗之中。这条道路不能总是带我前往想去的地方——而且我怀疑自己能否活着看到它的终点，即使如此，我还是要沿着它继续走下去。"

我不停地向下挖，直到这个坑足够深才停止，它比埋葬尸体所需的坑还要深，深到足够让我爬进去。

"因为希望会伴我同行。面对所有那些坚持，我转过身去，继续前进；而这，这就是我的妥协。"

我把护身符扔进坑里，然后，当太阳开始西沉之际，我铲起泥土盖在护身符上方，直到它被妥善藏好，然后我转身离开。

满怀着对未来的希望，我回到了我的族人身边，回到了刺客们身边。

是时候寻找新生力量了。

Assassin's Creed: Forsaken
Original Enghish language edition first published by PENGUIN BOOKS Ltd, London
Copyright © 2013 Ubisoft Entertainment. All rights reserved.
Assassin's Creed, Ubisoft, Ubi.com and the Ubisoft logo are trademarks of Ubisoft Entertainment in the U.S. and/or other countries.
All artworks are the property of Ubisoft.
封底凡无企鹅防伪标识者均属未经授权之非法版本。

图书在版编目（CIP）数据

刺客信条：遗弃／（英）波登著；夏青，汤姗华译．—北京：新星出版社，2015.6（2018.1 重印）
ISBN 978-7-5133-1808-2

Ⅰ.①刺… Ⅱ.①波… ②夏… ③汤… Ⅲ.①长篇小说－英国－现代 Ⅳ.① I561.45

中国版本图书馆 CIP 数据核字（2015）第 103781 号

幻象文库

刺客信条：遗弃

（英）奥利弗·波登 著　夏青，汤姗华 译

策划编辑：陈　曦　贾　骥
责任编辑：陶凌寅
特约编辑：王　骏　何　點　林雅笛
责任印制：韦　舰
装帧设计：@broussaille 私制

出版发行：新星出版社
出 版 人：马汝军
社　　址：北京市西城区车公庄大街丙3号楼　　100044
网　　址：www.newstarpress.com
电　　话：010-88310888
传　　真：010-65270449
法律顾问：北京市岳成律师事务所

读者服务：010-88310811　　service@newstarpress.com
邮购地址：北京市西城区车公庄大街丙3号楼　　100044

印　　刷：河北鹏润印刷有限公司
开　　本：910mm×1230mm　　1/32
印　　张：11.75
字　　数：170千字
版　　次：2015年6月第一版　2018年1月第十六次印刷
书　　号：ISBN 978-7-5133-1808-2
定　　价：38.00元

版权专有，侵权必究；如有质量问题，请与印刷厂联系调换。